NOS VEMOS EM VÊNUS

VICTORIA VINUESA

TRADUÇÃO

CARO

Editora Melhoramentos

Dados Internacionais de Catalogação na Publicação (CIP)
(Câmara Brasileira do Livro, SP, Brasil)

Vinuesa, Victoria
Nos vemos em Vênus / Victoria Vinuesa; tradução Carol Candido.
– 1. ed. – São Paulo, SP: Editora Melhoramentos, 2024.

Título original: See you on Venus.
ISBN 978-65-5539-701-7

1. Romance norte-americano I. Título.

23-177868 CDD-813.5

Índices para catálogo sistemático:
1. Romances: Literatura norte-americana 813.5

Tábata Alves da Silva – Bibliotecária – CRB-8/9253

Tradução: Carolina Candido
Preparação: Luiza Thebas
Revisão: Laila Guilherme e Vivian Miwa Matsushita
Projeto gráfico e diagramação: Carla Almeida Freire
Capa: Adaptada do projeto original
Ícones nas aberturas de capítulo: Freepik
Imagens de capa: Pitt Street Productions LLC e torstensimon por Pixabay

1ª edição, janeiro de 2024
ISBN: 978-65-5539-701-7

Atendimento ao consumidor:
Caixa Postal 729 – CEP 01031-970
São Paulo – SP – Brasil
Tel.: (11) 3874-0880
www.editoramelhoramentos.com.br
sac@melhoramentos.com.br

Siga a Editora Melhoramentos nas redes sociais:
/editoramelhoramentos

Impresso no Brasil

Para meu primeiro e único amor,
Um dia, nos veremos em Vênus

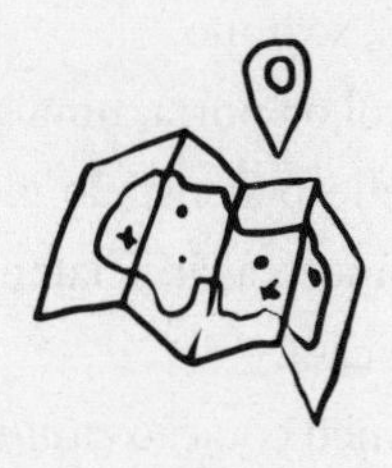

MIA

Eu nasci com uma data de validade curta demais para o meu gosto. Imagino que foi por isso que minha mãe me abandonou dois dias após o meu nascimento. E, já que não estou disposta a morrer antes de saber se meu palpite está certo, não tenho outra opção a não ser perguntar pessoalmente a ela – mesmo que isso signifique fugir de casa e atravessar o Atlântico.

Assim que escuto o som dos saltos de Katelynn, minha mãe adotiva, se afastando pelo corredor e o ruído da porta da frente abrindo e fechando, corro para o meu quarto e olho embaixo da cama. Sim, ainda está lá, minha mala vintage, que comprei de segunda mão um ano atrás. O couro verde desgastado está encoberto por bandeiras costuradas que contam de lugares incríveis que mal consigo pronunciar, lugares que nunca vou poder visitar. Coloco a mala na cama e, após vasculhar meu lado do armário, jogo ali tudo o que tenho: dois pares de calças, três camisetas, meu cardigã da sorte e dois suéteres; algumas calcinhas, meus três diários, as canetinhas de colorir e o bem mais precioso de todos: minha câmera. Pego o cachecol de lã cor-de-rosa que está pendurado atrás da porta como um enfeite de

Natal e acaricio minha bochecha com seu tecido macio – apesar de saber que a primavera já chegou e que nunca mais vou usá-lo, não consigo deixá-lo para trás, sozinho.

Quando tiro o cachecol da porta, uma sombra surge no quarto. Ao me virar, vejo meu reflexo assustado me encarando na janela e dou um berro, depois começo a rir. Claramente sou uma amadora nessa história de fugir de casa.

Gosto de pensar que meu coração *escolheu* ser diferente, ser único, e que é por isso que nasceu com não menos do que três problemas. Mas isso não importava, eu tinha um plano, um plano perfeito: em exato um ano e dois dias, no meu aniversário de dezoito anos, eu viajaria para a Espanha à procura da minha mãe. Noah, um amigo da aula de fotografia, iria comigo. Bom, esse plano não é mais uma opção – dessa vez fiquei no hospital por duas semanas, e os médicos me informaram que a cirurgia não pode mais ser adiada. Eu não concordo. Eu nunca vou concordar. Eles não entendem, mas desisti de tentar me justificar.

Não tenho medo de morrer. Isso vem no pacote de nascer com baixa expectativa de vida. Mas eu tenho, *sim*, medo de cirurgias, de alguém abrindo meu coração sem se preocupar com o fato de que ele já estava partido antes. Desculpa, mas me inclua fora dessa.

Os Rothwell nunca me deixam viajar muito, que dirá para outro continente. O que significa que, assim que eu entrar no avião para a Espanha no domingo, serei oficialmente uma fugitiva, do tipo que acaba em anúncios de pessoas desaparecidas. Só me restam dois dias para encontrar alguém disposto e disponível para ir comigo. Sinto meu coração bater com mais força. E, apesar de os médicos terem dito que os remédios novos eram só para emergências, eu tomo um. Até parece que vou arriscar outra recaída, especialmente agora.

Fecho minha mala e repasso mentalmente os documentos que preciso levar para a viagem. Autorização falsificada dos meus pais, *feito.* Certidão de nascimento, *feito.* Passaporte falso, *feito.* Meu passaporte verdadeiro – ops, quase me esqueci dele. Subo na cadeira e depois na escrivaninha, rezando para que ela não desmonte. Me esticando toda, passo a mão na prateleira superior do armário. Meu amigo Noah, que ia me acompanhar nessa viagem, escondeu meu passaporte ali para que minha família adotiva não o tomasse de mim. Na ponta dos pés, me estico ainda mais e tateio em volta – nada além de enormes bolas de poeira.

Eu me ajoelho e faço uma pilha com meus livros do último ano – das aulas que eu fazia em casa –, de que não vou mais precisar. Então subo com cuidado neles e me estico até a parte de trás do armário. Quando sinto a superfície áspera do passaporte nos dedos, a porta da frente abre com um rangido e fecha com força. *Oh-oh.* Pego o passaporte e faço o caminho inverso: livros, mesa, cadeira, chão.

Passos barulhentos, não sei de quem, ressoam pelo corredor. Jogo a mala no chão. A porta do quarto se abre quando estou empurrando a mala para debaixo da cama com o pé.

– Mia, Mia, você não vai acreditar no que aconteceu na escola! – grita Becca, entrando de repente no quarto como uma lufada de vento. Becca é minha irmã adotiva mais nova. Nós dividimos o quarto, e ela também é minha pessoa favorita no mundo inteiro.

Eu arfo.

– Becca, você quase me matou de susto.

Becca arremessa a mochila no chão, fecha a porta com o calcanhar e corre até mim.

– Eu cabulei a aula de reforço. Precisava te contar. Lembra daquela menina que me chamou de burra na terceira série? Bom, ela bombou na prova de inglês hoje. E... – Ela para de repente, olhando apavorada para o passaporte na minha mão, depois ergue seus olhos pequenos e suplicantes para mim. – Você vai embora?

– A gente já falou sobre isso – respondo com o tom mais agradável que consigo –, lembra?

Ela balança a cabeça, e os olhos marejados são um aviso de que não, ela não se lembra. Becca nasceu com distúrbio cognitivo, e às vezes se esquece das coisas. Acho que é por isso que divide um quarto comigo, na casa de uma família que não é nossa. Os pais decidiram se livrar dela quando o problema se tornou evidente demais. Becca tinha cinco anos.

Tomo nas minhas mãos o rosto macio e cheio de sardas dela e sorrio. Isso sempre a acalma.

– Vou fotografar a aurora boreal, lembra? – sussurro. – É o nosso segredo. Você não pode contar pra ninguém, nunca. – Cruzo os dedos e os levo até a boca, então assinto: nosso sinal secreto, que aprendi na St. Jerome, a casa de acolhimento na qual cresci.

Becca sorri e parece tão empolgada que fico triste de mentir para ela, mas há muitos anos aprendi que certos segredos só ficam a salvo se nunca forem compartilhados. Além do mais, como eu poderia falar pra ela que nunca mais vou voltar? Mas nem importa, Becca já está prestando atenção na rua.

– Olha – diz ao espiar pela janela. – É aquele cara do time de futebol. Aquele que matou o Noah.

Sinto o choro na garganta, mas consigo me controlar.

– Becca, não fale assim – protesto, franzindo a testa. O que mais me entristece não é a morte do Noah, mas o sofrimento daqueles que nunca vão se esquecer dele. – Foi um acidente. – Paro ao lado dela e vejo o garoto saindo da casa do outro lado da rua. – Eu nem consigo imaginar como ele deve se sentir. – Na verdade, consigo, sim, já pensei nisso mil vezes. Como ele vai viver com isso?

O nome do garoto é Kyle, e, embora fosse o melhor amigo do Noah, nós nunca nos conhecemos. Meus pais adotivos não me deixam sair de casa, a não ser para ir ao médico, para a igreja aos domingos, para as aulas de fotografia ou para caminhar de vez em quando de manhã. Josh, o cara que vive naquela casa, também estava no carro naquele dia. Dizem que ele está bem mal.

Vejo Kyle parado ali, na nossa rua estreita, sem se mexer, com o olhar vazio, como se o tempo tivesse parado só para ele, e tento imaginar o que ele e o Josh têm conversado, o que deve ter acontecido entre eles.

– O que ele está fazendo? – pergunta Becca, puxando minha manga. – Por que está parado ali?

É difícil saber a essa distância, mas parece que está prestes a chorar. Ele olha para a direita, para a cidade, depois para a esquerda, na direção da floresta. Lentamente, como se estivesse em transe, ele se vira para a esquerda e começa a andar, mancando um pouco, os olhos fixos à frente, a mochila pendurada no ombro.

– Aonde ele vai, Mia? O que ele tá fazendo? Qual é a dele?

Antes que eu consiga encontrar uma resposta convincente para as perguntas de Becca, um ônibus surge na rua, passa pela nossa casa e para em frente ao Kyle. Nós o perdemos de vista por alguns instantes, e, quando o ônibus volta a se mover, a calçada está vazia.

Becca me olha intrigada.

– Ele entrou no ônibus? Mia, por que ele pegou essa linha? Ela vai até as cataratas. Ninguém vai lá nesse horário.

É verdade, ninguém vai lá nesse horário, a não ser que ele esteja prestes a fazer o que espero que não esteja. Não digo a Becca, é claro, mas algo dentro de mim começa a tremer. Ele parecia desesperado. Não, parecia mais do que desesperado. Já vi aquele olhar vago antes, no pronto-socorro – acompanhado de pulsos enfaixados e lavagem estomacal. Preciso ter certeza de que ele está bem. Preciso fazer isso pelo Noah. Ele não iria querer que nada acontecesse com o amigo. Eu me aproximo da janela e vejo o ônibus se afastar.

– Mia, quer jogar palavras cruzadas?

Becca já se distraiu, mas eu não. Estou focada em sair dessa casa sem que ninguém veja. A porta da frente não é uma opção, então abro a janela e subo no parapeito.

– Aonde você vai? – Becca dá pulinhos empolgados. – Também quero ir! Quero ir com você!

Tomo o rosto dela nas minhas mãos de novo e olho firme em seus olhos.

– Becca, presta atenção. Se eu não voltar até o jantar, diga ao senhor Rothwell que meu médico ligou e me pediu para fazer alguns exames, e que não tenho certeza de quanto tempo vou demorar, tá bem? Preciso falar com aquele menino.

Becca assente, séria, e franze a testa, um sinal de que entende e que, com um pouco de sorte, vai se lembrar por tempo suficiente para me dar cobertura. Cruzo os dedos e faço nosso sinal.

– Segura as pontas, tá?

Becca assente de novo e abre um sorriso satisfeito.

Assim que apareço no gramado, ela fecha a janela por dentro e faz um joinha.

Quais são as minhas opções? Não tenho carro, e também não iria muito longe se roubasse um, porque não sei dirigir. Levaria mais de duas horas a pé, e o ônibus só passa três vezes por dia. A bicicleta estampada com personagens da Disney da Becca, jogada no gramado, é minha melhor, e única, alternativa. Se alguém da minha família me vir perseguindo um ônibus pela floresta em uma bicicleta com fitinhas rosa e uma cesta fru-fru, vai ligar para a assistente social e me amarrar em uma cama de hospital, então rezo para ficar invisível.

Subo na bicicleta e começo a pedalar sem olhar para trás.

O ônibus, que já está bem na frente, some em uma curva. Minhas coxas queimam de tanto pedalar, e imploro para meu coração defeituoso aguentar só mais um pouco, me deixar fazer algo bom – algo que fará com que minha vida tenha valido a pena –, antes de me arrancar deste planeta após bater pela última vez.

Talvez eu seja melhor em fugir do que pensava.

KYLE

Eu sou o desgraçado que, um mês atrás, matou o melhor amigo, Noah, e deixou o segundo melhor amigo numa cadeira de rodas. Na verdade, acabei de descobrir sobre o Josh. Faz uma semana que ele saiu do hospital, e só hoje fui visitá-lo. Eu sei, sou um babaca, mas, para ser sincero, não conseguiria olhar em seus olhos. A mãe dele acabou de me contar que talvez ele nunca mais volte a andar. Ele ainda não sabe.

Acho que isso explica por que entrei neste ônibus: não posso ir para casa.

Nem ferrando vou contar para a minha mãe. Isso vai acabar com ela. E não posso fingir que nada aconteceu, quando matei alguém e destruí a vida de outra pessoa. Não é assim que as coisas funcionam.

Uma lombada me faz despertar desses pensamentos infernais e voltar para onde estou: o último banco na última fila desse ônibus capenga. Parece que meu coração vai explodir. Após verificar – pela quinta vez – se meu cinto de segurança está funcionando, tento convencer meus dedos a pararem de agarrar o banco com tanta força.

Inclino a cabeça no corredor para ver o caminho e percebo o motorista do ônibus me olhando pelo retrovisor. Seus olhos escuros, esbugalhados sob as sobrancelhas franzidas, vão da estrada para mim e de volta para a estrada. Sou o único passageiro no ônibus, e as cicatrizes no meu rosto e nos braços com certeza não me ajudam a passar despercebido, mas, ainda assim, esse motorista é muito cara de pau.

Eu me largo de volta no banco, tentando me tornar invisível, e verifico as horas no celular. São cinco e meia. Para ser mais preciso, faz trinta e um dias, doze horas e vinte e cinco minutos desde que causei aquele acidente horrível.

Meu antigo eu odiava matemática, mas agora não consigo parar de fazer contas. Cada segundo, cada minuto e cada hora que passam são um segundo a mais, um minuto a mais e uma hora a mais que roubei de Noah, isso sem falar do Josh, que nunca mais vai andar. *Devia ter sido eu.* E, quando o enjoo começa a se apoderar das minhas entranhas, meu celular vibra nas minhas mãos.

É a Judith, mas deixo a ligação cair na caixa postal. Não consigo falar com ela, não agora. É meio ridículo, mas me sinto como se estivesse traindo meu eu antigo, o velho Kyle. Judith era a namorada dele, não minha.

Preciso fazer alguma coisa para impedir que minha mente ande em círculos, então pego meu caderno e desenho um pária sentado no ônibus. E, durante cinco ou seis minutos, consigo não pensar em nada. O desenho não está tão bom quanto poderia, mas quase faz com que eu me sinta normal de novo. Quando começo a desejar, a orar, a implorar que o ônibus continue seu caminho sem parar nunca mais, o motorista sai da estrada e diminui a velocidade. Ultimamente, qualquer pedido que eu faça acaba me dando uma rasteira. Nota mental: pesquisar na internet por *maldição, mau-olhado* e *lâmpada do Aladdin com efeito contrário.*

O ônibus para logo em frente a uma das enormes placas de madeira que indicam a entrada do parque que já visitei tantas vezes: o Noccalula Falls. Pego minha mochila, jogo o caderno lá dentro e percorro o longo corredor. O motorista, que só abriu a porta da frente, me encara conforme me aproximo, sem preocupação alguma em ser discreto. Ele consegue fazer minhas mãos ficarem frias e úmidas. Passo por ele, os olhos fixos nos degraus para descer do ônibus, mas ele não parece ter pressa em me deixar sair.

– Ei, garoto. Aonde você vai a uma hora dessas? Alguém vem buscar você?

Olho para ele como se dissesse *não é da sua conta*.

– Este é o último ônibus do dia – as sobrancelhas dele se juntam ainda mais –, você sabe disso?

Tento parecer despreocupado, apesar de me sentir como um extraterrestre.

– Ah, sim… Não precisa se preocupar, vou encontrar uns caras do time de futebol. – Aponto para a mochila e abro um sorriso forçado. – Vamos dormir na floresta. – Mostro a cicatriz na minha sobrancelha e, com um sorriso falso, que pertence ao antigo Kyle, acrescento: – Mas já aprendemos a lição, cara, pode ter certeza. Pode anotar: não vamos mais lutar com ursos.

O motorista está inerte, a expressão congelada, tão séria que me causa arrepios. Ele não gostou da piada, já entendi. Noah e Josh teriam gostado. A gente teria caído na gargalhada. Era isso que costumávamos fazer. Mas agora acabou. Noah nunca mais vai rir. O enjoo volta e faz meu estômago revirar.

Desço os degraus o mais depressa que meu joelho enfaixado permite. Assim que piso no chão e ouço o barulho da cachoeira vindo de longe, sou dominado por um momento de clareza que nunca havia sentido. Em um instante, vejo tudo, e sei que uma força invisível me trouxe aqui hoje para que eu pague pelo que fiz. Pela primeira vez em muito tempo, sinto meus pulmões se encherem de ar. Uma pequena placa de madeira diz CACHOEIRA A 450 METROS. Eu sigo a seta e começo a entrar na parte mais densa da floresta. O motor do ônibus ainda está ligado atrás de mim, à espreita. Quase um minuto inteiro se passa até que eu ouça as rodas entrarem na estrada de terra e finalmente seguirem em direção à rodovia.

Fecho o zíper da jaqueta de couro. Embora seja primavera, ainda faz bastante frio no Alabama, ou talvez seja só impressão minha. Olho para cima. As imponentes árvores parecem estar me olhando, apontando para mim com seus galhos, como se estivessem saboreando o fato de serem as únicas testemunhas da minha morte. O rugido implacável da cachoeira me atrai como Magneto com seus superpoderes. É estranho, mas a cada passo que dou me sinto mais determinado, mas também mais entorpecido, como se algo dentro de mim já tivesse morrido. Tudo parece estar se encaixando, como um quebra-cabeça que precisa de uma peça final para que seus segredos mais vergonhosos sejam desvendados. Os brotos verdes da grama espreitam por entre as folhas. Uma vida começa e outra termina.

Penso naqueles que estou deixando para trás. Conheço bem o Josh e sei que ele faria a mesma coisa. Judith vai encontrar alguém que a faça rir de novo, um namorado melhor do que eu jamais fui. E meus pais... bom, ao menos eles não vão precisar ver, todo santo dia, a palavra *culpado* gravada em cada centímetro da minha pele, ainda que eles não concordem com esse veredito. Não vão mais precisar me levar a dezenas de psiquiatras que vão gastar saliva tentando fazer com que eu deixe de me sentir o merda que sou. Seria mais fácil convencer uma pulga de que ela é um super-herói. É inútil, eu sou um pedaço de merda, e é isso. Todo o resto é mentira.

No fundo, sei que vou libertá-los. Além disso, talvez eu veja Noah de novo. Quem sabe possa pedir perdão a ele. E, se ele me vir lá, talvez o faça.

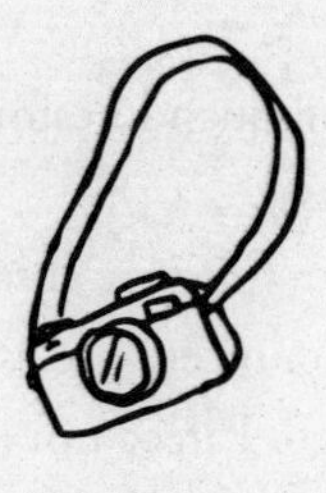

MIA

Não sei há quanto tempo estou pedalando, mas os raios de sol da tarde brilham através dos galhos das árvores de bordo quando enfim chego na entrada do parque. Eu já estive aqui. No outono passado, para um piquenique com os Rothwell. A assistente social achou que seria saudável fazermos algumas "atividades familiares".

Como é de imaginar, foi um verdadeiro desastre. Os gêmeos começaram a brigar, Becca se perdeu na floresta, e, enquanto procurávamos por ela, um casal de porcos selvagens roubou nosso almoço. Mas, depois de passar duas horas inteiras procurando por Becca, agora conheço essa floresta como a palma da minha mão. Encosto a bicicleta na placa de madeira que indica o caminho para a cachoeira e ando o mais rápido que consigo. Minhas pernas tremem pelo esforço, pela minha falta de condicionamento físico e, acima de tudo, pelo medo. Olho em todas as direções, mas não há nem sinal de Kyle. Imploro ao meu coração para se acalmar, mas ele não para de se lançar contra minhas costelas.

– Kyle! – grito a plenos pulmões em todas as direções.

A única resposta é o som da água caindo ao longe. E se ele tiver vindo aqui só pra passear? E se veio colher aspargos silvestres? Outro dia, o sr. Rothwell voltou da floresta carregando um monte deles. E se Kyle me ouvir gritando o nome dele e eu for parar no jornal local amanhã?

Minha cabeça fica a mil quando estou nervosa. Às vezes até eu me canso de me ouvir pensar.

Continuo andando, sem fôlego, e então o guincho estridente de um falcão me faz olhar para o céu. Ele está bem em cima de mim, como se me avisasse de algo. Parece um mau presságio. Sou dominada por uma sensação de perigo que conheço muito bem. Tenho um mau pressentimento, e, por mais que correr seja uma das coisas que estou estritamente proibida de fazer, sobretudo depois da minha última internação, não posso evitar. Rezando para que os remédios novos façam efeito, começo a correr e grito o nome dele sem parar:

– Kyle! Kyle! Kyyyleeeee!

Duvido que ele consiga me ouvir. O barulho da cachoeira fica cada vez mais intenso. Paro de pensar e apenas corro; corro até enfim vislumbrar a enorme torrente de água em cascata entre duas enormes faias.

Meu Deus! Ele está ali, o corpo inclinado na beirada e os olhos fixos na água corrente, uma das mãos agarrada à frágil cerca. *Não, não, não, por favor, não faça isso.* Com falta de ar, paro no meio do caminho e inspiro o máximo de oxigênio que meus pulmões permitem; então grito:

– Não!

Mas ele parece não me ouvir.

Meu Deus. Começo a correr de novo, mas é impossível chegar a tempo, *isso se chegar.* Preciso tomar uma atitude drástica. Então paro, respiro fundo e imploro ao vento, às árvores e à floresta inteira para levar minha voz até ele, e grito, grito como nunca gritei em toda a minha vida, como nenhum ser humano jamais gritou.

KYLE

Dizem que o tempo cura todas as feridas. O que ninguém conta é o que acontece quando o tempo resolve parar, quando cada segundo dura horas e cada hora dura uma vida inteira.

Eu olho para baixo, para vinte e sete metros abaixo dos meus tênis, vejo a água bater nas rochas, como se quisesse transformá-las em arenito. Seu rugido ensurdecedor vai de encontro com a urgência dos meus pensamentos. Estou tremendo, e não é de frio. Eu nem sei o que me assusta mais: me transformar em arenito ou continuar vivo.

Meus pensamentos giram a uma velocidade vertiginosa. Alguns deles gritam que eu faça isso, que me jogue; outros lançam insultos e me chamam de covarde; outros, ainda, me incitam a pagar pelo que fiz, mas minha mão não parece ouvir nenhum deles, não consegue afrouxar o aperto na cerca de ferro atrás de mim.

Penso nos estragos que causei: Noah a sete palmos do chão, Josh em uma cadeira de rodas, a vida dos pais deles sendo destruída e a minha... Penso em todas as pessoas que não consigo mais olhar nos olhos, e meu aperto começa a afrouxar pouco a pouco.

Primeiro o dedinho. Se existe um Deus, peço pelo Seu perdão. *Depois, o dedo anelar.* Pera aí, o que estou falando? Se existe um Deus, Ele tem mais é que ser demitido. Ao que tudo indica, a criação não é o ponto forte Dele, pelo menos não a criação de um mundo decente.

Agora o dedo do meio. Posso ouvir meus dentes batendo.

Só preciso tirar o polegar e o indicador, e tudo estará acabado.

Coloco um pé à frente, pronto para ceder à gravidade.

– Socorro!

Um grito angustiado se mistura com o barulho da cachoeira. Fui eu quem gritou? Continuo olhando fixamente para o abismo. Então ouço de novo:

– Por favor, me ajude!

As palavras me tiram do transe, me trazendo de volta à realidade – à beira de uma cachoeira colossal, pendurado por dois dedos. Mas que merda estou fazendo? Volto a segurar a cerca com força. Recuo até me encostar nela e procuro de onde vem aquela voz.

Ao longe, numa clareira entre duas árvores, vejo uma garota desmaiar e cair no chão. Pulo a cerca e corro o mais rápido que minhas pernas trêmulas permitem.

Quando me aproximo da clareira, lá está ela, deitada no chão, os braços cruzados e os joelhos dobrados para o lado. Deve ter a minha idade, talvez um pouco mais nova. Eu me ajoelho ao lado dela. Os cabelos castanho-avermelhados e sedosos escondem parte do rosto. Parece tão frágil.

– Ei – sussurro, como se fosse quebrá-la ao falar alto demais.

Ela não reage. Afasto seus cabelos e percebo que ainda está respirando. Pendurado em seu pescoço está um pequeno pingente da Virgem Maria. Sua pele é tão clara que nem parece de verdade. Os traços são delicados. Aliás, tudo nela é delicado, fino, frágil. Se as orelhas fossem mais pontudas, ela poderia ser Arwen, a princesa-elfa.

– Ei, ei – sussurro de novo. – Está me ouvindo?

Não ouso tocar nela. Só afasto uma mecha do cabelo que cobre sua testa. Ela inspira fundo e seu corpo se tensiona, como se sentisse dor. Suas pálpebras começam a se contrair, e os olhos se abrem devagar, mas ela ainda parece estar em outro lugar. Olha em todas as direções, desorientada, então sua visão me atravessa, como se ela ainda não tivesse percebido que estou aqui.

– Ei – sussurro de novo. – Você está bem?

Seus olhos estão bem abertos agora, e nossos olhares se encontram. Ela parece confusa, até um pouco assustada.

– Calma. Está tudo bem. Você desmaiou. Se sente melhor?

A elfa assente.

– Ok, você consegue se levantar?

Ela se apoia em um cotovelo e tenta, sem sucesso, se levantar.

– Calma, deixa eu te ajudar. – Deslizo meu braço sob sua nuca e, com cuidado, a ajudo a levantar.

Ela evita olhar para mim. Apoia uma das mãos no chão, olha para baixo e então, sem mais nem menos, fica de pé num salto. Ela se afasta, balançando o braço com violência e gritando como se tivesse acordado de um pesadelo.

– Tira isso de mim, por favor, tira!

Preciso olhar algumas vezes para entender o que está acontecendo. Um lagarto, ainda mais assustado do que ela, sobe pelo braço da garota. O coitado acaba caindo no chão e sai correndo.

A garota fica quieta por alguns instantes, confusa.

– Desculpa. Eu não costumo ser tão histérica – diz. – É que quando eu era criança um lagarto se enfiou na minha cama, e, sei lá, não parece nada de mais, mas, acredite, quando você tem cinco anos, pode ser bem traumático e, além disso...

Nossa, como uma pessoa consegue falar tanto sem nem respirar? Ela leva a mão ao peito como se estivesse com dor.

– Não estou me sentindo nada bem, e acho que não tem ninguém aqui que possa ajudar. Não tem o que fazer, preciso que você me leve pra casa.

Qual o problema dela? Tem alguma coisa errada.

– Mas você se recuperou rapidinho, não acha? – observo.

– Sim, é verdade, com certeza; deve ser por isso que estou com tontura.

– As pessoas não costumam gritar quando estão prestes a desmaiar.

– Não?

– Não.

– Sim, bem, eu tenho... epilepsia.

Inacreditável... ela está inventando a história toda agora mesmo. Dava pra perceber a quilômetros de distância.

– E eu consigo perceber quando estou prestes a desmaiar – ela continua. – Isso me assusta, aí começo a gritar. Imagina se você não tivesse me encontrado, eu iria passar horas deitada aqui. Com certeza seria devorada por algum animal selvagem. A placa na entrada do parque diz que aqui tem coiotes, linces, lobos e até alguns jacarés.

Minha avó sempre diz que, se você não tem nada de bom para dizer, é melhor ficar calado, então eu me limito a observá-la com um olhar firme e frio.

– Por favor, eu não pediria se tivesse outra solução, até porque a gente nem se conhece, você pode muito bem ser um assassino em série, mas eu não consigo voltar sozinha de bicicleta.

Se o nome dela fosse Pinóquio, o nariz já não caberia entre nós.

– Então ligue pra sua família – retruco, tentando parecer mais calmo do que de fato estou.

– Não posso. Eles são muito pobres e nem têm celular.

Nunca vi alguém mentir tão mal, mas realmente a jaqueta e a calça dela, que estão do avesso, parecem ter saído do Exército da Salvação, e duvido que aquelas meias aparecendo pelos buracos em seus tênis sejam da última moda.

– Vou chamar uma ambulância – digo. – Eles vão te levar pra casa.

– Não, por favor, não faz isso. – Ela parece horrorizada. – É caro demais chamar a ambulância.

Eu fico em silêncio.

– Por favor, vá comigo só até a gente chegar perto da cidade. Aí posso pedir pra alguém me ajudar.

Mas o que diabos ela quer de mim? Estou começando a me perguntar se ela de fato existe ou se é um fantasma stalker que mora na Noccalula Falls.

Ela ri.

– Eu tenho cara de fantasma pra você?

Caramba, ou essa garota é vidente ou eu estava pensando em voz alta.

Ela olha disfarçadamente para a cachoeira, e me dou conta de que o lugar em que "desmaiou" é o único de onde é possível ver a catarata e, para ser mais exato, só daqui dá pra ver onde *eu estava* poucos instantes atrás. Ela percebe que notei e morde o lábio.

Cansei de disfarçar a raiva. Parabéns a ela por ser tão criativa. Sem sombra de dúvida, suas intenções devem ser boas, mas a última coisa que eu quero agora é companhia.

– Faça um favor a si mesma – resmungo –, volte pra casa.

– Não.

– Tudo bem, então. – Eu sigo em direção à cachoeira. – Por mim, pode fazer o que quiser. Mas esqueça que eu existo, tá?

Preciso ficar sozinho. Ainda não tenho ideia do que fazer ou para onde ir, mas voltar para a cidade não é uma opção. A única coisa que eu quero fazer agora é ouvir meus pensamentos. Em vez disso, ouço o som dela correndo atrás de mim.

– Só um segundo, por favor.

Ela está começando a me irritar pra valer.

– Não se mete no que não é da sua conta.

– Mas *é* da minha conta. Você não consegue entender? Se eu deixar você fazer o que acho que está prestes a fazer, nunca vou conseguir me perdoar.

– Vai pra casa.

Eu a empurro para o lado e continuo andando. Sou muito mais alto, e não é difícil mantê-la afastada. Quando penso que me livrei dela pela segunda vez, a garota passa correndo por mim, se vira na minha direção e continua falando enquanto caminha de costas.

– Estou avisando. Se você pular, eu pulo também. E a dor que isso vai causar nos meus sete irmãozinhos e irmãzinhas, sem contar os coitados dos meus pais... Bom, vai ser tudo culpa sua.

Isso é golpe baixo.

– Cai fora – vocifero em um tom venenoso. – E vá tomar seus remédios.

Eu a empurro para fora do caminho de novo e continuo andando. A cachoeira está a poucos metros de distância. E do nada a Princesa-Elfa-Transmutada-em-Pesadelo corre naquela direção.

Estou tão atordoado que tudo que posso fazer é parar e vê-la partir.

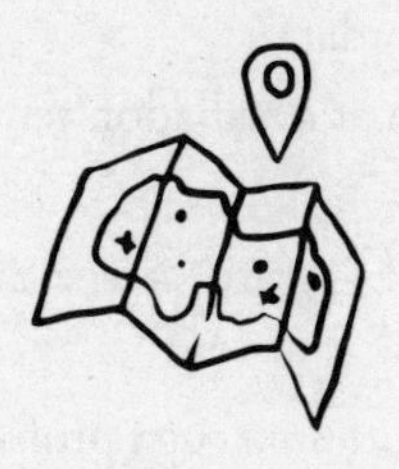

MIA

Meu Deus, o que é que estou fazendo? Corri mais esta tarde do que em toda a minha vida. Quando chego na cerca de ferro que separa a mata da perigosa margem da cachoeira, estou com sérias dificuldades para respirar, como se duas mãos enormes esmagassem meus pulmões com força. Olho para trás. Kyle ainda está parado lá, no mesmo lugar em que o deixei. Mas, a julgar pela fúria em seus olhos, está determinado a rir por último. Se decidir pular, vai levar poucos segundos para me alcançar na beira do penhasco. Tudo bem, eu tenho que cumprir o que falei, ou ele vai achar que não era sério, então deslizo para o outro lado da cerca, me inclino e seguro a grade com força.

Caramba, a vista daqui de cima é espetacular e arrepiante ao mesmo tempo. A água despenca de rochas de alturas diferentes, fundindo-se em uma enorme queda bem na minha frente. A borda sob meus pés é estreita, um pouco demais para o meu gosto. Um passo seria o suficiente para me fazer voar.

Olho para ele por uma fração de segundo, o suficiente para ler sua expressão. Seus olhos estão vidrados, um vazio sinistro de quem não enxerga outra saída (a mesma expressão que testemunhei inúmeras vezes no hospital, quando os pais recebem a notícia de que o filho nunca mais vai acordar).

Eu o encaro com um ar desafiador, tentando esconder o tremor em meus joelhos.

– Não se aproxime! – grito, a voz abafada pelo barulho da cachoeira.

Kyle balança a cabeça, uma ruga profunda na testa, e começa a caminhar em minha direção.

– Pode parar. Se você der mais um passo, juro que vou pular! – berro com todas as minhas forças.

E então sinto a pedra enorme sob meus pés começar a ceder. Antes que eu possa pular para o lado, o chão desaparece, me arrastando para o vazio.

– Ahh!!!

Meus dedos agarram a cerca, mas a força da água me arremessa para o lado e minha mão direita se solta. Estou pendurada por apenas uma mão.

– Socorro! – grito, a garganta destroçada, mas não consigo nem ouvir minha própria voz por causa do barulho da torrente. Onde está o Kyle? Não vejo nada além da água e das pedras sob meus pés. Meus pulmões ameaçam parar de funcionar de novo, então fecho os olhos e rezo.

Um uivo ensurdecedor surge das profundezas do meu ser quando penso na mãe que nunca vou conhecer e em Becca. Estou prestes a chorar, quando uma mão me agarra pelo braço e sinto meu corpo ser erguido. Abro os olhos na mesma hora. Os olhos de Kyle estão cheios de terror e confusão, mas com tanta vida que chega a doer.

– Me dá seu outro braço! – grita ele.

Prendo minha mão livre na dele. Kyle me levanta e me coloca no chão firme. Ele agarra a cerca e se levanta.

– Anda. – Ele estica a mão para mim. – Vamos sair daqui.

Ele me puxa para ficar em pé e me guia para o lado seguro do precipício. Quando me firmo ali, me jogo no chão, o rosto virado para cima, ofegante.

Kyle deita ao meu lado. Estou rindo e chorando ao mesmo tempo. Kyle respira com dificuldade.

Enquanto minha respiração se acalma e meu coração desacelera (obrigada, remédio mágico), eu me viro para encará-lo. Seu olhar está perdido nas nuvens, o queixo trêmulo. Quero ajudá-lo, falar com ele sobre o Noah, sobre o que aconteceu, dizer a ele que a vida não é um paraíso, que tem momentos bons e ruins, e que muita gente daria de tudo para estar na situação dele, para ter pais, ter alguém que de fato se importe com você. Mas, depois do meu recente desempenho no penhasco, duvido que eu seja o tipo de pessoa para quem ele abriria a boca, muito menos o coração.

Kyle senta e começa a esfregar o joelho. Sem dizer uma única palavra, ele balança a cabeça e olha para longe.

Eu me sento ao lado dele, os joelhos dobrados para o lado. Dadas as circunstâncias, mencionar Noah talvez seja a pior ideia do mundo, então, no tom mais suave possível, pergunto:

– Quer conversar?

Seus olhos, de um azul-acinzentado que me lembram o rio Tennessee em um dia nublado, parecem me atravessar.

– Tudo bem, entendi, não quer falar comigo, mas, nesse caso, você não me deixa outra saída. A partir de agora, vou ficar de olho em você.

Noto que ele contrai o maxilar, mas antes ele bravo do que triste.

– Quer dizer, até você decidir falar comigo.

– Você é uma porra de um pesadelo, sabia? – vocifera.

Ouvir isso dói; não posso negar. Me faz pensar, por um breve instante, que talvez eu também fosse um pesadelo para a minha mãe.

Ele se levanta e olha para mim como um gigante encarando um mosquito que não para de picá-lo.

– O que você quer de mim?

Várias coisas vêm à mente, algumas que quase me fazem corar, mas não digo nada. Em vez disso, me levanto e ganho tempo. Ele está desesperado e eu estou desesperada para encontrar uma solução, algo que o impeça de se machucar. E assim, do nada, tenho a ideia mais louca e engenhosa de todas.

– Você tem passaporte?

– Como é que é?

Ai, meu Deus, não posso acreditar no que estou prestes a dizer.

– Sim, bem, você me perguntou o que eu quero de você, e até então eu não sabia que queria alguma coisa de você, mas, agora que você perguntou, eu quero que venha para a Espanha comigo por dez dias.

– Como é?

– Era para um amigo ir junto, mas ele meio que furou comigo e...

– Calma aí. Você nem me conhece e quer que eu atravesse o oceano com você?

– Não é que eu *queira*, mas, ei, que outra opção eu tenho?

– Você tem a opção de ir cuidar da sua vida.

– Bom, por falar em cuidar de sei lá o quê, não posso negar que convidar você pra essa viagem não é tão altruísta quanto parece. Na verdade, faz semanas que estou procurando alguém pra ir comigo.

– Você pirou de vez.

– Talvez, mas o que você faria no meu lugar? Digamos que seu avião fosse partir em dois dias e você não quisesse contar para os meus pais o que aconteceu aqui, pra não causar ainda mais dor de cabeça pra eles. Você iria, mesmo sabendo que eu poderia tentar fazer isso de novo?

– Fazer o que de novo? – Sua voz trêmula denuncia que ele não é bom em mentir. – Não sei que fantasia você tem nessa cabecinha, mas...

– Eu sei sobre o acidente, Kyle – eu o corto antes que se afunde ainda mais –, vi sua foto no jornal.

Ele fica tenso, a raiva queimando em seus olhos.

– Você não sabe de porcaria nenhuma!

– Sei que, por mais que eu tente, não vou conseguir nem imaginar o que você deve estar passando. Mas também sei que você não tem o direito de tirar sua vida, que isso acabaria com sua mãe, seu pai e todos que te amam. Você não pode fazer isso! Não é justo com eles.

Kyle não se mexe. Seus olhos, brilhando como duas cachoeiras, parecem gritar por socorro. Eu daria tudo pra saber como ajudar esse garoto.

– Anda, pensa bem, todas as despesas pagas. Se você ainda quiser bater as botas depois da viagem, não vou impedir. Combinado?

– Pode esquecer.

– Eu entendo. Você não precisa decidir agora. Pode pensar.

– Não.

– Ah, e como eu disse antes, até você se decidir, foi mal, mas vou ter que ficar de olho em você. Aliás, meu nome é Mia.

Estendo a mão, mas ele ignora e sai andando. Desta vez, pelo menos, se afasta da cachoeira.

Sinto vontade de pular de alegria, mas me limito a segui-lo, agradecendo baixinho ao meu coração por ainda bater.

Hoje foi um dia bom.

KYLE

Já estou andando há quase uma hora, e essa tal de Mia continua me seguindo do outro lado da rua. Pelo menos ela teve a decência de manter a boca fechada, o que já é melhor do que nada. Ao longo do caminho, me belisquei diversas vezes para garantir que este dia todo não foi só mais um na sequência de pesadelos que tenho tido desde o acidente. A certa altura, comecei a me perguntar de novo se a garota não era algum tipo de entidade estranha (consequências de crescer como filho de um fervoroso fã de *Arquivo X*, sem dúvida). Cheguei a pensar que talvez fosse o único que conseguia vê-la, mas minhas dúvidas foram sanadas no momento em que ouvi alguns caminhoneiros buzinando e debochando dela. Dá para entender: uma garota com a jaqueta do avesso, andando de bicicleta com fitas cor-de-rosa e uma bandeira que diz *Supergirl* não passa despercebida.

Não sei que horas são porque meu celular está sem bateria, mas o sol está se pondo quando chego ao centro da cidade, o que significa que não passa muito das sete. Meu joelho dói bastante, mas, se eu não me apressar, meus pais vão ficar preocupados, então aperto o passo. Meus pais. Com uma pontada de culpa, me lembro que eles estiveram prestes a ser informados de que seu único filho tinha tirado a própria vida. No que eu estava pensando? Vivo sou um fardo, mas morto...? Eu nem sei o que seria. O nó em meu estômago parece se apertar ainda mais. Não posso tirar minha vida, mas que direito tenho de mantê-la depois do que fiz com a vida de tantos outros?

Olho para o lado. Mia ainda está lá, espreitando na calçada oposta. Agora está caminhando ao lado da bicicleta. Penso no que ela disse na cachoeira e sinto minha mandíbula tensionar. Por que aquele maldito jornal foi publicar minha foto? Agora não tenho onde me esconder. Ela estava falando sério sobre aquela viagem? E o papo de não contar aos meus pais? Não tem como saber ao certo. O que sei é que preciso dar um jeito de me livrar dela. Quem sabe, se eu passar as férias de primavera trancado no quarto, ela desista e encontre outra pessoa para salvar. Se bem que ela não parece o tipo de pessoa que joga a toalha com tanta facilidade. Parece mais daquelas que vai montar acampamento na frente da minha casa, ou coisa pior.

Enquanto minha mente procura a melhor maneira de se livrar dela, chego em frente à minha casa, me viro e a encaro com a expressão mais brava do que de fato estou. Ela também para, com o olhar sério e intenso. Parece exausta. Por um segundo, quase sinto pena dela. Mas não vou permitir que se aproxime mais, de jeito nenhum.

Avanço os últimos metros até a porta da frente sem desviar o olhar. Ela fica estática na calçada oposta, em silêncio, os olhos grudados em mim. Pego a chave na mochila e a enfio rapidamente na fechadura, como se ela pudesse se materializar ao meu lado num segundo. Acho que meu cérebro pode estar sofrendo de sobrecarga emocional (e muitas séries da TV a cabo).

Ao entrar, me escoro na porta fechada. Fico ali por alguns instantes, no escuro, observando vagamente o corredor estreito que se abre para a escada que leva ao meu quarto. À minha esquerda fica a cozinha, e à direita, pendurado na parede, está um espelho redondo com raios de luz dourados. Meu pai acha cafona, diz que lembra um ovo frito, mas minha mãe o convenceu de que precisamos dele para espalhar algum tipo de energia de cura.

A casa está quentinha e cheira a bolo recém-assado e a alguma coisa com frango – fajitas, acho –, mas, antes de mais nada, tem cheiro de lar, um lar que consegui destruir sozinho.

– Kyle, querido – minha mãe chama da cozinha. É quase insuportável ouvir como sua voz falha ao falar. – É você?

Ela sabe que sou eu; quem mais poderia ser? Mas esse é o jeito dela de dizer, *Kyle, meu querido, você partiu meu coração, mas ver você assim, tão distante e indiferente, me machuca ainda mais.* Ouço o barulho de frigideiras, a porta da geladeira abrindo e fechando. Minhas pernas querem seguir os sons, mas não sei se vou permitir. Eu não mereço.

– Kyle? – Meu pai abre a porta, um sorriso surge em seu rosto.

A luz da cozinha expulsa a sombra que me abriga.

– Oi – digo, tentando parecer meio normal. Dou um abraço rápido nele e vou até a cozinha.

Minha mãe, que odeia cozinhar, está tirando um bolo do forno. E, por acaso, é de mirtilo, meu favorito. Dou um beijo na bochecha dela, evitando contato visual.

– Como foi o seu dia? – Ela tenta parecer casual enquanto coloca o bolo no balcão.

Minha boca parece estar colada, então só dou de ombros.

Meu pai segura uma fajita debaixo do meu nariz, como se quisesse me tentar, então puxa a mão para trás com um sorriso.

– Eu te daria uma mordida, mas isso aqui está gostoso demais.

Consigo abrir um sorriso. Deus, como é difícil vê-los tentando me animar, fingindo que as coisas estão normais, quando não estão. Sei que estão fazendo isso para o meu próprio bem, para me fazer sentir menos culpado, mas só faz com que eu me sinta um merda. Sou um fardo, sei disso. Não importa quanto finjam que não, sei que eles estão arrasados. Meu pai está com o moletom do avesso e com olheiras que mais parecem crateras. Nesses trinta e um dias desde o acidente, minha mãe perdeu tanto peso que caberiam duas dela na calça jeans. Hoje de manhã eu a vi tomando uma daquelas pílulas com duas cores, as mesmas que tomava quando a vovó morreu e ela foi forçada a tirar dois meses de licença do trabalho por causa da depressão.

– Como foi com o Josh? – pergunta minha mãe enquanto meu pai traz as fajitas para a mesa de jantar. – O que achou?

Eu congelo. Sou um idiota. Deveria estar preparado para esta pergunta. Eles olham para mim com as sobrancelhas erguidas, esperando por uma resposta que possa aliviar sua dor. Como vou dizer a eles que é possível que o Josh nunca mais volte a andar?

– Ele está bem – minto –, parece melhor.

Eles não acreditam, meu pai começa a puxar algumas cadeiras e senta em uma delas.

– Kyle, você quer conversar?

Eu daria tudo para conversar, como costumávamos fazer, nós três, mas em vez disso balanço a cabeça.

– Já comi na casa do Josh – minto de novo. Por que preocupá-los ainda mais? – E, bem...

– Você não está com fome – minha mãe interrompe, a voz nervosa. – Sim, a gente imaginou.

Meu pai segura a mão dela. Ela respira fundo, se recompondo, e os dois olham para mim. Tentam sorrir, mas seus olhos contam uma história diferente. *Sentimos muito por você, Kyle, e é doloroso te ver assim. Não sabemos mais o que fazer; nos deixe ajudar você.* Mas o que eles não entendem é que é tarde demais. Ninguém pode me ajudar, porque ninguém pode mudar o maldito fato de que matei meu amigo. Eu me viro subitamente de costas. A última coisa que eu quero é começar a chorar na frente deles, como uma criança, então vou em direção à porta.

– Por que você não fica um pouco aqui com a gente? – pede meu pai.

– Preciso tomar banho. – Limpo a garganta para encobrir minha voz, que começa a falhar. – Não dormi muito bem ontem à noite e...

– Mas, querido... – minha mãe começa a protestar, no entanto meu pai a interrompe.

– Vá em frente, filho, não se preocupe. Vamos guardar algumas fajitas pra você comer amanhã, tá?

Eu assinto sem me virar. Ao chegar no corredor, meu reflexo me encara no espelho redondo, e quase desmorono. Pouco antes de a porta se fechar atrás de mim, vejo o reflexo da minha mãe se jogando no colo do meu pai e enterrando o rosto no ombro dele. Ele a abraça e beija seus cabelos. A porta se fecha e eu fico parado ali na escuridão, olhando para a minha imagem horrível no espelho, que estou prestes a destruir. Os soluços da minha mãe ecoam fracos na cozinha. Subo a escada correndo e entro no quarto, jogo a mochila na cama. Quero quebrar alguma coisa, destroçar tudo que vejo pela frente. A necessidade de gritar a plenos pulmões é insuportável, mas, em vez disso, mordo o travesseiro e abafo o som dos meus gritos.

Eu *tenho* que fazer alguma coisa, qualquer coisa além de me torturar. Pego meu caderno de desenho, me jogo na cama e tento me concentrar em algo que possa desenhar, mas as mesmas imagens continuam me perseguindo: os olhos vazios de Noah, o rosto ensanguentado de Josh, os carros colidindo na curva, o metal retorcido, o vidro... *Chega.* Afasto qualquer lembrança da cena e de repente me pego pensando na princesa-elfa, ou melhor, na elfa-pesadelo.

Não, me recuso a permitir que ela me assombre também. Mas a cachoeira... Devia desenhar isso. Na verdade, vou desenhar a floresta inteira só para não cochilar, ainda que as chances de isso acontecer sejam nulas, já que quase não consegui pregar o olho desde o acidente. E já tentei de tudo – contar carneirinhos, contar de trás para a frente, ouvir canções de ninar –, mas nada funciona. Ao que parece, para alguém como eu, descansar não é mais um direito, e sim um privilégio. Além disso, até mesmo fechar os olhos se tornou uma manobra arriscada. Toda vez que começo a cochilar e sinto meus olhos pesarem, há um pesadelo à espreita, apenas esperando para abri-los novamente. Então, me preparo para outra noite em claro.

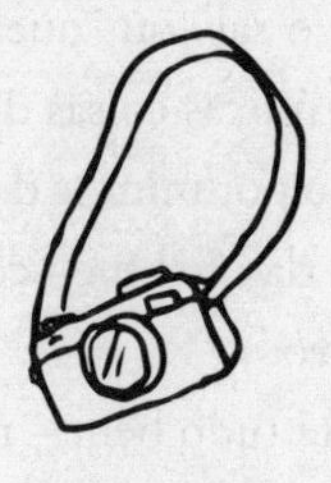

MIA

Quando volto para a casa dos Rothwell, eles já estão terminando de jantar. Eu os cumprimento quando entro na sala de estar, mas a televisão já roubou a atenção deles pelo resto da noite. Parece que meu plano funcionou; eles não parecem suspeitar de nada. Sinto uma dor latejante no peito e meu corpo todo clama por descanso, mas, se não comer alguma coisa, vou desmaiar. Comer na cozinha não é uma opção (e bem que já tentei), então me junto a eles à mesa de jantar. Becca está no andar de cima, seu prato está vazio, e os gêmeos estão na terapia semanal de controle de raiva. Vou mandando pra dentro um macarrão com queijo com baixo teor de gordura e sem sódio, com a voz de Sean Hannity ao fundo, e não consigo parar de pensar em Kyle. Eu me pergunto o que estará fazendo agora. Será que já jantou? Está conversando com os pais, ou vendo televisão, ou no quarto? Só espero que não faça nenhuma idiotice antes de eu convencê-lo a ir para a Espanha comigo.

Estou tão imersa em meus pensamentos e no meu macarrão que, quando entra um comercial no meio do noticiário, a música me faz pular da cadeira. Katelynn, minha mãe adotiva, se espanta, como se eu tivesse brotado do nada.

– Pelo amor de Deus, Mia, que susto! – Se acalmando, pergunta: – Então, o que eles disseram no hospital?

Isso é estranho. "Passa o sal" ou "quem gostaria de fazer a oração?" são praticamente as únicas coisas ditas em nossa mesa. Acho que esse interesse repentino por mim se deve ao fato de que em uma semana farei uma cirurgia da qual meu coração tem cinquenta por cento de chance de sair vivo.

– Eles disseram que está tudo bem – respondo –, obrigada.

O sr. Rothwell, como nosso pai adotivo prefere ser chamado, olha para mim por cima dos óculos, a testa franzida.

– Bem, isso mostra uma total falta de profissionalismo, simples assim – resmunga e abaixa o volume da televisão, o que por si só já é um mau sinal. – Eles falaram que já tinham feito todos os exames necessários. Pelo amor de Deus, a operação está marcada para segunda-feira. O que eles acham que estão fazendo?

– Não foi nada de mais, de verdade – respondo, fazendo minha melhor cara de *tudo está às mil maravilhas* –, eles só fizeram um exame de sangue para garantir que tudo está certinho.

– Katelynn, me passe o telefone – ordena o sr. Rothwell. – Vou ligar para o doutor Rivera agora mesmo. Quero uma explicação.

Minha mãe adotiva assente e se levanta, fechando o cardigã ao redor do corpo.

– Não, não. Não faz isso, por favor! – explodo, em um tom um pouco alto demais, e percebo meu deslize quando vejo os olhares de que *alguma coisa está estranha* no rosto deles.

Se descobrirem que passei a tarde toda ao ar livre, vão contar ao meu médico, que vai providenciar para que eu seja levada imediatamente para o hospital, o que arruinaria meus planos de fuga. *Nada de esforço físico* foi a ordem do meu médico no último check-up. Ao que tudo indica, meus níveis de oxigênio tendem a cair repentinamente, o que acaba culminando em acontecimentos estúpidos, como desmaiar na floresta no pior momento possível. Os Rothwell estão esperando há semanas que eu faça essa operação. Os dois chegaram a perguntar ao meu médico se eu poderia ficar no hospital até o dia da cirurgia. Não posso culpá-los. Eles têm medo de que eu morra sob a tutela legal deles. Muita papelada, é o que dizem.

Eles me encaram sem piscar. Tenho que pensar em algo, rápido.

– Fui eu quem ligou para o hospital. – Balanço a cabeça, parecendo séria. – Comecei a me sentir um pouco mal à tarde. – Inspiro fundo como se estivesse com falta de ar e, para ser sincera, estou mesmo.

– Está certo – responde minha mãe adotiva, parecendo menos desconfiada. – Você não me parece nada bem.

– Eu não queria preocupá-los – acrescento –, foi por isso que não disse nada. Desculpa ter chateado vocês.

– Ah, por favor, pare com isso – diz o sr. Rothwell, ainda com a testa franzida. – O que *eu* quero saber é o que eles falaram pra você. E, especialmente, por que não fizeram você ficar no hospital direto? Era o que eles deviam ter feito desde o começo. – Ele bate o punho na mesa para pontuar sua declaração.

– Não, não, eles disseram que não tinha nada de mais, era só nervosismo, por causa da cirurgia e tudo mais – minto.

Katelynn enfia um pedaço de pão na boca sem tirar os olhos de mim, como se estivesse assistindo a uma de suas séries.

– O médico recomendou que eu faça caminhadas leves pela manhã – minto novamente –, parece que meu sangue precisa de oxigênio.

Eles trocam olhares intrigados. Meu pai adotivo balança a cabeça, pega o controle remoto e aumenta o volume, enquanto Katelynn me olha fixamente, como se esperasse meu ato final.

– Vocês se importam se eu der um passeio até a cidade amanhã? – Coloco um pouco de salada na minha tigela, tentando parecer descontraída. – Não vou longe, só algumas horas pela manhã.

Katelynn olha para o marido, que dá de ombros sem desviar os olhos da televisão.

– Bem, se o médico recomendou – conclui ela –, não vejo por que não.

Este é oficialmente o maior número de palavras que trocamos em três anos. Não que eles sejam más pessoas. Acho que têm boas intenções e de fato querem ajudar, mas não tenho tanta certeza de que sou eu quem precisa de ajuda. A vida que vivi me ensinou que os adultos são apenas crianças crescidas.

Sean Hannity recapturou a atenção deles, então me concentro em terminar a comida no meu prato. A dor lancinante no meu peito está piorando.

Já no quarto, Becca me ataca com um milhão de perguntas. Nós nos deitamos na cama dela, e, após se aconchegar nos meus braços, ela me faz repassar o que aconteceu na floresta. Conto uma versão mais leve dos fatos, omitindo a tentativa de suicídio para poupá-la de qualquer pesadelo.

Quando ela enfim adormece na curva do meu braço, eu a ajeito na cama e dou um beijo na ponta de seu nariz. Isso sempre a faz rir. Se ao menos eu pudesse estar *sempre* aqui para fazê-la rir.

Vou para minha cama, e, ainda que sinta pálpebras pesadas, minha mente continua a mil por hora. Tá, digamos que eu consiga persuadir Kyle a ir comigo. Que tipo de pais em sã consciência deixariam seu filho, na condição em que ele está, viajar para a Europa com uma estranha, em especial uma órfã, uma garota em fuga? Além disso, se eles descobrirem quem eu sou e contarem aos Rothwell, estará tudo acabado. Acho que não tenho escolha a não ser recorrer a Bailey, minha ex-irmã adotiva.

Pego meu tablet na mesa e me sento na cama. Enquanto espero os dois longos minutos que leva até ele ligar, vasculho a gaveta da mesa de cabeceira em busca de comprimidos. Um suor frio sobe pela sola dos meus pés, e, pela primeira vez em muito tempo, começo a entrar em pânico. O meu medo não é de morrer, mas de morrer quando estou tão perto de encontrar minha verdadeira mãe, o que iria contra o propósito da minha vida, e está fora de questão.

Meu tablet enfim liga e eu disco o número de Bailey, tentando me distrair do meu coração dolorido. Bailey atende no quarto toque e aparece na tela, vestindo seu uniforme rosa de garçonete. Uma jukebox está tocando ao fundo.

– Maninha – diz, com um sorriso radiante que logo se fecha –, algum problema? Você está bem? Eles fizeram alguma coisa com você? Quer que eu vá te buscar?

– Não, não, está tudo bem – digo com uma risadinha afobada. – É só que...

– Espera aí – interrompe ela –, deixa só eu terminar de servir uma mesa e já volto pra falar com você, tá?

Eu assinto. Bailey apoia o celular no que parece ser uma mesa, e eu a vejo servir panquecas com chantili para uma família de seis pessoas. Seu sorriso ilumina todo o restaurante. Bailey é uma daquelas pessoas que conseguem fazer alguém mudar por completo o jeito de ver o mundo; ao menos foi o que ela fez comigo. Graças a ela, aprendi a parar de reclamar da minha má sorte e comecei a ver o copo meio cheio. Sim, minha mãe me abandonou, mas nem isso os pais de Bailey tiveram a decência de fazer. Sua mãe tinha o mau hábito de confundir as costas de Bailey com um cinzeiro para apagar baseados, e o pai bebia tanto que mal conseguia dizer quem estava forçando a ir para a cama com ele. Bailey é uma lutadora nata e, ao contrário de mim, não tolera merda de ninguém (a não ser dos namorados, um pior que o outro, mas isso é história para outro dia). Ela é meu maior exemplo de vida, minha própria Mulher-Maravilha.

– Voltei, maninha. – Ela pega o celular enquanto caminha ao lado do balcão. – Então me diga, como você está? O que está acontecendo? Você não teve outro ataque, teve?

Ela se aproxima da câmera, me estudando. As olheiras sob seus lindos olhos verde-esmeralda estão ainda mais profundas do que da última vez que a vi.

– Bailey, e você? Você está bem? Ainda está com o... qual o nome dele?

– Ei, vamos falar sobre mim em outro momento. Agora me diga o que tá rolando com você. Por que me ligou?

– Ok, preciso da sua ajuda. É uma questão de vida ou morte.

Bailey começa a rir.

– Tudo é questão de vida ou morte com você.

– Não, estou falando sério desta vez.

– Desembucha.

– Tudo bem – digo, me jogando no travesseiro. – Você ainda é boa em imitar vozes?

– Alguns talentos – responde ela com a voz do Bart Simpson – são para a vida toda, mocinha.

Eu dou risada. Bailey sempre me faz rir.

– Ótimo. Você acha que consegue se passar por minha mãe amanhã?

– Com certeza, querida. O que uma mãe não faz pela filha, não é mesmo? – pergunta, a voz assumindo um tom sábio e maternal. Não consigo deixar de pensar na minha mãe verdadeira e em como deve ser a voz dela. – Mas, primeiro, quero saber tudinho.

Conto tudo a ela, sobre Kyle, minha viagem, meus planos de fuga, minha operação, e Bailey me apoia o tempo todo. Ainda que a gente só tenha morado juntas por dois anos, ela é o mais próximo que já cheguei de ter uma mãe. Foi no meu lar adotivo anterior, nos conhecemos e nos divertimos muito. Mas, quando ela completou dezenove anos, foi obrigada a se mudar – uma garota mais nova precisava usar sua cama. E, de repente, Bailey estava nas ruas com apenas duzentos dólares no bolso. Ela se mudou para Atlanta, e, desde então, quase não nos vimos.

Desligamos meia hora depois, meu coração transbordando de calor e carinho. Os comprimidos fizeram efeito; o aperto das mãos invisíveis espremendo meus pulmões suavizou. Olho pela janela e acho as estrelas mais brilhantes que o normal. Vênus cuida de mim dos céus. Por dentro, estou sorrindo. Fiz uma boa ação hoje. Ao salvar uma vida, talvez não importe muito a minha falta de interesse em salvar a minha própria. Faço menção de pegar o diário, mas minhas pálpebras já estão cedendo à gravidade.

KYLE

Estou no meio de uma floresta à procura de algo, mas não sei o quê. O cheiro de enxofre e queimado me deixa em pânico, então tento correr, mas minhas pernas não se movem. Quero gritar, fugir, mas estou sem palavras e pregado no chão. Eu me viro e vejo Noah, de calça e moletom pretos e jaqueta vermelha. Ele me olha feio, imóvel, inabalável. Está sorrindo, mas seus olhos vermelhos exalam raiva. Balançando a cabeça, ele se aproxima de mim, a centímetros do meu rosto. Sem abrir a boca, ele diz:

– Por quê, Kyle? Por que você fez isso?

O rosto de Noah começa a se deformar, como uma pintura fresca salpicada de água, e pouco a pouco assume a forma do rosto de Josh. Sua sobrancelha direita está se contraindo, sinal de que está chateado.

– Você ferrou com a minha vida, seu desgraçado. – Ele abre a boca e uma espuma cinzenta e derretida jorra dela.

Tudo ao meu redor está pegando fogo. O chão, o ar, as árvores – tudo está em chamas. E Noah está novamente na minha frente, dizendo:

– Você vai pagar pelo que fez com a gente. Venha, estou te esperando.

Eu olho para minhas mãos. Também estão queimando, e, ainda que eu me debata, não consigo me livrar das chamas. A dor é insuportável.

Acordo de repente com alguém berrando e demoro alguns segundos para perceber que sou eu. Abro os olhos. Está um breu. Estou encharcado de suor e ofegante.

– Tudo bem, querido? – minha mãe chama do outro lado da casa.

– Sim, sim, tudo bem – respondo. Ultimamente, essa é minha resposta para tudo.

Merda, eu não deveria ter adormecido. Acendo o abajur na mesinha de cabeceira e vejo que horas são. O relógio marca 5h06. Meu desenho da cachoeira está amassado embaixo do travesseiro. Eu o aliso e observo cada detalhe: a cascata de água, a espuma que esconde as rochas, o arenito, a cerca de ferro... cada merda de detalhe. E agora tudo fica claro de novo: preciso acabar com esse pesadelo. Não vou falhar de novo amanhã, mesmo que isso signifique amarrar aquela garota em uma árvore se ela se meter no meu caminho.

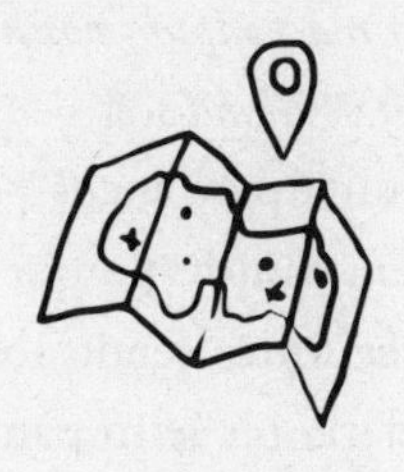

KYLE

Eu me revirei de um lado para o outro na cama até seis e meia da manhã, os pensamentos em uma espiral. Então, depois de passar uma hora analisando os resultados da pesquisa por *morte* e *vida após a morte* no celular, meu corpo decidiu se fundir com a cama. Deve pesar uma tonelada. Por um segundo, me pergunto como o Hulk deve se sentir sem seus superpoderes. A simples menção de abrir os olhos já é um trabalho do cão.

Sinto um arrepio percorrer meu corpo, como se minha hora estivesse chegando. Por algum motivo, me sinto entorpecido e vazio. Meus pais devem sair de casa em breve. Aos sábados, eles vão até Birmingham fazer as compras da semana. Minha mãe diz que fazer compras no Trader Joe's e no Sprouts compensa os quarenta e oito quilômetros de viagem que nos separam da cidade mágica. É por isso que preciso esperar. Nem ferrando vou estragar o sábado deles.

Enquanto espero que saiam, penso em formas de escrever um bilhete de despedida. (Quando conseguir me mexer, vou pegar papel e caneta para escrever.) Imagino que seja isso que deva ser feito nesses casos, não? Nada tão elaborado quanto em *13 Reasons Why,* mas imagino algo como "*desculpem-me, sei que decepcionei vocês, mas estou queimando vivo e a única coisa em que consigo pensar é em como apagar o incêndio o mais rápido possível. Não é culpa de vocês. Por favor, não fiquem tristes. Amo vocês*".

Escrevo três cartas: uma para meus pais, a mais difícil; uma para Josh; e a última para Judith, porque, se a conheço bem, sei que passaria os meses seguintes sendo torturada pela dúvida, se perguntando o que poderia ter feito para me impedir. Também escrevo uma nota mental para os pais de Noah. Eles merecem uma explicação, um pedido de desculpas, *alguma coisa*. Ainda não tive coragem de visitá-los. Eles querem saber exatamente o que aconteceu, como as coisas podem ter dado tão errado, como eu posso ter ferrado tanto as coisas para meu carro bater no dele. Mas não tenho o que fazer. Minhas lembranças só vão até o momento em que fiz a curva fatal; todo o resto foi apagado da minha memória. E Josh estava tão bêbado naquela noite que também não consegue se lembrar de porra nenhuma.

Toc, toc, toc. A julgar pelas batidas suaves, é minha mãe.

– Kyle? – pergunta ela.

Ela para por um segundo, depois abre a porta, e eu finjo que estou dormindo. Se eu olhar para ela, vou dar para trás, tenho certeza. Mas preciso fazer isso. Me dói demais fazer com que eles sofram, mas ser um fardo para o resto da vida deles... isso não vai rolar. Após fechar a porta com cuidado, ela desce a escada.

Uma brisa suave entra pela janela entreaberta, e enfim ouço a porta da frente se abrir. Minha mãe sempre diz que precisa colocar óleo na dobradiça, e meu pai sempre diz que vai fazê-lo no dia seguinte, logo de manhã.

– Ele precisa de tempo, Connor, é só isso. Tempo, amor e carinho. – Ouço minha mãe dizer.

– Lisa, por favor, já faz um mês – retruca meu pai –, e ele piora a cada dia. Não come, se recusa a falar. Ele mal consegue olhar pra gente.

Sinto uma vontade enorme de correr até a cachoeira, de desaparecer, para nunca mais ouvir os dois falarem de mim de novo. Mas não consigo me mexer.

– Talvez a gente deva tentar um terapeuta diferente – ela responde.

Bip. A porta do carro da minha mãe se abre.

– Não, Lisa, escute o que estou dizendo. As últimas semanas foram pesadas demais para ele: o interrogatório da polícia, os testes para drogas e álcool, o medo de que os outros pais prestem queixa... E, agora que ele se livrou de tudo isso e o pesadelo acabou, ele precisa retomar a vida dele. E isso significa se afastar daqui, de tudo, *da gente.*

Cubro minhas orelhas, mas ainda consigo ouvir cada palavra.

– Então o que você sugere? Que a gente o despache para algum lugar como uma mercadoria com defeito?

– Você sabe que seria bom pra ele passar alguns dias com a minha irmã e os primos na Flórida. Ele precisa mudar de ares.

– Pelo amor de Deus, Connor! Ele precisa da gente mais do que nunca. Você não percebe isso? Eu me recuso a abandoná-lo.

– E quem falou em abandonar? É você quem não consegue entender. Ele está sufocando aqui, Lisa. Nós vamos perdê-lo. – É informação demais. Enfio a cabeça embaixo do travesseiro e o pressiono. Quando meus tímpanos parecem prestes a explodir, ouço a *última* voz que gostaria de ouvir agora.

– Oi, eu sou a Mia, amiga do Kyle. Ele está em casa?

Eu me levanto da cama tão rápido que acabo acertando o armário. Não pode ser. Vou em direção à porta, mas meu pé direito não quer obedecer ao movimento e caio no chão. Meu joelho grita de dor. Olho para trás e vejo que meu pé está preso nos lençóis. Eu o puxo e saio mancando do quarto, descalço, me arrastando pela escada o mais rápido que posso.

Quando irrompo pela porta da frente e corro até meus pais, eles estão de costas para mim, e na frente deles, me encarando com uma expressão inocente, está Mia, o Pesadelo. Estou prestes a dizer tudo o que penso, mas ela fala mais rápido.

– E aí, Kyle, já ia contar tudo para os seus pais agorinha mesmo.

Aquelas palavras me fazem congelar no lugar. Meus pais me olham intrigados, e, já que meu cérebro decidiu parar de funcionar, respondo com a expressão mais neutra que consigo. Eles voltam a olhar para Mia. Com cara de quem não faria mal a uma mosca, ela diz:

– Ontem, quando a gente estava saindo da casa do Josh, Kyle me disse que precisava ficar longe de tudo por alguns dias, então minha mãe o convidou pra passar o recesso de primavera com a gente na Espanha. Se vocês concordarem, é claro. Vamos amanhã de manhã.

Como é que é? Ela pirou de vez.

Em uma sincronia perfeita que parece coreografada, três pares de olhos se viram para mim. Abro a boca, mas não consigo dizer nada, ao menos nada que faça sentido. E é nesse instante que Mia vem depressa até mim, rindo quase histérica, e cobre minha boca com a mão, dizendo:

– Não vai me dizer que você ia contar como a gente se conheceu? Essa história é *muito* constrangedora.

Desejo com todas as minhas forças ter a habilidade de matar, mutilar, degolar só com o olhar. Mas agora não tenho alternativa a não ser agir da mesma forma que essa elfa má se fingindo de boa garota, então dou de ombros e me esforço para sorrir. Meus pais estão tão chocados que se esquecem de piscar.

– Filho, você tá falando sério? Você quer mesmo viajar, *agora*? – pergunta meu pai, com uma pontada de esperança na voz.

Minha mãe não parece ter caído nessa, sua sobrancelha arqueada é prova disso.

Eu fico quieto.

– Anda, Kyle – acrescenta a elfa –, fala pra eles o que você me disse ontem… sobre querer visitar a Espanha e tal.

Eu não digo nada, então ela continua:

– Tá, então eu falo.

Merda. Balanço a cabeça, enrolando, tentando pensar em um jeito de fazer essa garota se tocar, mas nada me vem à mente.

– Sim… – começo – é verdade… Faz um tempinho que eu queria conhecer a Espanha. Pai, você sempre me falou da arquitetura de lá e… e… enfim. – As palavras passam com dificuldade pelo nó na minha garganta. – Noah sempre falava quanto é legal lá.

As sobrancelhas da minha mãe ainda estão erguidas quando ela pergunta:

– Mia, nós conhecemos seus pais?

– Não sei dizer. John e Ellie Faith. Da igreja, talvez? – Minha mãe balança a cabeça, então a garota continua falando: – Minha mãe é professora de psicologia na UAB, especializada em transtorno de estresse pós-traumático. Ela trabalha no hospital à tarde. E meu pai é fotógrafo de uma revista de natureza. Não tenho dúvidas de que, se vocês se conhecessem, iam se dar bem logo de cara.

Puta merda, como ela é cínica – dá pra perceber de longe. Mas, conforme minha mãe assente, as sobrancelhas dela vão abaixando.

– É só que… está tudo acontecendo tão rápido. Queria ter mais tempo para me acostumar com a ideia – responde.

– Não, por favor, não se preocupe. Kyle vai estar em boas mãos. Além disso… – a elfa-pesadelo me olha com um sorriso enorme –, eu sinto que tem um dedinho do destino nisso. Encontrei com o Kyle ontem logo depois de o meu primo dizer que não poderia mais ir comigo e… bom, tudo se encaixou. Não é mágico?

Tá mais pra bruxaria, eu diria. Meus pais me olham cheios de dúvidas, e, com um esforço enorme, consigo abrir o que se poderia chamar de sorriso. Agora é oficial: eu perdi e ela ganhou.

– Bom, então acho que não temos mais por que perder tempo – diz meu pai –, precisamos falar com seus pais para organizar tudo.

– Claro. Minha mãe vai ligar pra falar dos detalhes. Eu só queria conhecer vocês pessoalmente antes. Tem muita gente esquisita por aí – *é, pode apostar que tem* –, então só queria ter certeza de que vocês eram, tipo, normais.

O rosto do meu pai se ilumina. Pronto, ele está sob o feitiço da elfa.

– Kyle, querido, você tem certeza? – pergunta minha mãe.

Eu assinto, tentando esconder a vontade de sair correndo sem olhar para trás. Meu pai dá um passo na minha direção com os braços abertos, e então me puxa para um de seus abraços de urso.

Olho irritado para Mia e sibilo: *vou te matar.*

Como se por reflexo, ela toca o pingente em seu pescoço e por um instante parece ficar mais pálida, estremecendo levemente como se eu tivesse dado um chute em sua barriga, mas disfarça rapidamente. Ainda está olhando para mim com um meio sorriso quando meu pai me solta. E, ainda assim, eu poderia jurar que os olhos dela não pareciam tão sombrios um segundo atrás.

Minha mãe caminha até ela e, com um doce ar maternal, puxa delicadamente a camiseta de Mia.

– Querida, acho que sua camiseta está do avesso.

Mia olha para baixo, fingindo surpresa.

– Ai, eu faço isso de vez em quando. Obrigada. – Então olha para mim, e há algo em sua expressão que quase acho comovente. – Enfim, vou deixar vocês curtirem o dia agora.

Antes de sair, ela se vira para mim, toda descolada:

– Kyle, não se esqueça. Minha mãe vai precisar dos detalhes do seu passaporte e tudo mais.

Estou prestes a matar uma elfa. Finjo um sorriso e observo enquanto a garota se afasta, de costas, o cotovelo dobrado ao lado do corpo e a mão em concha em um aceno, como se ela fosse da realeza. Por Deus, essa garota me dá nos nervos, mas o que mais irrita é ver meus pais ali, parados, com os olhos arregalados. Isso é uma loucura. Mas então minha mãe se vira para mim, e há algo diferente em seu olhar, algo que não vejo há não sei quanto tempo, algo que suspeito que se pareça com alegria, ou talvez seja esperança.

– Tem certeza de que vai ficar bem, Kyle? – pergunta ela. – Não sei, me parece um pouco cedo demais pra isso... eu...

Meu pai a abraça.

– Vai ficar tudo bem, Lisa.

Minha mãe olha para mim, ainda esperando minha resposta.

– Eu vou ficar bem, mãe, sério… Eu não quero que vocês se preocupem, mas… acho que preciso mudar de ares. É… preciso me afastar daqui um pouco… Estou… estou me sentindo meio sufocado aqui…

Citar meu pai parece ter funcionado, porque na mesma hora eles compartilham um sorriso de cumplicidade. Então minha mãe estende o braço para me incluir no abraço – e para esconder as lágrimas.

– Vem com a gente? Podemos comprar algumas coisas pra sua viagem.

Meu pai me observa com os olhos marejados. O tempo parece suspenso no ar. Tudo parece suspenso no ar. Eles olham para mim, esperando pela resposta. Como posso dizer que não vou, que já tenho planos menos divertidos? Não posso. Em vez disso, passamos o dia em Birmingham, a Cidade Mágica. Como já disse antes, minha versão da lâmpada de Aladdin funciona muito bem, mas para fazer tudo ao contrário.

MIA

É noite e as luzes na casa dos Rothwell são apagadas uma a uma, as últimas portas são fechadas e os derradeiros passos se afastam pelo corredor. Olho para Becca, que dorme tranquila em sua cama. Ela ainda está com um sorrisinho nos lábios após nossos últimos momentos juntas. Tirando a hora em que fui falar com os pais do Kyle e a ligação com Bailey, não saí do lado de Becca o dia inteiro. Foi incrível. Um pouco cansativo, talvez, mas incrível.

Eu me sento na escrivaninha e escrevo uma carta de despedida para ela, dizendo que a amo, que não importa aonde ela vá, não importa o que faça, não importa aonde a vida a levar, sempre vai haver alguém feliz por ela existir, feliz por ela ter nascido. Becca vai entender o que eu quero dizer.

Tiro a mala de baixo da cama e pego o cachecol rosa. Ela sempre amou esse cachecol. Faço um coração com ele na mesinha de cabeceira e deixo a carta ao lado. Então, depois de dar um beijo final em seu narizinho de botão, abro a janela, coloco minha mala no parapeito e a deixo deslizar com cuidado para o gramado da frente. Depois coloco a mochila no ombro, saio e fecho a janela. Olho uma última vez para Becca e imploro a cada estrela no céu noturno que tome conta dela.

Quando chego ao parque perto do bairro de Kyle, procuro um banco para passar a noite e encontro um sob os galhos de um grande plátano. Quando me asseguro de que minhas únicas companhias são um estranho esquilo ou um cervo que passa, me aconchego no banco e tento descansar um pouco. Mas estou empolgada demais para perder um segundo sequer dormindo, então pego meu diário da mochila e começo a atualizar as coisas.

No ensino fundamental, nos fizeram ler *O diário de Anne Frank,* e o livro me marcou tanto que decidi começar a escrever um diário também. Não me comparo a ela, é claro, mas pensei que, se um dia eu encontrasse minha verdadeira mãe, ela poderia ter curiosidade sobre a minha vida, sobre os momentos que perdeu, então comecei a colocar tudo no papel, eternizado para ela. E, bem, se eu morrer antes de conhecê-la e ela decidir me encontrar, meu diário será o único rastro meu neste planeta, isso e meu fotoblog. Já tenho três diários completos. Eles estão na mala.

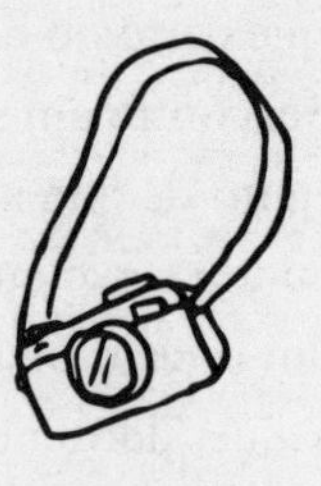

KYLE

De manhã bem cedo, quando as cores do nascer do sol poderiam levar muitos a pensar que vale a pena viver, Mia já estava parada em frente à nossa porta, com uma mochila de tricô no ombro e uma mala que, a julgar pela aparência, já viu muito mais lugares do que a própria Mia.

Meu pai se ofereceu para levar a gente ao aeroporto. Acho que eles finalmente desistiram de tentar me convencer a voltar a dirigir. Minha mãe queria ir com a gente, mas recebeu uma chamada e teve que ir para a clínica. Um cavalo no rancho Sullivan precisava de uma cirurgia de emergência e não havia outro veterinário disponível.

Ontem minha mãe era só sorrisos. Quando voltamos de Birmingham, ela e meu pai passaram mais de uma hora ao telefone com a mãe de Mia. Parece que o pai de Mia, o fotógrafo, está na Espanha há algumas semanas, trabalhando em uma matéria para uma revista de natureza. A sra. Faith também disse aos meus pais que eles vão nos esperar no aeroporto de Madri e de lá vamos para o nosso hotel, em algum lugar da Andaluzia cujo nome não consigo lembrar. A mãe de Mia vai dar uma palestra em alguma universidade local. Acontece que os pais "sem grana" de Mia não só têm empregos legais que de vez em quando envolvem atravessar o Atlântico como também podem se dar ao luxo de tirar férias no exterior e arrastar a filha como refém. Acrescentemos o fato de que, na cachoeira, ela disse que estava planejando uma viagem com um amigo, mas que ele furou. Essa garota é a maior mentirosa do estado do Alabama. Ela tem um problema que não pode ser resolvido só com remédio. Seja como for, as passagens de avião são de verdade, assim como o sorriso no rosto do meu pai, então não vou perguntar nada a ela, ao menos por enquanto.

Não faço ideia do que pode acontecer comigo quando conhecer os pais dela: ser mantido refém por uma família psicótica, sequestrado por um culto ou abduzido por seus pais alienígenas são algumas das opções em que consigo pensar.

Seja o que for, é pouco se comparado com o que mereço e com o que muitas vezes desejo fazer a mim mesmo.

Meu pai, que passou a manhã inteira sorrindo, colocou para tocar um de seus CDs enquanto cruzávamos a Interestadual 65 e está cantando "Glory Days", de Bruce Springsteen, que, de acordo com ele, é o maior cantor de rock de todos os tempos. Observo Mia pelo espelho retrovisor. Está com os cotovelos apoiados na janela entreaberta, os cabelos balançando ao vento enquanto usa uma câmera antiga para tirar fotos. Tudo parece fasciná-la. Ela parece um pequeno animal que rastejou para fora de sua toca e viu a luz do dia pela primeira vez. Reparo nas roupas dela – amassadas, como se tivesse passado a noite com elas. Tem até um pouco de musgo nas costas da jaqueta jeans, que, como sempre, está do avesso. Sinto vontade de limpar o musgo, mas resisto à tentação.

Não sei quanto tempo passei analisando Mia, mas vejo meu pai *me* observando de canto de olho, um sorriso maroto brincando em seus lábios. Ótimo, a última coisa de que preciso é que ele pense que *eu* possa gostar de uma garota como Mia. Eu limpo a garganta, pego meu celular e finjo procurar algo no Google. Mas, enquanto finjo, me pego pesquisando "maneiras de tirar a vida em um avião".

Vários minutos e algumas músicas de Springsteen depois, chegamos a um cruzamento. Meus olhos ainda estão fixos na tela do celular quando meu pai repentinamente faz uma curva mais fechada e tudo vem à tona, assim, sem o menor aviso. Um por um, flashes daquele dia terrível começam a voltar à minha mente, cegando, ensurdecendo, acabando comigo. Tudo fica preto. Quando a escuridão por fim se dissipa, vejo um carro vindo em nossa direção. É o Noah. Estamos prestes a bater. Meu coração está acelerado. Não consigo respirar. Então sinto uma mão surgir do nada e agarrar meu braço.

Abro os olhos – nem percebi que estavam fechados. Prendo a respiração. Minhas mãos estão apertando o assento do carro. Olho para meu pai, que não está mais sorrindo. Sua mão está apoiada no meu braço. Ele olha para mim e assente, como se dissesse que está tudo bem, que acabou, que de alguma forma ele me entende.

Ainda confuso, olho para a frente, esperando encontrar Noah, seu carro totalmente destruído, mas, em vez disso, vejo a torre do aeroporto de Birmingham. Não faz sentido; era tão real… Posso sentir os olhos de Mia em mim do banco de trás, mas não tenho coragem, muito menos vontade, de me virar.

– Pronto? – pergunta, quase sem conseguir conter o entusiasmo. – Estamos no aeroporto, né?

Meu pai assente, um leve sorriso voltando a estampar seu rosto. Quando enfim consigo me recompor, estamos entrando na estrada em forma de C que corre ao longo do terminal de embarque. Conforme passamos por cada portão, Mia lê os nomes das companhias aéreas nas placas, *um por um.* Eu sabia que o silêncio dela era bom demais para ser verdade.

– United! É essa! Chegamos!

Meu pai, rindo de tamanho entusiasmo, para o carro em frente à entrada. Mia salta, tira algumas fotos e corre para a fila de carrinhos de bagagem.

– Estou feliz por você, filho. Ela parece ser uma garota muito legal – comenta meu pai.

Eu concordo com um gesto de cabeça. O que mais poderia fazer? Ele me olha por um momento sem dizer nada. Tenho a sensação de que está tentando ler meus pensamentos. Mantenho uma fisionomia inexpressiva. Então ele olha para o chão e assente, como se respondesse aos próprios pensamentos, abre um sorriso e sai do carro. Olho para o espelho retrovisor e meu reflexo me encara com desgosto.

Saio do carro e vejo Mia tentando, com dificuldade, tirar a velha mala verde do porta-malas.

– Deixa que eu ajudo – diz meu pai, correndo para ajudá-la.

– Tudo bem, eu consigo, obrigada.

Meu pai a ajuda mesmo assim e coloca a mala no carrinho.

Há gratidão no sorriso de Mia, mas há algo além, algo que não consigo identificar, mais parecido com surpresa ou espanto.

– Obrigada por tudo, senhor Freeman. – Mia estende a mão.

Mas meu pai não aperta a mão dela. Em vez disso, ele se aproxima mais, ameaçando dar um de seus abraços de urso. Por um segundo vejo a tensão no corpo de Mia, que recua um pouco. Ela olha para mim, e vejo algo mais intenso do que medo em seus olhos suplicantes. Instintivamente me movo na direção dela, mas meu pai a envolve em seus braços, e ela parece se acalmar. Então fecha os olhos e se deixa levar.

Pego minha mochila no porta-malas sem tirar os olhos de Mia. Quando meu pai a solta, percebo seu queixo tremendo. Ela sorri, emocionada, incapaz de disfarçar os sentimentos. Ela se vira, dá um aceno rápido e se dirige rapidamente para a entrada, empurrando o carrinho de bagagem.

Olho para meu pai. Quero falar com ele, contar tudo, dizer que sinto muito por tudo que os fiz passar, por ter manchado o nome de nossa família para sempre, mas as palavras ficam entaladas em minha garganta. Ele coloca as mãos nos meus ombros, algo que nunca havia feito antes, e, com uma seriedade que eu desconhecia, diz:

– Filho, sei que o que você está passando não é fácil e que estamos a quilômetros de distância nesse instante. Às vezes sinto como se aquele acidente tivesse colocado uma barreira impenetrável entre nós e... – Ele balança a cabeça, me olhando fixamente. Meu corpo inteiro está tremendo. – Só peço que, nesta viagem, você tente encontrar o que for preciso para derrubar essa barreira. Sua mãe e eu sentimos muito a sua falta, filho. Por favor... volte pra nós.

Cada palavra, cada sílaba me abala profundamente. Quero abraçá-lo e chorar, mas sei que, se eu começar, não vou conseguir parar, então mordo a língua e assinto como um cretino sem coração.

– Com licença, o senhor não pode ficar parado aqui – diz um policial, apontando para a placa de proibido estacionar.

– Claro, só um minuto – responde meu pai, pegando a carteira e me entregando um de seus cartões de crédito.

– Pai, não precisa... – eu tento.

– Não é um pedido. – Ele enfia o cartão no bolso do meu casaco. – Quero que você aproveite ao máximo esta viagem, e, se não quiser fazer isso por si mesmo, faça por sua mãe e por mim. É importante demais pra gente.

Assinto. O policial parece irritado.

– Já vou, já vou – avisa meu pai. Ele me dá um tapinha na bochecha e volta para o carro.

Quero gritar com ele, dizer que o amo, que vou sentir falta dele, mas, para variar, fico parado ali e o vejo ir embora. Então procuro Mia na entrada. Por que não estou surpreso que as pessoas estejam olhando para ela? A garota está parada na frente da porta, com os braços erguidos acima da cabeça, os olhos fechados, e ela está *rodopiando*. Sua alegria é dolorosa, agonizante, insuportável de assistir. E algo me diz que esses dias no exterior podem ser ainda mais difíceis do que eu pensava.

MIA

Estamos sobrevoando um mar de nuvens rechonchudas e fofinhas. É a sensação mais incrível que já vivi. Tenho vontade de esticar a mão e apertá-las, ou me deitar nelas e flutuar. Por um segundo, elas me fazem lembrar da enfermeira do Jack Hughston Memorial e suas bolotas de algodão coloridas. O sol parece nos acompanhar como um guardião vigiando os céus. É assim que vou me sentir quando deixar este corpo? Vou voar sobre as nuvens? Cumprimentar o sol? Brincar com as estrelas?

Kyle está no assento ao meu lado, fazendo o que faz de melhor: me ignorar. Ele não falou nem uma única palavra comigo a manhã toda. Assim que nos acomodamos em nossos assentos, começou a folhear todas as revistas do avião. Quando decolamos, ele assistiu a um documentário chato sobre pinguins na Antártida. E já faz um tempo que está lendo uma história em quadrinhos que trouxe na mochila. Acho que não posso culpá-lo. Se estivesse no lugar dele, também não estaria com vontade nenhuma de conversar.

Pela milésima vez, ele verifica o relógio em seu pulso direito. É o tipo de relógio que estava na moda no século passado, com uma pulseira de metal, aro chanfrado azul-escuro e três pequenos cronômetros redondos no interior. É legal; dá um certo toque de classe, quase carismático. Olho para os ponteiros do relógio. É meio-dia em ponto, a hora em que, faça chuva ou faça sol, os Rothwell vão à missa aos domingos. Devem estar se perguntando onde estou e, se é que ainda não o fizeram, vão relatar o desaparecimento de uma pessoa: eu. Mas nem a polícia, nem ninguém, vai me encontrar agora. Nada nem ninguém vai me obrigar a operar meu coração.

Pela primeira vez em toda a minha vida, estou livre. E graças à Bailey. Eu nem estaria nesse avião se não fosse por ela. O ex-namorado dela, entre outras coisas, ajudava pessoas inocentes a fraudarem documentos para burlar uma burocracia corrupta e injusta. Ao menos é o que ele alegava. Até conhecê-lo, não sabia que era possível falsificar um passaporte com tanta facilidade. Na verdade, *nem sabia* que era possível falsificar um passaporte. No que ele fez para mim, ao lado da minha foto está o nome Miriam Abelman. Eu amo o nome Miriam. Faz eu me sentir um pouco europeia.

Duas comissárias de bordo se aproximam pelo corredor, empurrando um carrinho de metal que, a julgar pelo cheiro, transporta alguma coisa de comer. Estou morta de fome. Não como nada desde ontem à noite. Olho e vejo que os outros passageiros têm uma espécie de bandeja suspensa na frente deles. Não me lembro de ter comprado uma dessas, então procuro embaixo do assento. Nada. Procuro dos dois lados, mas também não encontro nada. No encosto, talvez? Que maluquice. Olho para a tela da televisão no assento à minha frente, à procura de instruções que talvez tenha deixado passar, mas não vejo nada. Não consigo encontrar a bendita da bandeja, e as comissárias estão cada vez mais perto. E do nada Kyle estica a mão na minha frente e move uma pequena trava no assento, fazendo a bandeja se desdobrar.

– Obrigada – digo e, ignorando o fato de que ele voltou a ler a história em quadrinhos, acrescento: – mas, falando sério, quem ia imaginar algo tão simples? Em um avião como esses, eu esperava alguma coisa mais... sofisticada. Você não acha?

Ele balança a cabeça, a expressão parecendo dizer *essa menina é uma cabeça oca.* Confesso que esse não foi um dos meus momentos de maior inteligência, mas eu esperava mesmo algo a mais... não sei, esperava mais. A comissária chega ao nosso lado. Uma delas, a que veste a roupa azul-marinho mais fofa do mundo, com detalhes roxo-claros nos ombros, se inclina para mim e pergunta graciosamente:

– E a senhorita, vai querer a carne ou o peixe?

– Nenhum dos dois, obrigada. Sou vegetariana.

– Sinto muito, senhorita, mas refeições especiais devem ser solicitadas com ao menos vinte e quatro horas de antecedência.

– Ah, bom, nesse caso quero o peixe. Ao menos sei que ele viveu uma vida boa, nadando por aí e tal, antes de... – passo os dedos indicador e médio em minha garganta – ... você sabe.

A comissária olha para mim sem entender nada, mas sorri mesmo assim. Ela me entrega uma bandeja com algo que lembra vagamente comida e então se vira para Kyle:

– E para o senhor?

Kyle balança a cabeça e a dispensa com um aceno de mão. Não é de surpreender. A aparência deste peixe me faz desejar a comida da sra. Rothwell, e olha que a comida dela... Observo Kyle de canto do olho. Ele está fechando sua revista em quadrinhos. É o momento perfeito para fazer uma nova investida.

– Então – começo –, já que vamos passar os próximos dez dias juntos, seria bom a gente se conhecer um pouco melhor. Pergunte qualquer coisa que eu respondo. Anda, pode perguntar.

Ele não pergunta. Em vez disso, se inclina para a frente, guarda a revistinha e começa a revirar a mochila. Quando se endireita, vejo o que estava procurando: os fones de ouvido. Legal, quanta sutileza! Mas não vou desistir ainda.

– Sério? Você não quer nem saber pra onde a gente vai, o que vamos fazer, *nada*?

Paro e espero, mas ele não parece nem aí, então continuo:

– Você não está pensando em passar a semana inteira sem falar comigo, né? Acho que minha saúde é fraca demais pra isso.

Kyle parece sofrer de surdez seletiva, porque, em vez de responder, ele coloca os fones de ouvido, fecha os olhos e cruza os braços. Tudo bem, isso só me dá a chance de analisá-lo mais de perto.

É de supor que ele leve as garotas ao delírio. Os cabelos pretos caem em ondas por seus lindos traços, o rosto levemente salpicado de sardas. Sua boca é carnuda, e, se não fosse pela mandíbula bem delineada e braços musculosos, eu diria que ele parece quase feminino. E então vejo o que se projeta logo abaixo da manga de sua camiseta – uma cicatriz profunda, um símbolo de seu sofrimento. Se ao menos seus outros ferimentos pudessem ser tratados com alguns pontos...

Deixo metade da minha refeição inacabada e, enquanto aprecio a vista espetacular da minha janela, começo a imaginar como será encontrar minha mãe pela primeira vez. Meus pensamentos estão a mil. Será que ela pensa em mim? Será que se esqueceu que eu existo? *Tum, tum, tum,* meu coração me avisa que ultrapassei bastante minha cota diária de emoções intensas. Presto atenção ao aviso e me inclino contra a janela, na esperança de dormir um pouco. Amanhã é meu aniversário e meu segundo dia de total liberdade, então pretendo estar desperta a cada instante.

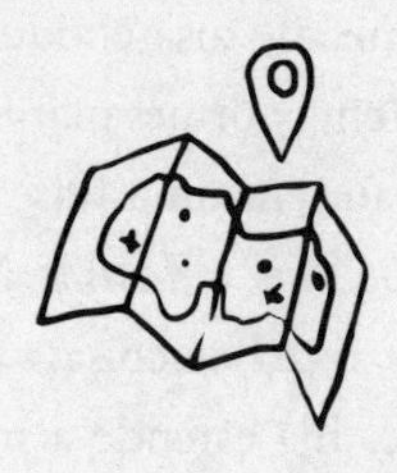

KYLE

O sol bate tão forte no estacionamento do aeroporto que não consigo parar de piscar, mesmo de óculos escuros. Estar há vinte e uma horas sem dormir também não ajuda muito. Passei a viagem inteira *fingindo* dormir e escutando músicas o mais alto possível. Não ia arriscar cochilar e acordar o avião inteiro por conta de pesadelos. Seria um espetáculo e tanto. Além do mais, depois de tomar quatro cafés fortes seguidos, estou cansado, mas ligadão.

Mia está à minha frente, empurrando um carrinho de bagagem. Parece procurar por algo ou alguém. Ela lê um folheto que está segurando e continua andando. Eu a sigo, mantendo uma distância segura. Não faço ideia do que estamos fazendo aqui, mas também não pergunto. No momento, faço questão de evitar falar com a elfa. Não vejo os pais dela em lugar nenhum, mas, para ser sincero, não poderia me importar menos. Só quero chegar ao hotel e dormir.

Ela parece acenar para alguém a distância, mas a única coisa remotamente parecida com uma pessoa é um cara sem camisa e com dreadlocks andando descalço, o corpo coberto de tatuagens, a barba enorme e desgrenhada e jeans tão rasgado que dá para enxergar através dele. Quando nos aproximamos do homem, vejo que ele está ao lado de uma van toda colorida que deve estar em uso há um século. Ela é metade rosa-choque, metade verde fluorescente e, ainda por cima, tem enormes margaridas pintadas em cores berrantes. A lateral da van tem uma frase escrita à mão: *a melhor parte da vida é o caminho, não o destino.* Não sei no que estamos nos metendo, mas não parece boa coisa.

– Oi – diz Mia a ele. Ela estende a mão, bancando a adulta responsável.

– E aí? – responde ele com um forte sotaque espanhol. – Namastê.

O homem dá um abraço rápido nela.

– Namastê – concorda Mia, abrindo um sorriso cheio de dentes.

– Me diz uma coisa, você tem o contrato aí com você? – pergunta o cara, coçando a cabeça. Algo me diz que seria possível plantar batatas naquela massa de cabelos emaranhados. – Não sei o que fiz com a minha cópia. Devo ter deixado cair em algum lugar.

Mia assente e mostra a cópia do contrato para ele. O cara a pega e lê com atenção.

– Certo, agora estamos na mesma página. Você é a Miriam Abelman. A menina que reservou minha Mundo da Lua com dois anos de antecedência, mas de repente adiantou a reserva em um ano. Deu sorte que a gente conseguiu fazer a mudança em tão pouco tempo.

Agora o nome dela é Miriam. É uma mentirosa compulsiva; não tem outra explicação. Mia ou Miriam, ou seja qual for o nome dela, dá um sorriso corado para o cara e diz:

– Fazer o quê? Sou uma garota de sorte.

Ah, pelo amor de Deus, só falta ela pegar esse cara agora.

– Podicrê – responde ele, rindo. E então se vira para mim, como se tivesse esquecido algo importante. – Prazer, cara – diz ele, estendendo a mão. Não sei por quê, mas eu a aperto, e por um instante ele franze a testa para mim.

– Caraca, você tá, tipo, bem mal, amigão. Tem uma nuvem superescura na sua aura.

Mia limpa a garganta de novo. Eu cerro o punho, pronto para dar um soco na boca do cara.

– Tô dizendo, eu consigo *sentir* alguma coisa – acrescenta ele –, alguma coisa, não sei, *de carma,* no jeito como você...

– Tudo certo – Mia o interrompe –, estamos com pressa, então se você não se importar...

– Calma aí, galera, a pressa mata – o rasta anuncia, a testa ainda enrugada.

– Não, cara – digo, prestes a explodir –, a única coisa que mata é perder a porra do nosso tempo ouvindo essa merda sobre carma.

O rasta começa a rir.

– Tudo bem, tudo bem, vou pegar as chaves pra vocês e vou embora.

Enquanto ele se dirige para a porta do motorista, eu me viro para Mia. Ela está olhando algo em seu celular. Eu a encaro, os olhos queimando.

– Que porra é essa?!

Mia continua com o olhar fixo no celular e finge não ouvir.

– Ei, estou falando com você.

Ela olha para cima, os olhos arregalados.

– Desculpe. Você disse alguma coisa?

Balanço a cabeça, sem conseguir acreditar.

– Achei que você não queria falar comigo – provoca ela.

– Bom, estou falando agora. Me diz o que a gente tá fazendo aqui e o que é *isso* – aponto para a van.

O esquisito de dreads volta, joga algumas folhas de papel no carrinho de bagagem e diz:

– É só assinar aqui, querida.

Mia rabisca uma assinatura.

– Certo, ela é toda de vocês.

Nossa? Ele entrega as chaves para Mia. Isso não pode estar acontecendo. Ah, calma, acho que entendi, ainda estou dormindo no avião e prestes a acordar gritando. Mas então o cara se aproxima e me dá um tapinha no ombro, um tapinha que não poderia ser mais real. Isso não é um pesadelo. É coisa pior.

– Voltem daqui a dez dias, entenderam? – diz, erguendo dois dedos para fazer o sinal da paz enquanto caminha descalço no asfalto escaldante.

Mia abre a porta dos fundos e coloca a mala dela.

– Você só pode estar louca se acha que vou entrar nessa coisa, e mais louca ainda se acha que vou entrar em qualquer carro com você dirigindo.

Ela se vira para mim devagar e, em um tom tão sereno que me dá vontade de estrangulá-la, responde:

– Ah, não se preocupe. Eu não tenho carteira de motorista.

– O que você quer dizer com isso?

Mas que merda ela tá falando?

Ela dá de ombros, a pura imagem da inocência.

E só então entendo.

– De jeito nenhum, nem pense nisso. *Eu* não vou dirigir esse lixo pra lugar nenhum.

KYLE

E cá estou eu, atrás do volante dessa lata-velha, dirigindo estrada afora, seguindo as direções que minha sequestradora tão gentilmente colocou no GPS do meu celular. Se eu não entrar no jogo dela, é bem capaz que conte para meus pais o que aconteceu na cachoeira. Os carros que me ultrapassam – que, na real, são todos – buzinam, piscam os faróis ou as duas coisas. Eu não os culpo: não consigo andar a mais do que quarenta quilômetros por hora. O que eles não entendem é que, a cada vez que o carro acelera um pouco, meu coração também acelera; sem brincadeira, deve estar a dois mil batimentos por minuto.

Aperto o volante com tanta força que meus dedos estão dormentes. Mal consigo respirar. Meus olhos vão de um espelho lateral para o retrovisor e para o outro espelho, para a estrada, e fazem o caminho de volta. Mas movo apenas os olhos, como se o menor movimento da minha cabeça pudesse fazer o carro sair do caminho. Isso é pior do que o meu primeiro dia de treinamento no hóquei.

Estou suando frio; minhas costas estão ensopadas e grudando no velho banco de couro. Mia está quieta há alguns bons minutos, o que é estranho, mas não quer dizer que esteja parada. Não sei o que ela está aprontando, mas de canto de olho consigo perceber que não para de mexer no celular.

– Consegui! – ela grita como se tivesse alcançado o topo do Himalaia. – Comprei um chip no aeroporto. Dizem que as taxas de roaming são caras demais. Quer comprar um também?

Minha mente está ocupada demais para compreender o que ela está dizendo. Não consigo parar de pensar que estamos prestes a bater, que a qualquer instante alguma coisa vai pular na nossa frente e tudo estará acabado. Meu Deus, essa tensão é insuportável.

– Tá, azar o seu – complementa ela –, mas não adianta chorar quando receber sua conta de celular.

Um carro esportivo passa por mim a mil, buzinando como louco. E, apesar de toda a minha atenção estar dividida em quatro – espelho lateral, retrovisor, outro espelho lateral e estrada –, sou capaz de jurar que o motorista ergueu um dedo específico para mim.

– Ei, Kyle, olha isso! – ela solta de repente, e soa tão histérica que deixo de olhar para um dos espelhos para encará-la de lado.

Está apontando para o acostamento.

– Aquela tartaruga está ultrapassando a gente.

Eu vou matar essa garota. Seguro a língua e deixo para gastar saliva quando chegarmos aonde estamos indo.

– Pensando bem – acrescenta ela –, acho melhor a gente renegociar os termos do nosso acordo. Do jeito que as coisas estão, vou precisar de um mês pra visitar todos os lugares que eu quero.

– Nem pensar! – protesto, minha voz fazendo inveja ao Thanos em um dia de fúria.

– Olha só, ele sabe falar. É um milagre. Mas eu não entendi direito o que você disse. Pode repetir?

Se eu falar o que penso, ela vai se arrepender de ter perguntado. Para a própria sorte, ela para de insistir e, após alguns minutos de silêncio, já está se remexendo no banco de novo. Que ótimo, além de ser uma lunática, ela também tem TDAH. Parece ter arrumado uma posição para ficar e agora está com as costas apoiadas na porta do passageiro. Consigo sentir seus olhos grudados em mim. É tudo de que eu precisava, uma espectadora assistindo meu desempenho patético ao volante. Eu bufo.

– Estou te incomodando? Posso parar se quiser, mas é algo que me ensinaram em St. Jerome. Os adultos diziam que, se você focar sua atenção em algo que deseja por tempo suficiente, vai acabar conseguindo. E agora eu quero duas coisas: que você fale comigo e que volte ao mundo dos vivos.

St. Jerome? Então no fim das contas ela é órfã. Um psiquiatra é a melhor alternativa para essa garota.

– Ah, para com isso – diz ela –, quer dizer que você não tem *nada* pra me perguntar da viagem, ou de mim? Nada? Ao menos pergunte aonde a gente tá indo.

Ela não entende. Estou à beira de um ataque de nervos e ela quer papear como velhos amigos. Está mudando de posição de novo; não sei o que está tramando, mas colocou o celular no painel. Estamos nos aproximando de um pedágio. Harry Styles começa a cantar "Adore You" no celular dela. É uma das músicas favoritas de Judith e é a última coisa de que preciso agora. Quando paramos em frente à barreira do pedágio, eu me viro para olhar para ela. Está de olhos fechados e dançando no banco, abraçada a um parceiro imaginário. Meu Deus.

Tenho que me esticar um pouco para que meus dedos tensos e inchados consigam deslizar meu cartão de crédito na máquina do pedágio. Enquanto esperamos a cancela abrir, estendo a mão e desligo a maldita música. Mia abre os olhos indignada e, com um olhar desafiador, liga a música de novo.

Guardo meu cartão de crédito e, antes de sair do pedágio, tento alcançar o celular dela de novo, mas Mia dá um tapa em meu pulso no ar e, agarrando-o com firmeza, coloca minha mão de volta no volante. Por alguma estranha razão, a sensação de seus dedos na minha pele provoca um formigamento em todo o meu braço, terminando bem no meio do peito. Vou atribuir isso aos efeitos de estar sem dormir e sem comer.

– *Ninguém* pode desligar meu cantor favorito no mundo – reclama, colocando o dedo na minha cara.

Espero que seu lado obscuro só vá até aí. Não conseguiria lidar com o fato de ela ter uma veia agressiva, além de todas as outras coisas. O carro atrás de mim está buzinando, então saio da área do pedágio. Mia está me encarando como um falcão, então me resigno a ouvir essa porcaria piegas como música de fundo para nosso iminente acidente de carro. Tem como ficar pior do que isso? Duvido.

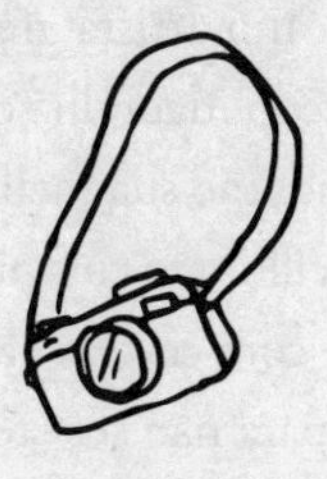

MIA

Já faz duas horas que saímos de Madri, e tirei tantas fotos que vou precisar de outro cartão de memória. A paisagem aqui é de outro mundo. Neste momento, à minha direita, há um mar de oliveiras centenárias e um riacho de água límpida que passa por entre elas. À esquerda fica um mosteiro de pedra que deve ter vários séculos. E nos campanários, nas árvores, e até em algumas torres elétricas, vejo enormes ninhos de cegonha. É como um conto de fadas, só que melhor – não há bruxas, nem príncipes ou qualquer outra pessoa que possa arruinar a magia.

Kyle não parece compartilhar do sentimento. Mesmo tendo dormido a viagem inteira, está com cara de acabado. E segura o volante com tanta força que seus dedos estão brancos. Por um instante me lembro de que aquelas mãos certa vez agarraram outro volante e causaram a morte de Noah. Eu daria qualquer coisa para poder ajudá-lo, mas não sei como. Já tentei contar piadas, falar sério, cantar, dançar, assobiar, ler em voz alta, tudo o que me viesse à cabeça. Pelo menos consegui que ele dirigisse, o que já é alguma coisa. Li isso on-line em algum guia de autoajuda para pessoas que lidam com traumas após um acidente. Não contei para ele, mas dirigir é uma etapa essencial em sua recuperação.

Eu me viro no banco e tiro uma foto dele, mas isso só o faz cerrar os dentes com mais força. Ele é ainda mais atraente de perfil. Seu nariz parece esculpido por um artista grego. Uma pequena cicatriz no meio de seu queixo arredondado lhe dá uma aparência sedutora e enigmática. Mas seus cílios são sua melhor característica. Quantas garotas matariam para ter cílios tão compridos e curvados? Se rolasse um concurso de perfis, ele com certeza ganharia. Eu tiro outra foto. Esse perfil é bom demais para não ser eternizado. Ele bufa.

– Aposto que você está se perguntando por que estou tirando tantas fotos – comento.

Ele não responde, então continuo:

– Bem, eu vou contar. São para o meu fotoblog, o *Data de validade*.

Nada. Sério, não consigo entender. Eu estaria *morrendo* de vontade de saber mais.

– Data de validade, sabe, tipo uma metáfora...

Nem um lampejo de interesse. Parece que vou ter que tentar outra tática.

– Tá, então... Estou morrendo de fome. E você?

Vou entender o ronco da barriga dele como uma resposta. Ele só comeu algumas barras de granola e um pacote de amendoim desde o começo da viagem. Não sei como ainda não desmaiou. Tenho que encontrar um lugar onde possamos parar e comer, mas não vou me contentar com um restaurante de posto de gasolina. Quero algo especial, com atmosfera, algo típico da região.

Desde que descobri que minha mãe é espanhola, tento absorver tudo o que posso sobre o país: os costumes, a culinária, o povo... E, agora que minha vida está entrando no capítulo final e não sei se me restam dias, semanas ou, com um pouco de sorte, alguns meses, não pretendo ir embora daqui. É estranho, mas estar na terra dos meus ancestrais me faz sentir mais perto dela, mais perto de mim.

Uma placa na rodovia indica a próxima saída: ALCÁZAR DE SAN JUAN, 1 KM. Procuro o nome na internet e descubro que se trata de uma cidade pequena e pitoresca, com edifícios históricos e ruas estreitas de paralelepípedos, e que, além de tudo, tem vários restaurantes com ótimas críticas. Perfeito. Eu escolho um.

– Pegue a próxima saída – digo a Kyle. – Tem um restaurante a alguns quilômetros daqui que tem 4,7 estrelas.

Mas ele parece não me ouvir, os olhos fixos na estrada.

– Kyle? – Repito um pouco mais alto. Estamos quase chegando na saída. – É aqui. Aqui!

Ele parece atordoado. Estamos bem no cruzamento, e ele ainda não está respondendo.

– Kyle!

Pego o volante e o puxo em direção à saída. A van quase sai da estrada.

– Não! – ele grita enquanto tenta endireitar a direção. Quando consegue controlar o carro, está sem fôlego e lívido. Então ele grita, com uma voz estrondosa, cada palavra fervendo de fúria: – NUNCA MAIS FAÇA ISSO!

O ódio em sua voz me faz tremer.

– Desculpa, de verdade. Eu pensei que…

– APENAS PARE! – ele berra, segurando o volante, os olhos grudados na estrada. – POR FAVOR, pare de pensar, pare de falar, pare de *ser quem você é.*

Isso me machuca, muito, mais do que muito. Eu afundo no banco e olho pela janela enquanto dirigimos por uma estrada rural que corre ao longo de um rio. Passamos dois ou três minutos em silêncio, e então vejo uma cegonha saindo de um ninho ao longe e subindo para o céu. É um sinal; tem que ser. É a vida me lembrando que agora sou livre, que ninguém pode me fazer mal, que não preciso tirar nada de ninguém e com certeza não preciso me sentir assim. Então penso em minha mãe e na alegria que em breve sentirei ao conhecê-la; em Becca, porque pensar nela sempre me faz sorrir; e em Bailey, que não deixaria o comentário de ninguém estragar seu dia, muito menos seu aniversário. E me forço a sorrir. Talvez isso convença meu coração a parar de chorar.

MIA

Enquanto Kyle dirige pela estrada de chão batido que leva ao restaurante e, por fim, estaciona à sombra de um choupo-branco, continuo tirando fotos: do bistrô branco com janelas azuis de madeira, dos dois enormes jarros de cerâmica ladeando a porta de madeira entalhada na entrada, das folhas do choupo, que adquirem certa cintilância prateada quando a luz do sol bate, e de um moinho, daqueles antigos com a base cilíndrica branca e o telhado preto cônico. Fui transportada para outra era, um mundo diferente, dos sonhos.

Seria um prazer passar o resto do dia tirando fotos, aproveitando o momento, capturando toda essa beleza. Foi assim que conheci o Noah. Fazíamos curso de fotografia na mesma associação, alguns anos atrás. Ele era muito bom. Sabia como evidenciar o lado mais especial das pessoas, lugares, e até das coisas mais banais. Planejamos cada detalhe dessa viagem, menos a morte dele.

Kyle desliga o motor, mas não sai do carro. Ele abre a janela para deixar a brisa entrar, e olha para a frente. Talvez esse seja seu jeito de me dizer que precisa de um tempo sozinho.

– Vou entrar e fazer o nosso pedido, tá? – digo, do modo mais delicado que consigo. – O que você quer? Tem alguma preferência? Alguma restrição alimentar? Alergia? Intolerância a alguma coisa?

– Sim, a esta viagem.

Bom, ao menos ele está fazendo piadas.

O restaurante é ainda mais lindo por dentro. Noah teria amado. Tem peças inteiras de presunto penduradas nas vigas de madeira escuras do teto. De um dos lados, próximo à entrada, vejo uma variedade de queijos à mostra, implorando para serem devorados. A área de jantar está lotada de pessoas conversando e comendo avidamente em mesas rústicas de madeira cobertas com toalhas de mesa xadrez, nas cores azul e branco. Mas o que mais chama a minha atenção é o cheiro deste lugar. Não sei dizer o que é, talvez seja a mistura de queijos, presuntos e dos pratos sendo servidos. Seja o que for, minha boca fica cheia de água.

Eu me aproximo do bar e pego um dos cardápios. É laminado, e um dos lados diz *raciones*, enquanto no outro está escrito *bocadillos*. A porta do restaurante se abre. É Kyle. Meu coração acelera de tanta alegria. Tenho certeza de que este lugar, com estas pessoas, o calor humano, os aromas tentadores, vai mexer com ele de alguma forma, fazê-lo reagir e sair do casulo, mesmo que por pouco tempo. Mas, quando ele passa por mim como se não tivesse me visto e vai até o banheiro nos fundos, percebo que não vai ser tão fácil. Daria o mundo para saber o que está pensando, o que deveria dizer a ele, como posso ajudar. Eu o observo desaparecer pela porta do banheiro masculino.

Tem cerca de sete ou oito garçons no bar, todos usando calça preta e camisa branca de manga curta. Alguns fazem café, outros servem cerveja e alguns entram e saem da porta dos fundos, levando e trazendo pratos das mesas em um ritmo vertiginoso.

Eu me inclino por cima do balcão e ergo a mão, tentando chamar a atenção de alguém. Devo estar fazendo algo de errado, porque ninguém me dá atenção.

– Com licença – digo enquanto aceno para um dos garçons.

Nada.

– Com licença! – grito, escolhendo um dos garçons mais altos.

Nada ainda. Com certeza essa abordagem não vai funcionar, então subo em um dos banquinhos e balanço as mãos, gritando mais alto:

– COM LICENÇA!

Um garçom bem jovem com cabelos curtos e espetados se vira e sorri para mim.

– Americana, né?

– Sim, bom, é que… deixa pra lá, me vê dois sanduíches de presunto e queijo, por favor?

Esse sanduíche é o número cinco na minha lista de coisas para fazer na Espanha.

– *Marchando* – responde ele com um sorriso. Virando-se para a cozinha, grita: – *Dos bocatas, Tere; de jamón y queso!* – Ele se vira para mim e pergunta em inglês: – Alguma coisa pra beber?

– Sim, água, por favor, e você tem *tarta* de Santiago?

Ele ergue uma sobrancelha.

– Não, *señorita*. Você está em La Mancha. A *tarta* de Santiago é do norte, da Galícia, creio eu. Mas a gente tem uma torta de limão que minha mãe faz. – Ele se aproxima como se fosse contar um segredo. – A receita está na nossa família há trezentos anos.

– Entendi – respondo, rindo. – Bom, a menos que você tenha medo de que eu roube a receita e venda para uma rede de restaurantes americana, quero muito provar essa torta.

O garçom ri e vai até uma geladeira do outro lado do bar. Aproveito a oportunidade para tirar algumas fotos dos tonéis de vinho, da porta de madeira entalhada com o cadeado de ferro em forma de coração, das imagens emolduradas de toureiros, das pessoas à minha volta, do violão pendurado num canto. Então viro a câmera para os garçons. Um deles olha para mim, cutuca o colega com o cotovelo e diz algo em espanhol que não consigo entender. E de repente todos estão fazendo poses engraçadas para mim. Eles me fazem rir, e tiro o máximo de fotos que consigo antes que voltem a seus afazeres.

O garçom do cabelo espetado volta com um pedaço de torta de limão, que está com uma cara tão boa que não posso deixar de tirar uma foto. O merengue cobre a torta em pequenas ondas, e o creme amarelo logo abaixo tem um aroma ao mesmo tempo cítrico e doce. É viciante, acho que não vou me contentar com uma fatia só.

Olho para a torta e sinto vontade de chorar de novo, mas me controlo. Sinto raiva, mas não demonstro. Mais um aniversário que passo me perguntando se alguém neste mundo se importa comigo. Não, eu me recuso a seguir por esse caminho agora. Estou dando zoom na câmera para capturar cada detalhe da torta quando sinto alguém se aproximar do meu lado esquerdo. Eu me viro tão rápido que ainda estou com a câmera no rosto quando encontro uma versão ampliada de Kyle, o Furioso, olhando feio para mim. Ops.

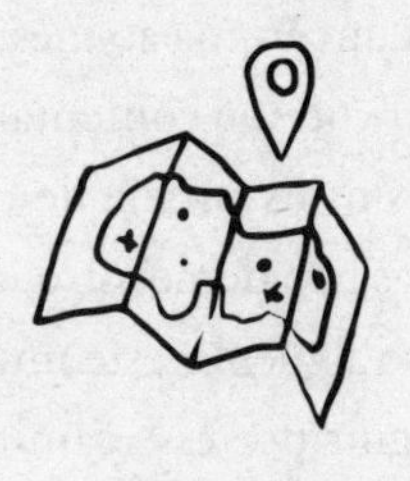

KYLE

É inacreditável. Ela ficou sozinha por um minuto e já está conversando com metade dos funcionários. E agora está apontando para mim essa câmera velha, que não consegue largar nem por um segundo, nem para ir ao banheiro. Cubro a lente com a mão – vai saber o que ela pretende fazer com todas essas fotos.

Se eu não comer alguma coisa neste minuto, vou desmaiar. Então, quando um garçom se aproxima com dois sanduíches e uma garrafa de água, minha barriga agradece. Enquanto Mia pega dinheiro na carteira, peço que o garçom de cabelo espetado me traga algo mais gostoso para beber junto com o sanduíche.

– Um suco de laranja – peço.

O garçom abre um sorriso enorme e responde:

– Desculpa, a máquina de fazer sucos está quebrada, mas temos mosto se você quiser.

Não faço ideia do que é isso, mas aceito.

– Não vai dizer *por favor* ou *obrigado* para o garçom? – sussurra Mia em um tom de repreensão.

Estou faminto demais para responder. Pego um dos sanduíches

como se fosse minha última refeição e dou uma mordida enorme. Mia pega o sanduíche dela sem pressa.

– Estou morta de fome – comenta, e abre bem a boca. Quando ela ergue o sanduíche, as duas fatias do pão crocante se movem um pouco e vejo mais uma prova de quanto ela é mentirosa: tem presunto no lanche dela.

– Você não era vegetariana? – provoco. Ela para de comer e olha para mim. – Meu Deus – murmuro –, você não consegue parar de mentir nem por um segundo?

Ela coloca o sanduíche de volta no prato.

– Bom, depende com quem eu falo. E não, eu não sou vegetariana, mas só como animais que não passaram a vida toda sofrendo para nos satisfazer. Você já parou pra pensar que grande parte da carne que come vem de animais que passam todas as horas de sua vida aprisionados, sendo explorados? – Sem me dar tempo para responder, o que eu não pretendia fazer mesmo, ela continua: – Mas, como você pode imaginar, e, se não puder, eu explico, não estou tentando dar uma lição em você nem em ninguém, mas as pessoas não querem ouvir a verdade, isso é fato. E só pra você saber, isso é presunto ibérico autêntico, e os porcos ibéricos são criados livres nos pastos no centro da Espanha. Está tudo anotado aqui no meu guia.

Já estou cansado dos discursos bizarros e sem fim dela, então nem perco meu tempo respondendo. Em vez disso, me dedico ao meu sanduíche enquanto espero a bebida chegar. Não estou a fim de papo, por isso presto atenção na seleção de garrafas de vinho nas prateleiras da parede. Do lado das prateleiras tem um espelho, e vejo a imagem de Mia refletida, comendo seu sanduíche. Ela fecha os olhos e mastiga bem devagar, como se estivesse saboreando algo divino. Na verdade, está tão maravilhada que parece prestes a ter um orgasmo.

Presto atenção no meu sanduíche por alguns instantes. O cheiro de fato é bom demais, preciso admitir. Dou mais uma mordida e mastigo devagar, degustando cada sabor e textura. Levo o sanduíche ao nariz para sentir o aroma. Calma, que porra é essa? Não vá me dizer que, além de tudo, essa personagem da Mia é *contagiosa.* Procuro por uma nota de dez euros nos bolsos. São as azuis ou as vermelhas? Mia coloca a mão sobre a minha.

– Já falei, as refeições são por minha conta.

E, mais uma vez, o toque dela faz todo o meu braço formigar, da ponta dos dedos até em cima, mas mil vezes mais forte agora. *O que há de errado comigo?* Assim que o garçom traz meu mosto, saio do restaurante, determinado a preservar o pouco de sanidade que ainda me resta. Caminho com os dedos esticados, como se tivesse tocado em algo tóxico.

Termino de comer meu sanduíche o mais longe que posso da van esquisita cheia de flores. Meu celular começa a vibrar. É uma mensagem da minha mãe, querendo saber como anda a viagem. Estou dividido entre mandar uma foto da van e deixar que ela tire as próprias conclusões e contar uma mentirinha inocente. Escolho a segunda opção e mando três emojis: um joinha, um beijo e um coração azul.

Vejo que horas são. Quase três da tarde, e, de acordo com meu GPS, ainda temos mais duas horas de viagem. Eu nem vi para onde vamos. A única coisa que me importa agora é chegar logo e dormir (e, com um pouco de sorte, nunca mais acordar). Bebo o conteúdo do copo em um único gole e volto ao restaurante para buscar Mia.

E, assim que passo pelo batente, o destino me dá uma bela rasteira, uma que com certeza mereço. Vejo Mia sozinha no bar, sentada em um banco alto. Ela está com os ombros curvados e tem um pedaço de torta à sua frente. Há uma única vela de aniversário tremeluzindo em cima da torta, tão desamparada quanto ela. Mia parece estar cantando. Eu me aproximo para ouvir, com cuidado, sem que ela me veja.

– Parabéns pra você, Amelia – canta ela com delicadeza, a voz falhando –, parabéns pra mim.

Fico plantado no lugar. Ela parece tão frágil, tão solitária. Vejo seu rosto refletido no espelho. Está com os olhos marejados, tentando conter as lágrimas de uma vida inteira, como uma represa prestes a estourar. Seu corpo pequeno e frágil parece um campo minado em que, ano após ano, alguém colocou um explosivo atrás do outro. A cena é dolorosa, sinto-a como uma faca enfiada nas minhas tripas. Percebo que estou prestes a chorar. Até agora, eu não tinha *de fato* olhado para ela; só via o que minha raiva me permitia ver. Eu me afasto devagar, com medo de que qualquer barulho a faça desmoronar, como se qualquer pequena mudança pudesse quebrar a frágil redoma de vidro que a mantém isolada do mundo externo. Quando me aproximo da porta ela assopra a vela, e a ouço dizer:

– Feliz aniversário, Amelia.

Nunca ouvi tanta angústia e desânimo em toda a minha vida. Aquelas não são as palavras de uma adolescente, mas de uma alma velha e cansada de continuar lutando, de alguém cujo coração está pesado demais para continuar batendo.

Fico do lado de fora, observando a porta balançar e se fechar atrás de mim, sem conseguir me mover, me sentindo impotente e, ainda assim, vendo o brilho fraco de algo novo, algo intenso dentro de mim. Por Deus, como pude deixar meu sofrimento me cegar a ponto de não ver a dor de outra pessoa? Eu não sou assim, puta merda. Eu não sou assim.

MIA

Abro os olhos, atordoada, como se uma cortina de fumaça tivesse encoberto minha memória. E, apesar de não conseguir me lembrar de por que estou sentada aqui, tenho uma vaga lembrança de tomar um dos meus remédios, aquele que uso quando as coisas ficam mais difíceis. Ele sempre me apaga. Estou no carro, sentada de lado, com os joelhos dobrados e a cabeça apoiada no encosto do banco. O mundo passa diante dos meus olhos, e começo a me lembrar da viagem, da van, do restaurante, de Kyle. *Kyle!* Então me lembro de sair do restaurante e encontrá-lo dormindo no banco do motorista. Não queria acordá-lo, então, depois de escrever no meu diário, também me permiti dormir. Mas realmente apaguei, nem percebi quando Kyle ligou o motor e nos levou de volta à estrada.

E devo ter dormido por bastante tempo, porque agora o sol já está atrás das montanhas e um tom rosa incandescente ilumina o céu. Por um segundo, sou tomada por muitas dúvidas. Kyle está dirigindo para onde precisamos ir, ou decidiu se rebelar? Dou risada. Se ele tivesse se rebelado, eu seria a última pessoa que ele levaria junto. Além disso, ele dirige devagar demais para se rebelar. Um cara de bicicleta acabou de nos ultrapassar, e ele nem estava suado.

Eu me endireito no assento para aliviar um pouco a dor que sinto no pescoço, mas não me viro. Melhor ficar de costas para meu motorista "supersociável". Eu me conheço bem; se me virar para ele, vou querer conversar e, para ser sincera, não estou no clima de aguentar o deboche ou, ainda pior, o tratamento de silêncio dele. Pego o celular, procuro pelo último vídeo de Harry Styles e dou play, mas, em vez de ouvir a voz sensual de Harry, ouço uma ainda mais sensual às minhas costas.

– E aí? Você não vai me contar qual é o propósito desta viagem?

Eu congelo, tentando entender o que acabei de ouvir. Kyle realmente disse o que acho que ouvi, ou foi minha imaginação fazendo um presente de aniversário surgir do nada?

– Mia?

Eu me viro, arfando, e levo a mão à testa dele.

– Meu Deus, *você está bem*? Será que está delirando? Vou chamar uma ambulância.

Finjo discar o número, e Kyle sorri, balançando a cabeça. Então, sem se virar, seus olhos cinza me fitam por uma fração de segundo. Ele deve ter sérios problemas no pescoço.

– E aí? – insiste Kyle. – Vai contar ou vou ter que implorar?

– Implorar seria uma boa – respondo, tentando soar indignada. – Por que você não começa me explicando essa repentina mudança de comportamento?

É claro que estou superfeliz, mas não posso pegar leve. Ele engole em seco, como se tentasse engolir as próprias palavras e, talvez, uns dois sapos.

Ainda fingindo estar ofendida, acrescento:

– E se agora *eu* não quiser falar com *você*? Talvez o momento tenha passado e eu não queira mais contar *nada*. Talvez eu nem queira mais viajar com você.

Ok, pode ser que eu esteja exagerando um pouco, mas Kyle está ocupado demais prestando atenção em um caminhão na faixa ao lado para se dar conta.

– Tudo bem, vou contar – digo, cedendo rápido demais. Não consigo evitar, tenho coração mole. – O objetivo desta viagem é encontrar minha mãe.

Kyle assente devagar, como quem tenta juntar as peças de um quebra-cabeça.

– E de que mãe estamos falando aqui? A professora? Ou a que é tão pobre que nem pode comprar um celular pra você? Ou aquela que te transformou em órfã?

– Nenhuma delas, na verdade.

– Aham – ele diz, titubeando de novo. – Ou talvez seja a outra mãe, a que ficaria arrasada se você morresse por minha causa.

Eu me endireito para defender minha honra.

– Tenho certeza de que ela teria ficado arrasada.

– *Teria ficado arrasada?* Não vai me dizer que ela morreu e que viajamos milhares de quilômetros pra ver um túmulo.

– Bom, a verdade é que... eu não a conheço; ela partiu alguns dias depois de eu nascer.

Sinto que minhas palavras causam um frio na barriga dele. Talvez eu não seja a única a ter perdido a vontade de rir. A linguagem corporal é sempre mais certeira do que o que sai da boca, e acho que ao longo dos anos me tornei uma bela leitora desses sinais. Dá para pescar muita coisa ao olhar para alguém, ao observar atentamente. Como quando a enfermeira que diz que você vai melhorar, mas se vira para que você não veja o queixo dela tremendo. Ou o médico que afirma que aquela é uma operação simples, mas não consegue controlar o suor das mãos. Ou como sua nova mãe adotiva que diz que sente muito, mas aconteceu alguma coisa horrível, e eles não vão mais poder ficar com você, enquanto as pupilas dilatadas entregam a verdade.

Observar as pessoas me ajudou a sobreviver, não tenho dúvidas quanto a isso, mas tem seu lado negativo, como perceber que a maioria dos *eu te amo* é pura formalidade desprovida de emoção, e grande parte dos *eu te odeio* é uma tentativa deplorável de chamar a atenção e, na verdade, significam *eu te odeio por não me amar.*

Kyle limpa a garganta e continua seu interrogatório:

– Calma, sua mãe teve que ir embora, tipo *a trabalho,* ou tipo... – Ele se demora na última palavra, como se esperasse que eu terminasse a frase.

– Eu *não sei* – respondo, quase desejando que ele volte a me ignorar. – É isso que eu vim descobrir.

– E você teve notícias dela ou da sua família ao longo dos anos?

Nego com a cabeça. Nunca falei com ninguém sobre a minha mãe, a não ser Bailey, e estou começando a achar que foi melhor assim.

– Mas ela te mandou uma carta, ou ligou, ao menos isso, certo?

– Já chega – digo, cobrindo a boca dele com os dedos. – Você já sabe tudo o que precisa saber.

Tiro a mão devagar, torcendo para que ele não diga mais nada, e vejo que suas bochechas estão vermelhas. Não é pra menos: apesar de o sol já ter se posto, o termômetro mostra que ainda faz vinte e cinco graus. Vejo que ele está prestes a falar, mas o interrompo:

– Além disso, adivinha só? Hoje é meu aniversário. Não seria legal encontrar ela bem no dia em que nasci?

– Feliz aniversário – diz ele, e aciona a seta. Saímos da estrada principal para uma secundária. – Posso perguntar quantos anos minha sequestradora psicopata está fazendo? Não quero ser responsável por uma menor de idade.

– Não se preocupe, faço dezoito hoje – minto. E, mesmo que o Alabama tenha aquela lei ridícula que só considera alguém adulto após os dezenove anos, aqui na Europa, os dezoito fazem de mim uma adulta. Livre e independente.

– Bom saber.

– E eu trouxe uma vela comigo, caso você quisesse cantar "Parabéns pra você", mas agora é tarde demais; eu já soprei. E você perdeu sua chance, *muchacho*.

Ele fica tenso de novo, mas dessa vez não por muito tempo.

– Nunca é tarde demais – responde, tentando parecer casual.

– Ah, é sim – passo a mão na barriga –, você perdeu a melhor torta de limão deste país *inteeeeeiro*.

– O azar é todo meu. Me diz uma coisa: onde essa sua mãe mora?

– Não faço a mínima ideia.

– Quê?

Kyle se vira para mim, irritado (não sei se por ter recuperado o movimento do pescoço ou pelo que acabei de dizer), e volta a olhar para a estrada no mesmo instante.

– Então para onde raios a gente tá indo agora? Pelo amor de Deus, será que uma vez na vida você pode me dar uma resposta direta e me dizer o que estamos fazendo aqui?

– Tá bom, tá bom, não precisa surtar. Faz mal para o coração. Vou começar pelo começo. Dois anos atrás, consegui achar os papéis da minha adoção e descobrir o nome da minha mãe, María Astilleros, e que ela era da Espanha. Por sorte, Astilleros não é um sobrenome muito comum, então, enquanto esperava pra fazer esta viagem, procurei por todas as mulheres com esse nome que tivessem idade entre trinta e seis e sessenta e seis anos. E cheguei a uma lista de treze possíveis candidatas.

– *Candidatas?*

O tom dele faz parecer que falei alguma tolice, então decido ignorá-lo e continuar:

– A primeira candidata a mãe na minha lista mora em Granada, que fica na região da Andaluzia. No sul da Espanha.

– Bom, então vamos encontrar ela logo. – Ele aponta para uma placa na estrada que diz GRANADA, 15 KM.

Levo um baita susto.

– Não pode estar certo – digo, em um tom já bem próximo da histeria.

Olho para o GPS – faltam dez minutos para chegarmos ao nosso destino.

– Meu-Deus-meu-Deus-meu-Deus, e eu aqui com *essa* cara. Por que você não me avisou? Não podia ter me acordado antes? Preciso pentear o cabelo e trocar de roupa. Você não entende? Eu não posso aparecer lá desse jeito.

A expressão zombeteira dele demonstra que, de fato, não entende. Eu me levanto e rezo para o tempo parar, só por alguns minutos. Não acredito que está prestes a acontecer. Minha vida inteira não foi tempo o bastante para me preparar para este momento. Deus me ajude.

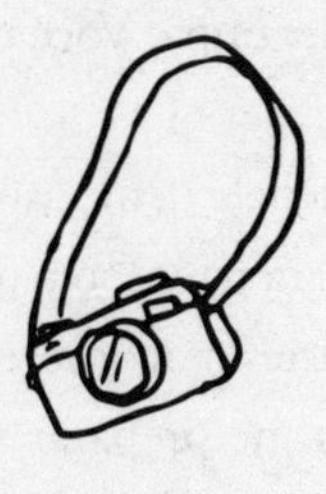

KYLE

Mia se levanta num pulo e, apoiando uma mão no meu ombro, começa a se mover para a parte de trás da van. Ainda que tenha sido um breve toque, é o bastante para fazer todo o meu corpo formigar de novo e, por um microssegundo, me fazer querer que ela nunca tirasse a mão dali. Ela desliza por entre os bancos da frente e desaparece na parte de trás, e tento fazer com que esses meus pensamentos malucos também sumam.

É, preciso fazer meu cérebro voltar ao padrão Kyle *agora mesmo,* então me concentro na estrada à frente. Não dá certo – a sensação de formigamento não vai embora. Inspiro fundo, na esperança de que, ao soltar o ar, a sensação também se dissipe, mas não tenho essa sorte.

Instantes depois, a antiga cidade de Granada surge no topo de uma colina. Há um impressionante palácio em estilo mouro, feito de pedra, rodeado por uma muralha alta e diversas torres. Para além da cidade murada, os picos nevados das montanhas erguem-se como majestosos guardiões contra o céu avermelhado. Este lugar é incrível. Li alguma coisa a respeito do palácio na revista do avião. Acho que se chama *Alhambra.* As fotos eram lindas, mas vê-lo ao vivo é de tirar o fôlego. É como ser transportado para outros tempos, para outro lugar, em que amigos não morrem por sua culpa e tragédias não destroem sua vida sem aviso prévio. Meus pais amariam este lugar. Noah também teria amado.

E é então que percebo algo muito estranho – já faz mais de um minuto inteiro que Mia está em silêncio.

– Ei, Mia, tudo bem aí?

Sem resposta.

– Você está perdendo a melhor parte. Este lugar é inacreditável.

Silêncio. Começo a ficar preocupado. Não consigo imaginá-la perdendo a chance de falar alguma coisa, então a procuro pelo espelho retrovisor. Ela está de costas para mim, nua da cintura para cima. Sou atraído como um ímã e tento, inutilmente, forçar meus olhos a se desviarem do espelho. Ela é linda, ainda mais linda do que eu gostaria de admitir. Dirijo devagar, mais devagar do que o costume. Ela se abaixa e tira uma camiseta da mala. Um carro buzina atrás de mim. *Tá certo, tá certo.* Volto a olhar para a estrada e acelero um pouco. Quando verifico o espelho de novo, ela já está vestindo a camiseta – do avesso, é claro – e coloca um cardigã por cima. Estou tão enfeitiçado que nem percebo que está se virando na minha direção. *Merda.* Desvio o olhar o mais rápido que posso.

Meu Deus, qual é o meu problema? Deve ser algum efeito colateral a curto prazo por perder a cabeça na cachoeira outro dia, ou algo assim. Preciso pesquisar o que está havendo. Talvez uma Síndrome de Estocolmo, mas em que você começa a nutrir sentimentos estranhos pela pessoa que o impediu de tirar a própria vida. Não faço ideia. Seja o que for, no momento em que ela volta a sentar no banco do passageiro, minhas bochechas estão ardendo.

– Tá com calor? – pergunta ela, de modo tão casual que quase acaba comigo. – Quer que ligue o ar-condicionado?

– Não, claro que não. Eu não quero que você fique com frio. Sério, você não precisa colocar esse cardigã por minha causa.

– Ah não, não é por isso. Gosto de usá-lo – responde enquanto abotoa a blusa. – Faz eu me sentir... não sei... segura.

Olho de canto de olho para ela. Visivelmente preocupada, tenta esconder as pontas da camiseta desbotada sob a gola e as mangas do cardigã.

Paramos no semáforo.

– Em três minutos, você chegará ao seu destino – anuncia o GPS.

Mia respira de modo irregular; está quase ofegante. Ela enxuga as mãos na calça jeans e inspira profundamente. Abaixa o quebra-sol do passageiro para se olhar no espelho, prende os cabelos, solta e depois prende de novo. Menos de um segundo depois, limpa a garganta, volta a se olhar no espelho, coça a cabeça e me encara sem dizer uma palavra. Eu retribuo o olhar, seus olhos brilhando de terror. Ela pega minha mão e, girando meu pulso, verifica meu relógio.

– Acho que está meio tarde, né? – diz num rompante. – Sim, está tarde. Não se pode chegar na casa de alguém a uma hora dessas sem ser convidado, sabe? Além do mais, ela pode estar jantando e...

– Ah, para com isso, ainda está de dia – retruco com a voz suave. – Além disso, eu li que as pessoas aqui costumam jantar bem tarde.

– Não, não, não – responde ela enquanto pega meu celular no painel. – O dia foi longo, e eu tô morta de cansaço. – Ela cutuca o celular. – Vamos começar de novo amanhã bem cedinho.

De repente, ela parece exausta. A pele ganha um tom azulado, e duas olheiras surgem sob seus olhos. Ela coloca meu celular de volta no painel. Tem um novo endereço no GPS.

– Eu reservei um lugar pra nós esta noite – comenta. – Você só precisa perguntar na recepção.

Antes que eu possa dizer qualquer coisa, ela se levanta e desliza pelos assentos para trás. Quando o semáforo fica verde, piso no acelerador, olhando para ela pelo retrovisor. Mais uma vez, seus ombros parecem estar suportando mais peso do que conseguem. Com esforço visível, abre a cama e se deita, ainda vestida.

Sinto um nó na garganta. Acelero um pouco. Tudo que eu quero é que a gente chegue aonde precisa chegar e, com um pouco de sorte, que ela me deixe ficar ao seu lado.

KYLE

Quando enfim chegamos ao acampamento e estaciono no lugar que foi atribuído para nós, Mia dorme um sono profundo. Está escurecendo, e as primeiras estrelas começam a surgir no céu. O terreno que nos deram é amplo, protegido por arbustos e árvores com folhas verdes exuberantes e pequenas flores brancas. Mia vai adorar. Eu me viro para ela.

– Mia – sussurro com delicadeza, mas ela está a anos-luz de distância.

Faz horas que comemos. Ela vai estar morrendo de fome quando acordar, então decido pegar no restaurante do acampamento alguma coisa para comermos. Assim que abro a porta do carro, ouço o gorjeio de centenas de pássaros, misturado com uma orquestra de grilos, cigarras, música e risadas de crianças. A brisa carrega o doce e penetrante perfume das flores de laranjeira. Me faz pensar na vovó e em sua casa na Flórida. Costumávamos visitá-la nessa época do ano, e toda a casa cheirava a flor de laranjeira e biscoitos de canela, sua especialidade.

Eu me pego sorrindo ao imaginar Mia acordando em meio a este cenário. Olha eu aqui pensando nela *de novo.* Tento me convencer de que é aquela síndrome esquisita que te faz ficar bitolado desse jeito. Só pode ser isso, afinal, só consigo pensar em uma coisa agora, e é nela.

Saio do nosso acampamento e sigo por um caminho de cascalho. Arbustos e oliveiras – de todas as formas e cores – mantêm as tendas e os campistas a salvo dos olhares curiosos. Mas ninguém ganha da gente no quesito discrição, com nossa van fúcsia e verde-limão. Alguns dos terrenos têm famílias com crianças, em outros há casais; em alguns, vejo amigos jogando conversa fora e contando piadas.

Passo por uma barraca vermelha neon com três caras bebendo cerveja, ouvindo rock e caindo na gargalhada. Eu desacelero, e de repente, sem avisar, uma onda de raiva faz minha mandíbula tensionar. Quero gritar até minha cabeça explodir, quebrar tudo à minha volta, fazer essa porra dessa música parar e arrancar aquele sorriso idiota do rosto deles. Meu Deus, será que ninguém consegue enxergar além dessa palhaçada? Como podem estar sorrindo, sabendo que a vida sempre ri por último? Então respiro fundo e me lembro de Mia no restaurante, os ombros caídos em frente ao pedaço de torta. Me lembro dela dormindo tão tranquila na van, e meu ódio vira vergonha. Puta merda, tem horas que acho que estou enlouquecendo. Mas talvez eu esteja enfim despertando de uma vida de loucuras – a loucura de viver como se nada pudesse mudar, de achar que tudo já está garantido, quando essas mesmas coisas podem desmoronar em um piscar de olhos, fazendo o chão simplesmente sumir de baixo dos seus pés.

Deixo minhas reflexões de lado e, olhando discretamente para os três amigos, murmuro um pedido de desculpas. Então volto a caminhar. A última coisa que eu quero é que Mia acorde e tenha outro ataque de pânico, ou, pior, que pense que a abandonei.

O terraço do restaurante, com suas mesas de madeira e toalhas de xadrez azul, está lotado. Por sorte a parte de dentro está vazia, e um solitário apresentador de televisão fala sem ninguém para assisti-lo. Uma mulher mais velha usando um avental amarelo vem do terraço e caminha até mim.

– *¿Puedo ayudarle, joven?* – diz ela, com um sorriso enorme.

– Ah, desculpe. Eu não falo espanhol. Você fala inglês?

– Um pouco.

– Ótimo – respondo, falando mais devagar. – Queria pedir um prato para uma amiga minha, que gosta bastante de comida tradicional. Você pode me recomendar algo?

Ela franze a testa e morde o lábio inferior. Talvez ela de fato só saiba dizer "um pouco" em inglês.

– Típico espanhol – falo, e ergo um garfo imaginário. – Típico. Comer.

– Ah, típico, *por supuesto* – concorda a mulher, o rosto iluminado.

Ela gesticula para que eu a siga até o bar e aponta para o que parece ser uma grande torta amarela redonda.

– Omelete. Batatas. Bom. – Ela faz um sinal como se dissesse que vamos gostar muito. – Bom. Bom.

Assinto e gesticulo para que ela me dê duas porções disso, mais duas fatias de um cheesecake que vejo na vitrine de sobremesas. Não é uma torta de limão e é bem provável que não seja a melhor sobremesa que o país tem a oferecer, mas pelo menos é um pedaço de doce, o que significa que podemos comemorar o aniversário de Mia de alguma forma.

Enquanto a mulher prepara meu pedido e coloca tudo em uma bandeja, tiro algumas fotos e envio para minha mãe. Cinco segundos depois, recebo uma selfie dela com meu pai, junto com um beijo e alguns corações vermelhos. Sorrio.

Já está escuro quando chego à Mundo da Lua, nossa van colorida, com a bandeja cheia de comida. Quando olho para a van, na penumbra, o fúcsia parece mais tênue e as flores não são tão espalhafatosas. Bem quando começo a pensar que talvez a van não seja tão ruim assim, um clarão atrás de mim ilumina todo o veículo. Eu me viro e vejo um casal tirando fotos como se fosse uma atração turística. Então eles sorriem e acenam como se fôssemos velhos amigos e vão embora. Dou risada sozinho, surpreso por não estar chateado com este pequeno incidente. Outro sintoma da minha síndrome atual, sem dúvida.

– Mia? – Eu me aproximo da porta lateral da van e espero alguns segundos, mas não há sinal de movimento lá dentro. Equilibro a bandeja no joelho bom e consigo abrir a porta. Mia não se mexeu; está dormindo na mesma posição fetal em que estava meia hora atrás. Entro no espaço estreito entre a cama e os bancos da frente e coloco a bandeja no balcão que funciona como um balcão de cozinha.

– Ei, Mia, eu trouxe o jantar pra você – sussurro.

Sem resposta.

Como pode alguém dormir tão pesado? A brisa que entra pela porta da van está mais fresca agora, então vasculho os armários à procura de algo que a mantenha aquecida, a envolvo com cuidado em alguns cobertores leves e afasto o cabelo que cai sobre seu rosto.

Por alguma estranha razão, me sinto relaxado só de olhar para a garota-elfa; me faz esquecer, por alguns instantes, que sou o idiota que matou Noah. Com ou sem síndrome, eu seria muito esquisito se ficasse sentado aqui a noite toda assistindo à garota dormir. Então me levanto e fecho a porta por dentro, tentando não fazer barulho, mas acabo tropeçando na mala dela, que está aberta embaixo da cama.

Eu me inclino para tirá-la do caminho e percebo que as poucas roupas que trouxe estão todas desgastadas e maltrapilhas. E com certeza não são o tipo de roupa que uma garota como ela escolheria usar. Ao lado de suas roupas há três diários com capa de couro e fechados por uma fita. Pego um deles. A capa diz *Diário I, por Amelia Faith.* Desamarro a fita e abro na primeira página. É decorada com corações e unicórnios desenhados com canetas coloridas. No topo da página está escrito *Todas as coisas que vou te perguntar quando finalmente nos conhecermos.*

Merda, o que estou fazendo? Fecho o diário, vermelho de vergonha, e o coloco de volta onde encontrei, mas, ao fazê-lo, vejo algumas canetas coloridas presas por um elástico e tenho uma ideia. A princípio, isso me parece ultrajante, até um pouco cruel, mas pode ser a única maneira de resolver o problema de guarda-roupa dela. Também seria um presente para compensar por ter sido um verdadeiro babaca.

Deixo a mala aberta, exatamente como a encontrei, e acendo a luz do teto. Removo a cobertura de plástico das luzes, pego as canetas coloridas e encosto as pontas na lâmpada quente. Agora só me resta esperar.

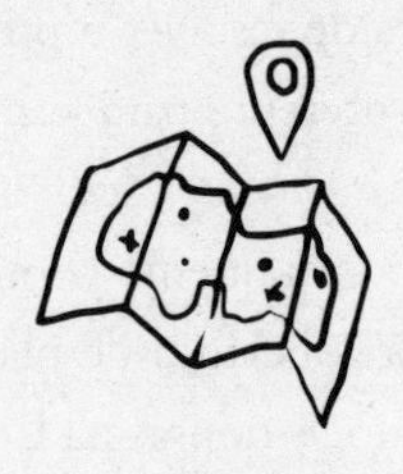

MIA

Um raio de sol brinca em minhas pálpebras fechadas, mas espero um pouco para abri-las. O dia está gostoso demais ao amanhecer e quero saborear cada segundo dele, e isso inclui ficar um pouco de bobeira na cama. Hoje pode ser o dia em que vou conhecer minha mãe. Meu Deus. Sento de repente, me sentindo mais descansada e revigorada do que em meses. Para marcar a ocasião, corro para a janela e sou recebida por uma paisagem que quase me faz cair de bunda. Este lugar é o paraíso. Abro a janela e respiro. Tem cheiro de flores, de frescor, de felicidade e tudo o que há de bom. Kyle precisa ver isso.

– Kyle?

Ele não responde, e não posso culpá-lo. Deve estar exausto. Eu me levanto e ajeito a cama para que volte a ser um sofá, fecho a mala com o pé e a empurro para o lado. Ontem à noite eu estava tão fora de mim que deixei tudo jogado no chão de qualquer jeito. Kyle deve pensar que sou uma desleixada. No balcão da cozinha há um prato de papel com uma fatia de bolo e um segundo com o que parece (de acordo com meu guia) uma autêntica omelete de batata. Está fria, mas o cheiro é irresistível. Kyle deve ter trazido ontem à noite. Talvez estivesse empanturrado e deixado o que sobrou para eu comer. Então um pensamento me invade: será que ele trouxe para mim? Não sobras, mas algo que ele *comprou pensando em mim.* Bobagem, eu sei, mas fico com lágrimas nos olhos só de pensar.

Verifico a cama de cima, mas não tem ninguém ali.

– Kyle? – digo de novo, me inclinando para olhar para o banco do motorista. Ninguém.

Tudo bem. Tento me acalmar e pensar que ele deve estar no banheiro ou foi comprar o café da manhã, mas não consigo ignorar o aperto que sinto no peito. E se ele foi *mesmo* embora e me deixou aqui sozinha? Afinal, eu o forcei a vir nesta viagem contra a vontade. Eu o ameacei e o manipulei para que não fosse deixado por conta própria. Ainda que minhas intenções sejam boas, talvez eu tenha forçado um pouco a barra. Talvez mais do que só um pouco.

Meu coração está a mil agora. *Não, não, não.* Corro até os fundos e verifico o porta-malas atrás do sofá-cama. A mochila dele não está ali. Ele foi embora! Eu sou uma idiota; o que estava esperando? No fim das contas, todo mundo vai embora. E não é como se a gente fosse amigo ou coisa do tipo; mal nos conhecíamos. Este deveria ser o melhor dia da minha vida, e de repente estou sozinha, presa no meio do nada em uma van que não posso dirigir. Começo a ficar sem ar.

Certo, não há tempo para lamentação. Preciso de um plano *imediatamente.* Eu me jogo no sofá e pego o celular. Tenho uma van e minha lista de possíveis mães, então tudo que preciso agora é aprender a dirigir. Milhões de pessoas fazem isso todos os dias; não pode ser tão difícil. Deve ter um tutorial on-line. Enquanto meu celular liga, repasso todos os cenários possíveis. Penso no pior de todos, que de longe seria como um banho de água fria em toda a minha operação: a polícia me pegar dirigindo sem carteira, me identificar e me mandar de volta para o Alabama, direto para o hospital. Ok, preciso de um plano B. Não pode ser tão complicado. Eu só tenho que encontrar alguém disposto a dirigir para mim por uma semana, *de graça.* Quando meu coração está prestes a explodir de ansiedade, a maçaneta da porta da van começa a balançar.

Que maravilha! Agora só me falta ser roubada. Eu pulo e agarro a maçaneta da porta, pronta para mostrar ao intruso o que é bom pra tosse, e abro a porta.

– Ei – diz Kyle, sorrindo, alheio à minha paranoia –, olha só quem acordou. Já estava na hora.

Sou tomada por uma sensação de nervoso, sem saber se tenho um acesso de raiva ou se choro de alegria. Ele está com os cabelos molhados e a mochila pendurada no ombro. Em uma das mãos, traz dois sacos de papel gorduroso com um cheiro delicioso, e na outra está segurando dois copos de papel com algo que, pelo aroma, parece ser chocolate quente.

– Onde você *estava*? – pergunto, soando um pouco mais histérica do que gostaria. – Por que você levou a mochila? O que estava fazendo?

Ele ergue uma sobrancelha, parecendo se divertir. Não vejo a graça.

– Ops, bom dia pra você também, senhorita Mia Faith. Eu fui tomar banho – explica, como se estivesse falando o óbvio – e, na volta, comprei algumas coisas para o café da manhã. – Ele ergue os braços. – Está com fome?

– E precisava levar todas as suas coisas? Acha mesmo que vou acreditar que você levou absolutamente tudo só pra tomar banho?

– Por que você está *irritada*?

Eu também não sei a resposta, então balanço a cabeça.

– Você estava desmaiada – comenta –, eu não queria fazer barulho tirando minhas coisas da mochila.

– Você tá falando sério?

– É tão difícil assim de acreditar?

Eu não respondo.

– Então você *não* estava planejando fugir e me largar aqui?

Sua expressão me diz que ele ficou triste com a minha pergunta. Triste *por mim*?

– Claro que não – responde, com o que quase posso jurar que é carinho. – Temos um acordo, não?

Sinto vontade de chorar, rir e gritar ao mesmo tempo. Em vez disso, pulo para fora da van e o envolvo em um abraço. Ele ri e ergue os braços cheios de coisas.

– Obrigada – digo. – Obrigada por ficar. Sei que tenho sido um pé no saco, mas, de verdade, só estava tentando ajudar.

– Ei, ei – diz ele, rindo –, você está derramando tudo.

Eu o solto e vejo meia xícara de chocolate quente escorrendo pela manga do meu único cardigã.

– Ai, desculpa – ele exclama, e sua expressão me diz que está falando sério.

– Não se preocupe – asseguro –, não foi sua culpa.

Kyle está aqui agora, e é o que importa. E tenho a sensação de que importa não só por medo de ficar sozinha. Fico tonta só de pensar que pode ser que esteja me acostumando com a companhia dele.

– Eu trouxe isso aqui pra você – comenta, erguendo os sacos de papel engordurado. – Eles chamam de *churros*. Já comi alguns, e você não pode deixar de provar.

– *Churros*. Certo, meu guia diz que são feitos com uma mistura de farinha e açúcar, fritos em óleo vegetal. São pesados, quase impossíveis de digerir, riquíssimos em colesterol e açúcares e ruins para o coração. – Ele me olha de um jeito engraçado, um dos cantos da boca se erguendo. – Mas estou morrendo de vontade de provar, obrigada.

Kyle dá de ombros.

– Como quiser.

Pego um dos sacos de papel e o copo meio derramado de chocolate quente e volto depressa para a van. Ele ri, mas não se mexe.

– Você não vai entrar? Estou com fome – reclamo.

– Não, está ficando tarde. Além disso, hoje é terça-feira e é o momento perfeito para visitar sua primeira candidata a mãe, não acha?

Concordo, tão animada que sinto que estou flutuando em uma nuvem com todas as cores mais bonitas.

– Mesmo endereço de ontem, certo? – pergunta, mostrando seu celular com um sorriso que faz minhas pernas ficarem bambas.

Concordo de novo, ainda nas nuvens.

– Ok, então vou deixar você se trocar.

Ainda estou tão atarantada que me esqueço de responder. Com outro sorriso, ele fecha a porta da van. Tiro meu cardigã depressa e vejo o tamanho do estrago. O chocolate quente escorreu e manchou minha camiseta também.

Kyle senta no banco do motorista e liga o motor. Eu olho para ele e, por algum motivo, não ligo mais para meu aspecto quando aparecer na porta da minha mãe. Afinal, nunca ouvi falar de mãe negando seu amor por causa da aparência do filho ou das roupas que está usando. Respiro fundo, deixando minha mente dar forma aos meus desejos. Vou usar minha camiseta azul, aquela com o arco-íris desbotado na frente; quando a visto do avesso, mal dá para ver o arco-íris.

Eu me ajoelho, e, quando abro a mala, meu coração dá um duplo *twist* carpado. Isso não pode estar acontecendo. Todas as minhas roupas estão cobertas de tinta colorida. Sinto um grito se erguer do fundo do meu ser.

KYLE

Eu já estava bem acordado por volta das cinco da manhã. Desenhei por algum tempo e depois procurei on-line por lojas no caminho que tivessem roupas boas. Sei que fui um pouco longe demais ao derramar o chocolate quente e fazer com que ela achasse que foi sua culpa, mas acho que é uma daquelas ocasiões em que os fins justificam os meios. E, em minha defesa, antes de derramar a bebida nela, dei duas voltas pelo acampamento, soprando o chocolate até ter certeza de que não iria queimá-la.

Antes de ligar o motor, inclino o espelho retrovisor para poder vê-la sem virar a cabeça quando ela estiver no banco do passageiro. Dirijo até a saída dos acampamentos e, seguindo o GPS, viro à direita. E, assim que estou entrando na rodovia que leva ao bairro antigo da cidade, ouço Mia gritar como se tivesse visto Thanos em carne e osso:

– Ahhh!

Jesus, a voz dela é tão estridente que me deixa de cabelo em pé. Por um segundo, chego a pensar que realmente Thanos está na van. Não ouso olhar para ela através do espelho. Sabia que ficaria chateada com o que aprontei com as roupas dela, mas não achei que fosse perder a cabeça por causa de algumas calças e camisetas estragadas. Já sinto a culpa corroer meu estômago quando Mia irrompe pelos bancos da frente e se afunda ao meu lado.

– Olha – diz ela, com mais desespero do que jamais ouvi.

Dou o meu melhor para fazer cara de não-foi-culpa-minha e volto a olhar para a estrada. Ela abaixa a bainha da camiseta para me mostrar o estrago em toda a sua glória – manchas de tinta por toda parte.

– Bem – tento brincar –, pelo menos não está do avesso.

– Sou tão desastrada – se lamenta ela, olhando para a camiseta.

– Não diga isso.

– Mas é verdade – reclama com um gemido. – Deixei minhas canetas coloridas na mala com minhas roupas, *todas* as minhas roupas. E veja o que aconteceu. – Ela olha para a frente e franze a testa, ficando em silêncio. Então balança a cabeça. – Eu não entendo. Usei essas canetas ontem, e elas estavam boas. E não é como se o tempo estivesse quente o bastante para fazer a tinta escorrer.

– Enfim… – respondo, fazendo um enorme esforço para cobrir meus rastros –, isso já aconteceu comigo algumas vezes. Talvez sua mala tenha ficado no sol, ou perto demais do motor, sabe? Pode ser por conta do aquecimento global… esse tipo de coisa.

Ela me olha como se eu estivesse ficando maluco. E não está errada. *Aquecimento global?* Jura? Meu cérebro deve estar off-line. O aperto na boca do estômago ainda não diminuiu, e espero que minhas mãos úmidas não me denunciem. Mia enfia a mão na mochila e tira uma carteira com unicórnios. Ela abre e morde o lábio inferior. Está por um fio. Achei que ia fazer uma surpresa para ela e que a faria se sentir mais à vontade para conhecer a mãe, mas estraguei tudo.

Entramos no bairro antigo de Granada. Não importa para onde olhe, vejo prédios antigos de pedra e casas brancas com varandas na frente. É alucinante. Noah teria adorado fotografar tudo isso.

Merda, a náusea está de volta, para me lembrar que não tenho o direito de me sentir tão bem. Por alguns minutos quase me senti como o velho Kyle, o Kyle que não matou ninguém, que não arruinou tantas vidas. Mas não é hora de chafurdar na autocomiseração, então olho para Mia e a vejo contando o dinheiro com uma das mãos e roendo as unhas da outra.

– Ei, para com isso – digo, tentando soar reconfortante. – Não ficou tão ruim assim, pode acontecer com qualquer um.

Estamos nos aproximando da loja de roupas que escolhi, mas ainda não digo nada.

– Não ficou *tão ruim*? Então o que devo fazer agora? Não posso aparecer na casa da minha mãe assim.

Bingo. O timing dela não poderia ser mais perfeito.

– Você vai mesmo perder o controle por causa *disso*? Tá, suas canetas coloridas vazaram e suas roupas viraram arte moderna. Há males que vêm para o bem, sabia? Quem sabe não está na hora de repaginar seu guarda-roupa? Vamos parar em algum lugar e comprar roupas novas pra você. Ponto-final.

Eu a observo pelo espelho enquanto balança a cabeça e começa a contar pela terceira vez o pouco dinheiro que tem. Meu GPS me diz para virar à direita com sua voz dissonante e mandona, mas sigo em frente, emocionado por poder ignorar suas ordens, só desta vez.

– O que você está *fazendo*? – pergunta Mia, erguendo a cabeça de repente. – O GPS disse pra virar à direita.

– Sim, não sou surdo, mas vi algumas lojas ali na frente e...

– Não. Por favor, continue dirigindo.

Finjo não ouvi-la e paro na porta de uma loja elegante e de aparência moderna, localizada em um prédio que deve ter pelo menos trezentos anos. O contraste é tão grande que me dá vontade de pegar meu caderno de esboços e começar a desenhar. Mia não parece tão impressionada. Enquanto estaciono o carro na única vaga que resta em toda a rua, ela me encara com os braços firmemente cruzados.

– Ah, para com isso – digo, tentando melhorar o humor dela. – Você mesma disse que não pode aparecer na casa da sua mãe assim.

– Eu vou dar um jeito.

– Vai dar um jeito? Se estiver cogitando pegar minhas roupas emprestadas, pode tirar o cavalinho da chuva.

Ela esboça um sorriso e então encolhe os ombros, inquieta.

– Eu não posso – diz baixinho. – Meu orçamento é apertado.

– Ótimo – respondo, a voz um pouco aguda demais. – Isso resolve tanto o seu problema quanto o meu.

Ela me olha como se de repente duvidasse da minha sanidade. Pego minha mochila no chão e, colocando-a entre nós, tiro o cartão de crédito que meu pai me deu e mostro a ela.

– Meu pai, também conhecido como senhor Abraço de Urso – isso a faz sorrir –, me deu o cartão de crédito para a viagem e me pediu, ou melhor, *implorou* pra estourar o limite. Se eu não comprar nada, ele vai pensar que não estou curtindo. É capaz até de mandar uma equipe de psiquiatras vir me buscar. Estou falando sério. – Ela está um pouco pálida. Continuo: – Você não quer que ele ligue pra embaixada e envie uma equipe de busca, quer? – Não sou do tipo que exagera, mas a situação exige isso. – Porque ele é bem capaz de fazer isso. – Ela balança a cabeça, os olhos castanhos bem abertos, como se estivesse imaginando algo indescritível. – Além disso – acrescento –, quero que considere como um presente de aniversário.

Ela me analisa, pensando a respeito. Por um segundo, parece que está prestes a ceder, mas, quando ergue o queixo, percebo que não poderia estar mais errado.

– Obrigada, mas não posso aceitar – responde, altiva.

– Claro que pode.

Mia balança a cabeça e olha pela janela.

– Anda, deixa de ser tão mala – digo.

Ela me ignora.

– Tá bom, então. – Dou de ombros. – Depois não reclame se eu comprar alguma coisa de que você não goste. – Enfio o cartão de crédito no bolso, pego alguns *churros* (ainda bem que já comi um saco inteiro às sete da manhã) e saio da van.

Quero que ela venha atrás de mim, mas a única coisa que me segue é seu olhar. Ela não percebe, mas posso ver seu reflexo na vitrine e, por algum motivo, estou gostando mais do que vejo a cada hora que passa.

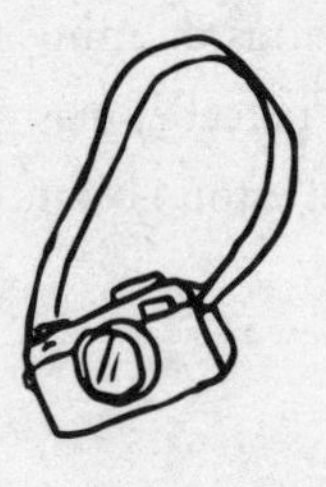

MIA

Apoiada na mochila de Kyle, eu o observo até que ele desapareça loja adentro. É sério que ele está fazendo isso? Se precisa usar o cartão de crédito do pai, por que não comprar algo para si mesmo? Não faz o menor sentido. E, embora pareça absurdo, tenho a sensação de que não fomos parar nesta loja por acaso. Kyle é um péssimo mentiroso, mas quem sou eu para julgar: ainda nem contei a ele que Noah seria minha companhia nesta viagem. Prefiro não pensar nisso agora. Se começar a ficar obcecada por isso, não vou conseguir parar. E pensar que daqui a alguns minutos posso ficar cara a cara com minha mãe já me deixa acima da dose diária recomendada de empolgação.

Tenho que me distrair, então olho para as roupas expostas na vitrine, e o que vejo me faz sorrir. São bonitas, lindas, na verdade, como se algo ou alguém tivesse colocado aquelas roupas ali só para me agradar.

Eu me endireito no banco e, ao fazê-lo, derrubo a mochila de Kyle, espalhando seu conteúdo por todo o banco do motorista. *Ops.* É uma daquelas mochilas com tiras de couro marrom e muitos bolsos.

Começo a juntar as coisas dele rapidamente: um pacote de chicletes nada saudáveis, um par de óculos de sol, uma caixa cheia de lápis, duas borrachas, um apontador, um boné azul, uma carteira de couro e um carregador de celular. No chão, ao lado dos pedais do acelerador e do freio, há um livro e um caderno de desenho.

Eu pego o livro. Em sua capa de couro gasto há um título em letras douradas: *As obras poéticas completas de Rabindranath Tagore*. Passo os dedos sobre o couro macio e levo o livro até o nariz. Tem aquele cheiro antigo e íntimo de uma biblioteca. Eu o abro. Em suas páginas amareladas estão vários versos sublinhados. Um deles me chama atenção.

Não guarde para si o segredo do seu coração, caro amigo!

Conte-o para mim, só para mim, em segredo.

Você, que sorri tão gentilmente, sussurra com doçura; meu coração vai ouvir, não meus ouvidos.

É como se as letras formassem mais do que palavras e as palavras, mais do que frases, como se algo além da linguagem falasse comigo. Talvez eu tenha julgado Kyle com muita severidade. Não achei que ele fosse do tipo que lia coisas assim. Leio os versos de novo e me pego desejando que ele faça exatamente isso – se abra para mim e compartilhe os segredos de seu coração partido.

Eu me viro para olhar a loja, mas não há sinal de Kyle. Enfio o livro na mochila e pego o caderno. É um daqueles cadernos de desenho que usamos na terceira série. Está aberto na última página que ele usou, o desenho de uma garota élfica de costas. Vestindo jeans, ela está nua da cintura para cima e com o cabelo preso. Observo o esboço com atenção e tenho a impressão de que pode ser *eu*. Na verdade, se não fosse impossível, eu poderia até jurar que sou eu. Deus, eu não devia estar fazendo isso. Meu coração está começando a acelerar.

Olho para a vitrine de novo e, mesmo que incomodada com a culpa, não consigo deixar de folhear o caderno de desenho. Os desenhos são lindos; alguns deles são deprimentes, outros são otimistas e brincalhões, mas todos são impressionantes. Eles transmitem algo diferente, algo que vai além das linhas e formas. As árvores, as rochas e até os edifícios parecem brotar de uma única alma. Os olhares são cheios de uma saudade profunda, cheios de segredos que anseiam por serem contados. Olho mais uma vez para o desenho da menina e desejo ser ela.

Meus batimentos aceleram, como se pressentissem o perigo, talvez o perigo de me apaixonar por um lado de Kyle que estou começando a descobrir. Mas, quando percebo uma sombra pairando na frente da janela do passageiro, quase me assustando, entendo que não é esse tipo de perigo.

– Ahh! – Não consigo reprimir o grito histérico.

Uma mulher de uniforme azul-marinho está olhando fixamente para mim da calçada. Oh, Deus, espero que a polícia espanhola não puna indiscrições. Olho para ela, incapaz de esconder minha culpa, e ela faz sinal para eu abaixar o vidro. Obedeço sem dar um pio.

– *Está en una zona regulada* – diz.

– Desculpe, mas… – E então arrisco em meu péssimo espanhol: – *No hablo español.* – Depois de um ano inteiro vendo aulas de espanhol no YouTube, tudo que consigo dizer é que não falo espanhol, além de "*muchas gracias*" e "*de nada*". Ao que tudo indica, não é só meu coração que tem um defeito genético: minha língua também.

A mulher aponta para um parquímetro a alguns metros da calçada e esfrega o polegar e o indicador.

– Ah, certo, desculpe – digo com um suspiro de alívio –, não pagamos o estacionamento, é isso?

A policial assente com um meio sorriso e segue para o próximo carro sem tirar os olhos de mim. Coloco depressa o caderno de desenho de volta na mochila e balanço minhas mãos como se isso pudesse me livrar das evidências do crime. Em seguida, pego minha carteira e saio da van. A policial fica de olho em mim até eu inserir as moedas no parquímetro. Sinto um calafrio ao pensar que ela poderia ser minha mãe.

Enquanto espero o parquímetro emitir o bilhete, dou uma olhada nas outras mulheres na calçada movimentada. Qualquer uma delas poderia ser minha mãe, passando por mim neste exato instante.

Uma pontada atordoante no meu peito é o alerta para que eu pare de pensar. O dr. Bruner, psicólogo infantil do Hughston Memorial, costumava dizer que pensar demais causa ansiedade, a inimiga mortal de um coração fraco. Ele me dizia que, nesses momentos, o melhor a fazer era transformar minha mente em uma tela em branco. Sei que ele tem razão, mas, no melhor dos mundos, minha cabeça é um turbilhão de cores.

Escrevo um bilhete para Kyle no comprovante de estacionamento para avisar que volto daqui a alguns minutos e o coloco no painel. Então, com a câmera pendurada no ombro, me enfio no meio da multidão na rua.

Pela primeira vez em toda a minha vida, me sinto totalmente livre, mas estranhamente não é como imaginei que seria. Em vez de feliz, até extasiada, me sinto estranha, indisposta. Uma tristeza sufocante serve de lembrete de que não poderei desfrutar dessa liberdade por muito tempo, e por um momento desejo que ela possa durar mais. *Não.* Esse desejo está fora do meu alcance. Já vivi bastante. Mais do que o suficiente. Quando conhecer minha mãe, tudo que eu quero é parar de sofrer, parar de lutar. Estar viva é cansativo. Para escapar desses pensamentos, encho minha mente com cores deslumbrantes e me concentro em explorar o bairro antigo, tirando fotos de qualquer coisa que chame minha atenção – ou seja, tudo – para postar no meu fotoblog mais tarde. Capto as ruas estreitas de paralelepípedos, as lojas tradicionais que vendem artigos de couro feitos à mão e cestos de vime, várias igrejas centenárias feitas de pedra, o rio que contorna a cidade, os pombos batendo as asas ao ritmo das migalhas de pão lançadas pelos turistas, as portas de madeira rústicas, os declives acentuados e as casas caiadas com balcões ostentando vasos com flores coloridas. Enquanto respiro o rico perfume das flores, finalmente sinto o ritmo do meu coração começar a diminuir.

O relógio do campanário da igreja me diz que já faz meia hora que estou andando! Meu relógio biológico deve estar enguiçado – eu podia jurar que só tinham passado cinco minutos. Nosso tíquete de estacionamento deve estar prestes a expirar, então corro de volta pelo labirinto de ruazinhas.

Quando enfim chego à ladeira íngreme que desce até a rua onde nossa van está estacionada, vejo Kyle saindo de outra loja com os braços cheios de sacolas de compras.

Ele perdeu o juízo de vez?

Confesso que sinto mais curiosidade do que raiva, então, de cenho franzido, caminho até lá o mais rápido que meus pulmões permitem.

KYLE

No fim das contas, paguei com o meu próprio cartão de crédito; felizmente ainda estava no bolso da calça jeans depois que comprei o jantar ontem à noite. Meus pais insistem que eu não devia deixar o cartão solto assim no bolso, mas não consigo me acostumar a carregar uma carteira. E, apesar de ter gastado em menos de meia hora o que levei um ano para juntar trabalhando como garçom no Cheesecake Factory, não me importo nem um pouco. Não se pode colocar um preço na felicidade de Mia. Além disso, meus pais ficariam muito preocupados se eu comprasse roupas para uma garota cujos pais ricos me convidaram para viajar para a Espanha. Se eles soubessem que isso ia acontecer, a viagem já teria acabado antes de começar.

Depois de dez minutos escolhendo um par de óculos de que Mia vá gostar, saio da loja e a vejo caminhando depressa. Enfio a carteira que comprei para ela na sacola com os óculos escuros e, em seguida, jogo entre os bancos da frente. Antes mesmo que tenha tempo de colocar as outras sacolas na parte de trás da van, ela já está ao meu lado, olhando feio para mim. Sibilando, ela protesta num tom agudo que soa como um ganido:

– Meu Deus do céu, o que você fez? Comprou a loja inteira?

Não consigo evitar rir. Ela parece irritada, mas acredito que seja mais exaustão do que raiva: o brilho em seus olhos revela que não está tão brava quanto gostaria.

– Desculpa, eu não conseguia me decidir – respondo.

Os olhos dela vão de uma sacola para outra, como se as estivesse contando.

– Você não comprou tudo isso só pra mim, né? Por favor, me diz que não é tudo pra mim.

– Olha, posso até tentar usar algumas dessas roupas se você quiser, mas duvido que ficariam boas em mim.

– Para de ser bobo.

– Não estou sendo bobo. E aí, você quer ou não ver o que comprei?

Os olhos dela gritam que *sim,* mas a cabeça não quer aceitar. Ela ergue o queixo e balança a cabeça devagar, enquanto olha de soslaio para as sacolas.

Abro a porta lateral e coloco tudo lá dentro, perto do sofá.

– Tudo bem – digo, dando de ombros. – Se você prefere conhecer sua mãe vestida assim… fique à vontade.

Ela olha para baixo, como se tivesse se esquecido da enorme mancha de tinta na camiseta e, cruzando os braços em uma tentativa de esconder, olha em volta com timidez.

– Anda – acrescento –, está ficando tarde. Entra aí e ao menos experimente as roupas. Se alguma não servir, ou se você não gostar, a gente pode voltar pra trocar hoje à tarde, depois que você conhecer sua primeira candidata a mãe.

– Que parte de *não posso aceitar* você não entendeu? – retruca ela com falsa frustração e raiva fingida.

– Não entendo por que você insiste em rejeitar minha oferta quando sabe que não tem outra alternativa. Além disso, não é como se eu tivesse comprado uma vila pra você. – E, com um leve sorriso forçado, acrescento: – E lembre-se de que você só contratou seu motorista maravilhoso por dez dias, então, a não ser que queira ficar aqui parada e desperdiçando todo o seu precioso tempo...

Ela abre a boca sem saber o que falar. Bufando, entra na van e, antes de fechar a porta, diz:

– Eu vou te devolver o dinheiro – e, enquanto fecha a porta na minha cara, eu a ouço berrar: – cada centavo.

Caio na gargalhada. Por algum motivo que não sei explicar, essa garota me faz rir. Mas seu feitiço élfico é suspenso assim que pego no volante. A náusea e o medo começam a arranhar minhas entranhas de novo. Eles não vão me deixar esquecer, como se fosse possível. O pior é saber que essa merda vai me assombrar para sempre. Todos os dias eu acordo de um pesadelo, só para perceber que o pesadelo é o mais real possível e nunca vai acabar. O que eu não daria para nunca mais ter que dirigir, nunca mais colocar os pés em um carro, nunca mais acordar.

Mas um "Ai, meu Deus, isso é incrível" de Mia me traz de volta à terra de quem quer viver para ver outro dia.

Redigito o endereço no GPS do meu celular e seleciono a rota mais longa, para que ela tenha tempo para se arrumar. Durante alguns minutos eu a ouço exclamar "ahh", "uau", "incrível", "amei, amei, amei", sem mencionar mais alguns "ai, minhas deusas". Quanto mais a ouço, mais sorrio e mais suportável se torna minha incômoda náusea.

– Não consigo acreditar – diz ela, enfiando o corpo pelos bancos da frente. – Tudo serviu direitinho.

Estou me sentindo bem como não me sentia havia tempos. Então Mia desliza em seu assento e, quando vai colocar o cinto de segurança, um garoto vem correndo para a rua do nada, perseguindo uma maldita bola de futebol. *Merda! Eu vou acertar ele!* O garoto olha para mim, apavorado. Estendo minha mão para proteger Mia enquanto piso no freio. Aquele olhar dele, *meu Deus*, é o mesmo de Noah. Tudo volta de repente como um trem fora dos trilhos, direto para o meu peito. Eu grito por dentro. A van para de repente – a poucos centímetros de distância do garoto.

– Você tá bem? – É Mia, mas a voz dela está distante, letárgica como em um sonho.

A criança acena num pedido de desculpas e vai embora.

– Kyle?

Eu me viro para ela, ainda meio atrapalhado das ideias. Ela parece preocupada. Assinto com a cabeça, sem saber o que estou fazendo. Então me concentro nela. É tão linda. Está vestindo a camiseta nova com o pôr do sol, do avesso, e o short jeans. Percebo que estou respirando pesado. Inspiro fundo e expiro com força.

– Ei – digo, tentando fingir que não quero simplesmente sumir da face da Terra. – Você não pode aparecer de surpresa assim. Até perdi o rumo. Tá linda demais. – *E está mesmo.*

– Aham, claro – responde ela. – Tem certeza de que você tá bem? Sabe que pode conversar comigo, né?

– Assim que meu coração se recuperar – *da vontade de parar de bater* – de ver seu novo e incrível visual, vou me sentir melhor, prometo.

Ela balança a cabeça, um pouco desapontada. Minhas pernas ainda estão tremendo por causa do quase acidente, e meu pé se recusa a pisar no acelerador. Mas finjo que está tudo bem e verifico o espelho retrovisor. Ao menos não tem ninguém atrás de mim. Limpo a garganta. Sinto que Mia está me olhando, e posso perceber quando ela encolhe os ombros.

– Daqui a noventa metros, vire à direita – anuncia o GPS.

– Então, qual é o lance? – pergunta ela. Eu a olho, e alguma coisa no conforto de seu olhar dá ao meu pé a coragem necessária para pisar no acelerador. – Você faz bico noturno como *personal shopper* ou o quê?

Quase consigo sorrir. O ritmo dos meus batimentos diminui pouco a pouco, ainda que a vontade de acabar com tudo permaneça em meu encalço.

– Minha namorada, Judith... – falo, apoiando o pé no acelerador. – Quer dizer, minha *ex-namorada* Judith sempre ameaçava terminar comigo se eu não fosse fazer compras com ela. – Levo um instante para organizar meus pensamentos enquanto a van ganha velocidade. – E, sem brincadeira, a garota adorava fazer compras.

– Ah, que bom pra ela. É ótimo ter um cara preparado e treinado direitinho.

– Preparado e treinado direitinho? – repito enquanto faço a curva devagar. – E eu por acaso sou um bichinho de estimação?

– Bom, bichinhos de estimação e namorados têm muito em comum, você não acha?

– Me diz que é brincadeira.

– Para pra pensar. Você pode levar os dois pra passear; os dois fazem companhia; os dois gostam de receber carinho, mas, salvo engano, em partes diferentes; os dois precisam ser treinados para se comportarem, ainda que isso vá contra a natureza deles. A única diferença real que consigo ver é que os animais de estimação tendem a ser mais fiéis.

Saindo da boca de qualquer outra garota, soaria como brincadeira, mas Mia parece estar falando sério, o que me faz sorrir. Acho que ela não se dá conta de quanto é engraçada.

– Vixe – comento –, para o bem do meu sexo, vou torcer pra que nem todas as garotas pensem como você.

– Não, nem eu penso essas coisas. Às vezes você não tem ideias tão *estranhas* que precisa contar pra alguém, mesmo que não façam sentido?

– Não.

– Bem, eu tenho. Não vai me dizer que não ficou impressionado.

Eu fiquei, mas não digo a ela. No momento, o GPS está tentando me matar nessas ruas estreitas. Não consigo descobrir para onde ele quer que eu vá e não tenho vontade de me perder neste labirinto de becos antigos. Quando enfim consigo me orientar, olho para ela através do espelho. Está acariciando a camiseta como se fosse um bichinho de pelúcia.

– Adorei – diz ela. – Sempre quis algo dessa cor. – E posso ver o porquê; essa camiseta foi feita para ela. – Esse azul me lembra aquelas noites claras, quando a lua e as estrelas brilham tanto que conseguem até afastar a escuridão. – Ela parece estar pensando em voz alta. – Essas noites são as melhores, o medo deixa de existir, tudo parece calmo e em paz. São minhas noites favoritas.

E eu que me julgava poético. Não sei o que dizer. E ela também parece não saber. Olha para o céu com tanta intensidade que é óbvio que enxerga muito além do que um cara comum como eu.

Deixo que ela se deleite com sua visão e, assim que entramos em uma avenida mais larga, pergunto:

– Vem cá, me diz uma coisa: que negócio é esse de sempre colocar as roupas do avesso?

Ela responde com um sorriso malicioso:

– Em vez de usar do jeito normal?

– Sim, como todo mundo faz.

– Bom, é por isso. Não tenho o menor interesse em ser como todo mundo.

Chegamos a um sinal vermelho. Piso no freio e olho para Mia, pronto para dar alguma resposta engraçadinha, mas não o faço porque, embora seu corpo ainda esteja aqui, ela parece estar em outra dimensão. Está observando as pessoas nas ruas com um olhar melancólico. Algumas estão passeando na calçada, outras entram e saem de lojas, há ainda aquelas sentadas preguiçosamente em cafés. Ela parece olhar com atenção para cada pessoa, como se cada uma delas tivesse um significado, como se algo em cada uma fosse motivo de tristeza. Seu olhar cai sobre duas garotas da nossa idade que estão olhando para seus celulares enquanto caminham, alheias a tudo ao redor. Então um hipster chama sua atenção. Ele está com fones de ouvido, olhando para a frente enquanto caminha, como se ninguém mais existisse, com ar de quem não se importa com a existência dos outros. Depois ela olha para o outro lado da rua, para um casal sentado em um café. A mulher está lendo o cardápio enquanto o homem lança olhares furtivos para a garçonete. Algumas mesas mais adiante está outro casal, entediado, sem trocar nem uma palavra, olhando para todos os lados, exceto um para o outro. Por um momento tudo me parece um filme, um filme em que tudo o que importa já não importa mais. Acho que estou começando a entender Mia, ainda que do meu jeito.

Eu a observo. Há uma tristeza profunda em seus olhos, a tristeza de uma alma antiga. Tenho a impressão de que Mia sente as coisas com mais intensidade do que outras pessoas, a impressão de que ela se sente triste pela humanidade como um todo e fica angustiada por não poder ajudar. Mas quem vai *ajudá-la*?

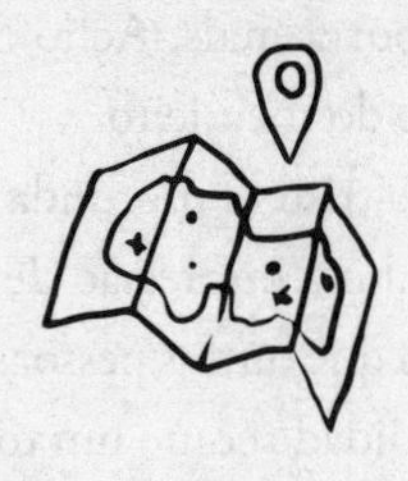

KYLE

Consigo responder a uma mensagem dos meus pais antes de o farol ficar verde, me permitindo falar de novo.

– Ei – digo –, acho que você se esqueceu de abrir uma das sacolas.

Ela aperta os olhos e procura ao redor. Não demora para ver a sacola da loja de óculos escuros enfiada entre os bancos.

– O que é isso? – pergunta.

– Abre pra ver.

Mia me olha de soslaio, os lábios formam aos poucos um sorriso arrebatador. Ela passa a ponta dos dedos pela sacola e desfaz o laço como uma princesa em um conto de fadas. É uma daquelas sacolas estilosas, azul-escura com um laço prateado. Ela espia lá dentro e, sem emitir um único som (o que é desnecessário, seus olhos já me dizem quanto está empolgada), tira uma carteira vermelha de couro. Depois de abrir cada um dos bolsos e compartimentos, ela me olha com gratidão estampada no rosto. Então volta a enfiar a mão na sacola e tira a caixa de óculos escuros como se fosse um Rolex incrustado de diamantes. Fica boquiaberta, pronta para protestar, mas eu sou mais rápido.

– Sim, sim, eu sei, você não pode aceitar. Mas tenho dois bons motivos pra que você aceite. Primeiro… – coloco meus óculos escuros e, como se estivesse recitando um poema romântico, declaro: – toda vez que o sol bate nesses seus enormes olhos cor de avelã, eu fico tão maravilhado que não consigo dirigir. – Ela ri. Então, parecendo muito preocupado, acrescento: – E segundo… se te virem com essa carteira da Toys "R" Us, vão querer me prender por sequestrar uma menor de idade.

Ela cai na gargalhada. Então, erguendo uma sobrancelha, responde:

– Olha só, estamos progredindo. Você ainda dirige como uma velhinha, mas, quem diria, tá cheio de conversinha hoje.

– Então pronto. Além de dirigir direitinho e com cuidado, eu também sei falar bem. Uma baita promoção: pague um, leve dois.

Mia coloca os novos óculos escuros e se olha no espelho com um sorriso satisfeito. Eles ficam enormes nela.

– Droga, parece que minhas habilidades de *personal shopper* não se aplicam a óculos escuros. – Ligo a seta. – É melhor a gente voltar lá pra trocar.

– Nem pensar. – Ela desliga a seta. – Eu amei. Nunca tive óculos assim antes.

– Ray-Ban? Sério? Não tem nada mais clássico do que um Ray-Ban.

– Não, bobo, *óculos escuros.*

Sinto um nó na boca do estômago. Mas que burro. Não parei para pensar que alguém da nossa cidade poderia nunca ter tido um par de óculos escuros. Sei que é ridículo, mas nem me passou pela cabeça.

Ficamos em silêncio por alguns instantes, o único som no carro é o do GPS indicando as direções. Vejo pelo retrovisor quando Mia se vira e me encara em silêncio. Passamos ao menos um minuto assim. Juro que até meus cílios estão suando.

– Que foi? – reclamo, querendo que ela pare com isso.

– Você fica incomodado quando te olho?

– Talvez. Não vá me dizer que está usando aquele truque Jedi que aprendeu no orfanato de novo.

– Ah, para com isso, todo mundo sabe que não tem mais orfanatos no nosso país. St. Jerome era uma casa de apoio, e não… eu estava só observando você.

– Uau. – Sinto minhas bochechas queimarem. – Você sabe mesmo como deixar as pessoas desconfortáveis, preciso admitir.

Ela ri, então me olha fixamente e começa a fazer caretas – fica vesga, faz biquinho de peixe, franze e depois ergue as sobrancelhas. E então ela chega bem perto de mim com os olhos arregalados: está tão perto que posso sentir o cheiro de seu xampu.

– Você é uma boa pessoa, Kyle. Espero que saiba disso.

Sou pego de surpresa. Percebo que estou balançando a cabeça sem querer.

– Tá bom, então você é um grande babaca, se é isso que quer ouvir. A escolha é toda sua. – Ela ri. – Parando pra pensar, você também é muito bom nisso.

– Valeu, parceira.

– Não, tô falando sério – retruca ela. – Mas também é verdade que ninguém nunca fez nada do tipo pra mim antes.

– Até parece – respondo sem pensar.

Ela se joga no banco e apoia a cabeça na janela, olhando para o nada, e me dou conta de que meti os pés pelas mãos de novo, e *muito* desta vez. Ela não estava só me provocando; estava falando sério, puta merda, sério demais. Fico de boca fechada para que as lágrimas não rolem. Meu Deus, como alguém pode rejeitar uma garota como a Mia? Agora, só consigo pensar em conhecer a mãe dela e dizer algumas verdades pra ela.

Um minuto depois, descemos uma rua íngreme ladeada por casas antigas e o GPS anuncia:

– Em noventa metros, você chegará ao seu destino.

Acelero até ver a casa de número setenta e oito. Mia está analisando cada detalhe da construção cor de vinho. É um sobrado, com janelas e uma porta de madeira escura lustrosa. Acima da entrada há um brasão de armas esculpido em pedra. Parece uma daquelas propriedades que são passadas de geração para geração, como naquelas séries de TV a cabo sobre a aristocracia britânica, mas bem menor. Deve ter séculos de idade. Estaciono a van a alguns metros da entrada. Mia está pálida. Ela se vira para mim, mas não diz nada.

– Ei, se você quiser, eu posso ir junto.

Ela balança a cabeça em negativa. Eu entendo. Bom, na verdade, é impossível compreender o que ela está passando. Mas acho que é uma daquelas coisas que você precisa enfrentar sozinho.

Mia abre a porta da van, com um dos diários em mãos, e desce. Ela fecha a porta em completo silêncio e me encara pela janela. Eu aceno com um sorriso encorajador. Olhando para mim, ela respira fundo, exala e acena também. Depois se vira na direção da casa.

Eu não a perco de vista. Por um breve momento ela fica parada, olhando para a casa. Ergue os ombros, abaixa e dá um passo à frente, avançando devagar. Parece uma criança em seu primeiro dia de aula, mas, em vez de segurar a mão da mãe, se agarra ao diário. Mia chega à porta da frente e toca a campainha. A porta se abre quase no mesmo instante, revelando um homem careca, de quarenta e poucos anos, com uma camisa branca e calça jeans. Eles conversam, mas não consigo ouvir o que dizem. Eu me inclino sobre o banco do passageiro e abro a janela, mas ainda assim não entendo uma palavra. O homem assente e volta para dentro de casa, deixando a porta aberta.

Eu daria qualquer coisa para estar ao lado de Mia agora. Puta merda, até *eu*, que só estou sentado aqui, estou suando.

Com o diário nas mãos, Mia se vira para mim, e faço um joinha que arranca um sorriso dela. Uma mulher alta e magra com cabelos castanhos aparece na porta. Mia diz algo para ela. A mulher sorri e balança a cabeça sem parar. Mia assente e dá um passo para trás. Parece que Mia diz algo a ela antes de se virar e voltar para onde eu estou. A mulher permanece na porta, olhando para Mia. Embora eu não consiga entender claramente, noto um tom de tristeza, de compaixão na maneira como está parada ali. Mia fixa os olhos em mim enquanto se aproxima, encolhe os ombros e abre um sorriso melancólico, sem tentar esconder sua fragilidade. Abro a porta do passageiro. Ela entra e a fecha sem olhar para trás.

– Bom – comento –, uma a menos. O que significa que estamos mais perto de encontrar sua mãe.

Ela concorda, visivelmente grata, mas deve estar à flor da pele, porque, embora abra a boca, não diz nem uma palavra. Ela olha para o nada.

– Próximo endereço? – pergunto. – Ainda é cedo e temos muitas rodadas a fazer.

Sem dizer uma palavra, ela tira um caderno da mochila e abre na primeira página, tentando forçar um sorriso. Mas seu queixo trêmulo me diz mais do que o sorriso abatido. Ela me entrega uma lista de todas as candidatas a mãe e seus respectivos endereços. A segunda mora em um lugar chamado Úbeda. Eu digito o endereço e ligo o motor. E, ainda que dirigir por estas ruas tortuosas seja um desafio por si só, mesmo para o antigo Kyle, agarro o volante com uma das mãos e seguro a mão de Mia com a outra. Ainda olhando para a frente, uma única lágrima escorre por sua bochecha.

A mão dela é quente, macia, frágil. Parece familiar, como se minha mão e a dela já tivessem se encontrado. Ela está tremendo. Corro meu polegar pelas costas de sua mão, mantendo um aperto firme, inabalável. Então uma voz dentro de mim diz *"não vou te abandonar, Mia"*. Eu digo essas palavras repetidas vezes, sem nunca pronunciá-las em voz alta. Dirijo por quilômetros até que ela enfim pega no sono.

MIA

Passamos os dois dias seguintes procurando minha mãe pelo sul da Espanha. Kyle está sendo um verdadeiro amigo para mim. Por vezes a dor dele parece voltar, o olhar anuviado, mas ele se esforça para não deixar transparecer. Depois há momentos em que está calmo e o verdadeiro Kyle aparece, e fico encantada com o que vejo. Uma coisa não mudou – ele ainda dirige como uma tartaruga com artrite.

Quando tenho uma horinha vaga, aproveito para atualizar minha mãe em meu diário.

28 de março

Sigo à sua procura, mas sem sucesso. Hoje de manhã, depois que fomos embora de Granada, dormi um pouco, e, quando acordei, já tínhamos chegado em Úbeda. É maravilhoso, e eu teria ficado muito feliz se você morasse ali. É uma cidadezinha tão pitoresca, nós nos divertimos. Um homem atendeu a porta e, quando perguntei por María, disse que, na verdade, esse era o antigo nome dele. Era transgênero e mudou seu nome para Mario dez anos antes. Era como se a própria vida estivesse me dando uma piscadela, algo para trazer um sorriso aos meus lábios e tornar meu coração menos pesado. Ele acabou convidando Kyle e eu para almoçarmos e nos contou sua história de vida. Foi incrível. Me lembre de te contar isso um dia, tá? Nossa próxima parada é Baena, mas mantenho você informada (talvez pessoalmente?).

19h

Kyle está dirigindo e ainda temos uma hora pela frente, então pensei em escrever mais algumas linhas. Como eu disse, depois de Úbeda fomos para Baena. Nossa, que lugar espetacular. Mas também não encontrei você lá. Esta María em particular era uma senhora muito gentil, professora. Não conversamos muito porque ela tinha que organizar uma festa infantil para uma coisa que chamam de Semana Santa, mas fiquei feliz em conhecê-la.

Aos poucos começo a me sentir mais à vontade, e grande parte disso é por causa do Kyle; ele tem me apoiado o tempo todo. Quem poderia imaginar? Eu quero muito que você o conheça. Vai se apaixonar, com certeza. Bom, não se apaixonar, mas você entendeu o que eu quis dizer. Ele é um amor. Passou por muita coisa, mas já falei disso alguns dias atrás. Confesso que perdi o sono algumas noites pensando em como contar para Kyle o que venho escondendo dele esse tempo todo: que era para Noah ter vindo nesta viagem comigo. Eu não tenho coragem de confessar, ainda não.

Mas, enfim, que tal falar de coisas mais leves? Agora vamos para um lugar chamado Nerja, que meu guia diz que vale a visita. Vamos passar a noite em algum acampamento da região. Estou morrendo de vontade de ver o mar. Vai ser a primeira vez, sabe?

21h

Acabamos de jantar no terraço de um restaurante com vista para o Mediterrâneo. Kyle está no banheiro, então aproveito esse tempo para escrever para você. Sei que é a terceira vez que escrevo no mesmo dia, mas é tudo tão emocionante... Ver o mar pela primeira vez foi... eu nem sei como descrever. Não tenho palavras. Assim que vi, fiquei tão impressionada que comecei a chorar. O pobre Kyle ficava me perguntando o que tinha acontecido e se podia fazer alguma coisa pra me ajudar. Mas ver toda aquela água num só lugar, a imensidão dela, já me fazia pensar no espaço, no universo, na vida, em Vênus.* As ondas batiam na areia com tanta força, quase numa espécie de fúria. Não é de surpreender; se eu fosse o mar, também estaria mais do que chateada com os humanos. Queria que você estivesse lá pra ver isso comigo.

Um dos garçons foi tão gentil com a gente. Ele usou um guardanapo pra fazer uma lista de todas as coisas que vale a pena ver antes de voltarmos para o acampamento esta noite. Mal posso esperar.

* A propósito, quando fui reler o que escrevi, percebi que nunca contei a você por que tenho essa coisa com Vênus e, pensando bem, não contei a ninguém. Tudo começou com um livro que encontrei na biblioteca quando morava com a família Yang em Phenix City. Chamava-se Aliança: mensagem do povo de Vênus para os habitantes da Terra. Você já leu? É incrível e literalmente mudou a minha vida. Você sabia que em Vênus não existem doenças, nem miséria, nem pais que não foram feitos para serem pais...? (Enfim, termino de contar outro dia. O Kyle voltou.)

23h

Não queria falar disso, mas meu coração tem dado certo trabalho nos últimos dias. Tenho tomado os comprimidos que me deram para quando me sentisse mal. Não devia tomar por mais de três dias seguidos, mas acho que isso não importa mais. O que importa é te encontrar e te conhecer um pouco antes de irmos embora da Espanha. Boa noite, mãe.

29 de março

Assim que nos levantamos hoje de manhã, fomos visitar mais duas Marías, mas nenhuma delas era você. Agora Kyle está nos levando para um lugar chamado Ronda. É aí que você está? Espero que seja.

Sinto que estamos perto. Há até momentos em que acho que posso sentir seu coração bater junto ao meu. Não acredito que daqui a pouco estaremos lendo estas linhas lado a lado, rindo e chorando pelo tempo que perdemos. Você vai gostar do que escrevi? Será que vai querer ler? Vai querer saber mais de mim? Às vezes tenho medo de não ter tempo suficiente para encontrar você; às vezes tenho medo de que você nem queira ser encontrada, e fico arrasada só de pensar.

17h

Kyle está no telefone com os pais dele. Foram eles que ligaram, então quis aproveitar para atualizar você. Foi horrível quando chegamos à casa da última María da lista de hoje, a que morava em Ronda. Ela tinha falecido fazia pouco tempo. Quase surtei pensando que poderia ser você. Kyle estava ali para me ajudar de novo. Ele não parou de perguntar até encontrar alguém que pudesse nos contar algo sobre ela. Por sorte, essa María nunca havia viajado para os Estados Unidos.

Como a vida pode ser passageira, né? Uma hora estamos aqui, no minuto seguinte não estamos mais. E muitas pessoas não estão preparadas para esse salto tão grande. Você se sente preparada, mãe? Adoraria poder falar com você, ouvir suas histórias, suas opiniões, descobrir do que você gosta e do que abriria mão. Será que vai gostar de *mim*?

22h

Kyle está dormindo na cama de cima. Decidimos não acampar hoje e parar a van em um local maravilhoso, perto do mar. Posso observar as estrelas da janela enquanto escrevo para você. Talvez você esteja observando as mesmas estrelas neste exato momento. E, por falar em Kyle, sabe do que mais? Acho que estou ficando "acostumada" com a companhia dele, o que é um perigo. Não quero me apegar muito, nem que ele se apegue demais a mim. Ele não faz ideia do meu problema de saúde. E estou até começando a duvidar se estou fazendo a coisa certa. Ele tem o direito de saber sobre o meu coração, mas não consigo contar. Não quero que vá embora, e todos vão embora assim que descobrem. Talvez seja por isso que você tenha ido embora também.

De qualquer forma, meu coração está me implorando por um descanso, então vou parar de escrever agora. Vou dormir sob as estrelas, olhando para Vênus e pensando em você.

Vamos acordar bem cedo para irmos para Córdoba. Eu vi algumas fotos de lá no meu guia e mal posso esperar para ver ao vivo. Acima de tudo, mal posso esperar pra ver você. Bons sonhos, mãe. Vejo você amanhã?

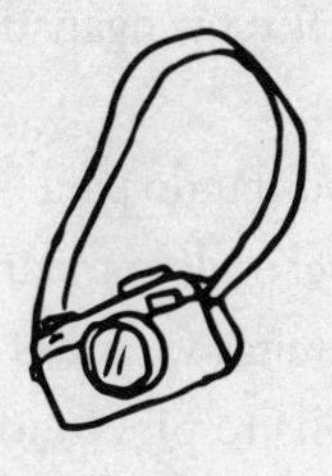

KYLE

Coloquei meu alarme para as seis da manhã, só para poder desenhar o lugar em que passamos a noite. Se chama Maro e me deixou maravilhado. É um lugar extraordinário, selvagem, a areia fina da praia misturada com pedras e vegetação. Enquanto desenhava, o céu era tomado pelas cores mais vívidas que já vi ao amanhecer. Era quase inacreditável. Mia acordou tarde, por volta das nove, e, assim que saiu da van, correu até o mar para mergulhar os pés na água. Sem que ela visse, consegui desenhá-la brincando com as ondas como uma criança. Foi incrível. Com o passar do tempo, ela foi ficando mais relaxada e um pouco cansada – talvez por conta da busca pela mãe –, porém mais à vontade.

Tomamos o café da manhã sentados nas pedras, e ela me convenceu a escrever nossos nomes na areia com um graveto, depois pegamos a estrada em direção a Córdoba.

A próxima candidata mora no coração de uma área chamada Judería. Dizem que era um bairro judeu na Idade Média. Fica na cidade antiga e só se pode entrar a pé, o que significa que tivemos que deixar a Mundo da Lua estacionada fora dos muros da cidade e seguir andando. Mia insistiu que eu não precisava ir junto e que seria melhor se eu aproveitasse para conhecer a cidade, visitar um museu ou algo do tipo, mas está enganada se acha que vou deixá-la sozinha num momento desses.

– É aqui – comenta, apontando para uma rua de paralelepípedos tão estreita que é impossível os dois andarem lado a lado. Acima das fachadas brancas e das estreitas varandas de ferro pendem vasos de índigo, todos idênticos. Mia respira fundo. Está nervosa.

– Se precisar pode chamar, tá? – digo. – Vou esperar bem aqui.

Ela assente, grata, e começa a andar. Sem perdê-la de vista, eu me sento na beirada de uma fonte de pedra octogonal, invejável testemunha de alguns séculos de história e hordas sem fim de turistas. Mia para em frente a uma casa. A porta é arqueada e emoldurada por pequenos azulejos com mosaicos. Ela toca a campainha e aguarda. O lugar é mágico, parece ter saído das páginas de um livro, e, com a elfa Mia, a magia toma proporções ainda maiores. Eu *preciso* desenhar esse momento.

Sem tirar os olhos dela, pego na mochila meu caderno de desenho e meu lápis. Uma mulher com longos cabelos cacheados abre a porta da casa. Começo a desenhar Mia em traços ávidos. Elas estão conversando. Desenho a silhueta de Mia, em toda a sua graça e volúpia, com os cabelos presos em um rabo de cavalo; seus já enormes olhos cor de mel ainda maiores, e tomo a liberdade de acrescentar orelhas e coroa de elfa. Quando começo a me sentir culpado por colocá-la no papel sem sua permissão, o toque do meu celular faz meu coração quase sair pela boca. Dou uma olhada na tela. É o Josh. Puta merda, ele nem sabe que estou na Espanha. Meu coração bate cada vez mais forte. Quero atender à ligação, mas não posso, não até ter certeza de que Mia não precisa de mim. A cada toque me sinto mais culpado, uma pessoa mais podre. Apesar disso, não tenho coragem de deixá-lo cair na caixa postal. Então resolvo enviar uma foto: não tem outro jeito de explicar a situação.

Dou um zoom em Mia com a câmera do celular, e ela vira na minha direção no exato instante em que tiro a foto. *Ops.* Para completar o papel de idiota, abaixo o celular e aceno. Ela se despede da mulher e caminha na minha direção. Envio a foto para Josh o mais rápido que consigo e escrevo *na Espanha. Explico depois.* Mia se aproxima.

Preciso arranjar uma desculpa; não quero de jeito nenhum que ela pense que eu estava tirando fotos sem sua permissão (embora tenha tirado um monte de fotos dela ontem, na primeira vez que viu o mar). Ela precisa de um amigo agora, não de um esquisitão.

O melhor seria pedir que fizesse uma pose, mas me sinto meio estranho, além de não querer que ela entenda da forma errada. De noite, quando está dormindo, uso as fotos que tirei como base para os desenhos. Por algum motivo que não sei explicar, me sinto melhor assim que o lápis toca no papel, como se estivesse entrando em uma dimensão paralela, na qual nunca matei meu melhor amigo e em que Josh ainda pode andar. Não consigo e não vou parar de desenhá-la.

– Sem sorte? – pergunto conforme ela se aproxima.

Ela balança a cabeça, claramente desapontada.

– A mulher mal fala inglês e, pelo que pude entender, nunca saiu da Europa.

Mostro a foto que tirei dela e, com cara de inocente, minto:

– Mandei para os meus pais. Eles pediram algumas fotos, e essa rua é linda, né?

Meu Deus, eu sou um péssimo mentiroso.

– Ah – responde ela, e parece desapontada –, e eu achando que você precisava de uma foto para me imortalizar em um dos seus desenhos.

Ops. Ai, que merda.

– O quê? – provoca ela, o olhar zombeteiro. – Você acha que eu não percebi?

Ferrou.

Devo ter feito uma cara ridícula, porque ela ri e pergunta:

– Você acha mesmo que eu não notei?

Sinto todo o sangue do meu corpo subir para a cabeça. E agora ela vai me contar que sabe que eu a desenho em segredo e sou um esquisito por fazer isso.

– Com seu *caderno de desenho*... na cama. Eu sei que você passa horas desenhando toda noite, em vez de dormir.

– Ah – falo, sem conseguir disfarçar meu alívio –, é *disso* que você está falando.

Agora é ela quem parece confusa.

– Do que você achou que eu estava falando?

– Deixa pra lá... – respondo, rezando para que não esteja estampado no meu rosto quanto me sinto burro.

Parecendo perplexa, ela encolhe os ombros e, apontando para o meu caderno de desenhos, pergunta:

– Posso ver?

Sem chance.

– Agora não – respondo, tentando manter a compostura. – Tem coisas mais interessantes pra ver. Além disso, temos que pensar onde vamos comer.

– Você está meio estranho hoje a manhã toda. – Ela ergue uma sobrancelha. – Aconteceu alguma coisa? Você deve estar de TPM masculina. Li na *Cosmo*. Acho que chamam de Síndrome do Homem Irritável, e vocês têm uma vez por mês por causa da testosterona baixa ou algo do tipo. Não me lembro de todos os detalhes, não achei que fosse passar por isso tão cedo.

– Ha-ha, meus níveis de testosterona vão muito bem, obrigado. Quando estou com fome, fico assim mesmo.

Ela parece acreditar e diz:

– Tudo bem, então vamos cuidar disso primeiro. Segundo meu guia, não estamos longe de um bar de tapas que faz os melhores sanduíches da cidade. – Ela pega o livreto que nos deram no quiosque de atendimento ao turista e, apontando para a nossa esquerda, acrescenta: – Acho que é por aqui.

Eu a sigo, e nos juntamos a um bando de turistas pelas ruas estreitas e sinuosas do bairro judeu. Não deixamos nenhuma paisagem passar em branco. Mia tira fotos de tudo como se estivesse vagando por um sonho. E eu tiro fotos mentais dela para desenhá-la mais tarde.

Passamos por casas com portas e janelas em arco, fontes de pedra de todas as formas e tamanhos, lojas de artesanato, restaurantes e até pequenas exposições de arte escondidas nos pátios de algumas casas. Enquanto caminhamos, deslizo a mão por uma parede, invejando os séculos de história que essas pedras devem ter testemunhado.

A rua estreita em que estamos se abre para uma área retangular de casas caiadas brancas. Num dos cantos há um restaurante com esplanada; em outro, um cara de rabo de cavalo está parado na frente de um cavalete, desenhando. Enquanto Mia faz um tour fotográfico por toda a praça, vou até o artista. Ele está fazendo retratos de turistas, mas também tem alguns desenhos muito bons da cidade e de outros lugares que não conheço. No chão ao lado dele está um conjunto de tintas em uma caixa coberta com adesivos de bandeiras e nomes de lugares.

– Não é incrível? – pergunta Mia se aproximando.

Eu me viro para ela sem saber a que está se referindo.

– Viver *assim* – explica ela, apontando para os adesivos. – Com certeza ele viajou para todos esses lugares só com o dinheiro que ganhou com suas artes. – Eu ergo uma sobrancelha, mas ela não percebe, e então, como se fosse a ideia mais sensacional do mundo, acrescenta: – *Você* já pensou em fazer isso?

Eu rio como se, além de ser a ideia mais sensacional do mundo, fosse a mais idiota. Ela me olha feio de repente, então deduzo que não deve concordar.

– Ah, *na boa* – protesto –, você não pode estar falando sério.

– Não sei qual é a graça. Você gosta de desenhar e, a menos que esteja fingindo, também gosta de viajar.

– Sim, mas isso não faz de mim um andarilho desocupado.

Ela me fita por um instante, sem esconder sua decepção, e então, tirando uma foto do artista como se ele fosse a coisa mais legal de todos os tempos, indaga:

– Então, o que o bom senhor Kyle quer fazer da vida?

Eu dou risada e balanço a cabeça.

– O senhor Kyle foi aceito na Auburn University. Ele vai estudar arquitetura e levar uma vida normal, com pessoas normais, em um lugar normal.

– *Arquitetura*? – ela repete, como se eu quisesse estudar para ser um carrasco.

– Qual é o problema?

– Bem, se arquitetura fosse mesmo seu rolê, imagino que você estaria andando por aí admirando prédios e estruturas e, sabe, *falando* desse tipo de coisa. Se você fosse mesmo apaixonado por isso, eu teria notado.

– Não sou apaixonado, mas é uma boa profissão e paga as contas. Além do mais, deu certo para o meu pai.

Ela ri.

– *Paga as contas?* Você está se ouvindo? Parece meu último pai adotivo, um cara antiquado, triste, responsável e entediado até o último fio de cabelo.

– Não – respondo –, *pareço* uma pessoa sensata que quer comprar uma casa antes de fazer trinta anos.

– Eu não entendo, Kyle – diz ela, de repente parecendo abatida. – Você gosta de desenhar.

– Sim, mas não passa de um hobby. Desenhar não põe comida na mesa.

– Parece que põe, sim. – Ela aponta para o jovem artista, e posso ver em seus olhos que está falando bem sério.

– Bem, você entendeu o que eu quero dizer.

Ela balança a cabeça.

– *O que* você quer dizer, Kyle? Que toparia viver a mesma vida vazia de sentido que todas as outras pessoas? Que prefere passar anos e anos estudando, desperdiçando milhares de horas com a cara grudada na tela do computador para então gastar outros milhares de horas em um emprego enfadonho e perdendo tudo isso? – Ela abre bem os dois braços. – Deixando a *vida* passar? Sabe, aproveitar a vida não é algo que se faz só quando estamos de férias ou nos fins de semana.

Agora ela *de fato* me deixou sem palavras. E ainda não acabou o discurso.

– Somos todos loucos. Você não consegue perceber? – Sua voz é tomada por uma intensidade que ilumina seus olhos. – Você vai ser como todas aquelas pessoas que passam a vida *esperando*? Esperando terminar o ensino médio para fazer faculdade, esperando terminar a faculdade para começar uma carreira, se casar e comprar uma casa; esperando para ter filhos, esperando terminar de pagar a hipoteca; para então descobrir que, enquanto esperava, seus sonhos ficaram para trás e toda a vida se esvaiu entre os dedos?

Ela vomita tudo de uma vez, quase sem respirar. Não sei se rio ou choro.

– Uau, essa foi a coisa mais intensa e depressiva que escutei em muito, muito tempo.

– E a mais franca, Kyle – retruca ela, mais desanimada do que desapontada. – É uma pena que você esteja tão adormecido quanto o resto das pessoas.

Essas últimas palavras me atingem como um balde de água fria. Ela começa a andar, e eu não me movo. Olho para o jovem artista e tento me imaginar no lugar dele. Tento imaginar esse tipo de liberdade, a liberdade de passar o tempo que eu quiser só desenhando, a liberdade de não ter horário de trabalho, livre das coisas que me aprisionam, de estar acorrentado a um computador... Nesse instante, algo dentro de mim se detona, algo que diz *sim, sim, sim*, e me sinto feliz, feliz de verdade, sem estresse, sem pressão, sem competição, sem exigências. Minha nossa, essa garota está causando sérios estragos em mim. Minha vida antes de Mia de repente parece vazia, sem graça, sem sentido. Parece... um erro.

MIA

Tive dificuldade para acordar hoje de manhã. A pressão no meu peito era tão intensa que precisei tomar dois remédios de uma vez só, e mesmo assim eles demoraram a fazer efeito. Uma hora inteira se passou até que eu conseguisse respirar normalmente e sair da van. Acho que isso explica por que ando tão sensível; esses remédios sempre me deixam exausta e um pouco depressiva. Daria tudo para voltar no tempo e retirar tudo o que disse para o Kyle. Eu não devia ter tocado em assuntos tão delicados, ao menos não tão cedo.

Acho que nascer com data de validade me faz enxergar as coisas sob outra perspectiva e, por mais que tente, não consigo entender o ponto de vista das outras pessoas. Admito que fico sem papas na língua quando me importo com alguém, mas é por querer ajudar. Noah costumava me chamar de alienígena, mas também dizia que gostava das minhas peculiaridades. Foi graças a ele que comecei meu fotoblog, *Data de validade*. Certa vez ele leu que as pessoas estão mais dispostas a promover mudanças quando a percepção parte delas – ou quando pensam que partiu delas – do que quando essa mesma percepção é imposta. Ele disse que minhas fotografias eram como migalhas de pão pelo caminho, ajudando outras pessoas a encontrarem seu caminho de volta para o próprio coração. Acho que foi a coisa mais bonita que alguém já me disse em toda a minha vida. Hoje, sinto mais saudades dele do que nunca; ele teria amado conhecer este lugar.

E cá estou eu, vagando por esta praça, tentando entender meu guia. O bar de tapas devia estar em uma rua aqui perto, mas não vejo nenhuma placa de rua em lugar algum. Até agora, confiei no mapa. Procuro alguém que possa me ajudar, mas só vejo turistas que parecem tão perdidos quanto eu. Kyle caminha em minha direção, vindo do outro lado da praça, quando uma balconista sai de uma loja de artesanato carregando cestas de vime.

– Com licença – digo enquanto mostro o nome no mapa. – Estou procurando por esta rua.

– Se fosse uma cobra te mordia – diz ela, erguendo as sobrancelhas.

Não entendi. Mas então ela aponta para o pequeno azulejo quadrado na parede da casa à nossa frente. Fala sério. Estamos na rua que estou procurando. Aqui, eles escrevem os nomes das ruas à mão nos azulejos. Que graça. Preciso contar para o Kyle.

– *Muchas gracias* – respondo.

A mulher sorri e se vira para atender um cliente quando um cheiro maravilhoso me faz olhar ao redor. Por Deus, estão servindo uma *paella* no restaurante em frente, uma *paella* autêntica, em uma das mesas ao ar livre. É igual à foto do guia. O arroz é de cor laranja-amarelada e servido em uma enorme frigideira rasa, misturado com tiras de pimentão, camarão, mexilhão e muitas outras coisas que nunca experimentei. Quando enfim consigo desviar os olhos do prato, percebo que Kyle está parado ao meu lado, me analisando em silêncio.

Tento me convencer de que não será o fim do mundo se eu não comer aquela *paella* neste exato instante e pergunto:

– Então, acho que encontrei o restaurante de tapas; é no fim desta rua. Que tipo de sanduíche você quer?

– Você tá falando sério? – retruca ele, as sobrancelhas se franzindo em protesto. – Não vá me dizer que vou fazer a dieta do sanduíche a semana toda. Mais um sanduíche, e eu vou ficar maluco.

O quê? Ao organizar a viagem, não pensei nem por um segundo na possibilidade de uma rebelião antissanduíche por parte de qualquer um dos membros. E, antes que eu possa pensar no que responder, Kyle vai até o restaurante em frente e senta a uma das mesas livres.

– Vamos comer direito. – Ele abre um sorriso sedutor. – Eu pago.

Quero dizer que sim, mas minha cabeça continua me dizendo que é demais e não posso aceitar.

– Anda – insiste ele, quase suplicando. – Pelos meus pais.

No entanto, algo em seu olhar me diz que não é por causa dos pais dele, nem pelo cartão de crédito, nem por ele… mas que está fazendo isso *por mim, só por mim.*

– Tudo bem – eu me sento para não desmaiar –, mas, só pra constar, estou fazendo isso só por causa dos seus pais.

– Combinado.

Eu encaro Kyle intensamente, torcendo para que meu sorriso transmita a gratidão que não consigo expressar em palavras. Mas parece que falhei na missão, porque, em vez de sorrir, ele fica vermelho e desvia o olhar, parecendo mais sério.

– Enfim – diz ele, recuperando alguma determinação –, voltando para o que a gente estava falando, você ainda não me contou quais são os *seus* planos de vida.

Já que ele tocou no assunto, começo:

– Kyle, em relação a isso. Me desculpa por ter sido tão…

– Intensa?

– Sim, acho que sim. Sei que às vezes eu falo demais. Minha ex-irmã adotiva Bailey sempre me dizia isso.

– Do que você está falando? Em menos de um minuto você me fez questionar mais do que meu conselheiro escolar conseguiu em um ano. Eu devia te pagar.

– Você tá falando sério?

– Com certeza. Não posso garantir que do dia para a noite vou virar um nômade ou sair viajando pelo mundo colecionando adesivos dos lugares que visito, mas o que você disse me atingiu em cheio.

Sorrio por dentro, por fora e em todos os lados ao mesmo tempo.

– Mas – acrescenta ele – não mude de assunto. Você ainda não me contou quais são seus planos depois de se formar.

Não quero mentir para ele, então estendo os braços para os lados e digo:

– Voar, voar até as estrelas.

– Tá – diz ele, rindo. – Alguma coisa mais concreta? Pelo que ouvi, os astronautas precisam passar algumas boas horas na frente da tela do computador antes de decolar.

Começo a rir.

– Certo, talvez eu possa ser guia turística; o que você acha? Ou uma investigadora de mães desaparecidas, o que, é claro, vai depender do sucesso desta primeira missão. Como você sabe, uma avaliação ruim pode arruinar carreiras.

Ele ri. Adoro vê-lo rir. Todo o seu rosto parece feito para isso – é como se todas as suas feições se encaixassem. Um garçom de bigode e ar amigável se aproxima com uma cesta de vime com pães que parecem crocantes e deliciosos. Enquanto ele nos entrega os cardápios, devolvo o meu e digo:

– Já sei o que eu quero, obrigada.

O garçom assente e olha para mim com expectativa. Kyle olha para mim também. Discretamente, aponto para a mesa ao lado e sussurro:

– A *paella* e a sopa vermelha que aquelas pessoas estão comendo.

– Excelente escolha – sussurra o garçom com uma piscadela. – *Paella* e *salmorejo* para a senhorita. Mas, infelizmente, a *paella* serve no mínimo duas pessoas.

– Sem problemas – responde Kyle, devolvendo seu cardápio. – Vou dividir com ela.

O garçom, com uma elegância que só vi na televisão, abaixa o queixo para o lado, fecha os olhos com delicadeza e depois se afasta.

– Obrigada – digo a Kyle sem disfarçar minha emoção. – Sempre quis experimentar *paella*.

O que eu de fato gostaria de dizer é que sempre quis me sentir assim na companhia de alguém, mas não sabia, ou não queria saber, ou, no fundo, sempre suspeitei que seria algo perigoso demais e, no meu caso, causaria um sofrimento incalculável.

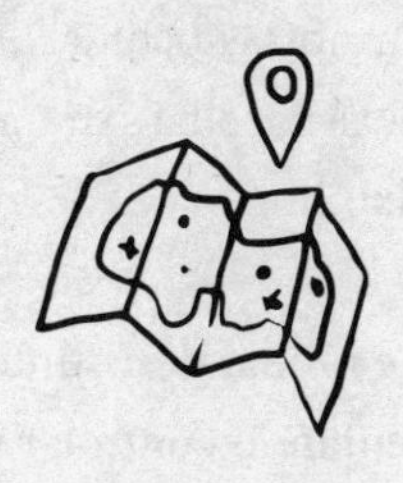

KYLE

Enquanto esperamos pela *paella*, planejamos nosso itinerário para os próximos dois dias. Essa tarde vamos para uma cidade chamada Sevilha, então hoje não teremos mais mães em potencial para visitar. Mia está ocupada com o pão e as azeitonas que trouxeram de aperitivo.

O sol está bem forte hoje. Mesmo embaixo do toldo, está quase insuportável. Tiro meu moletom e, quando vou jogá-lo na cadeira mais próxima, percebo que Mia está analisando meu braço. Levo alguns segundos para perceber que está olhando para minha maldita cicatriz. Puxo a manga para baixo, em uma tentativa inútil de cobri-la. Sem sorte. A garota ainda está fascinada pela cicatriz. Ela estica o braço como se quisesse tocá-la. Estou congelado, inerte. Assim que os dedos dela encostam na cicatriz, meu corpo sacode como se tivesse tomado um choque.

– Não – protesto, e tiro o braço de seu alcance.

Mia se encolhe como se eu estivesse prestes a bater nela, os olhos arregalados.

– Não, não, não. Calma, me desculpa – digo –, foi puro reflexo. Não quis assustar você.

Ela balança a cabeça e abaixa o queixo, a respiração ainda acelerada.

– Não, Kyle, *eu* que peço desculpa, eu não devia...

O garçom chega com nossas bebidas, nos forçando a ficar em silêncio. Quando ele sai, Mia olha para a cicatriz de novo e, me encarando, pergunta baixinho:

– Dói?

Quero dizer que não e mudar de assunto, mas minha cabeça age mais rápido e assente. Tentando controlar minha agitação, digo:

– Dizem que algumas feridas nunca cicatrizam.

– Sim, mas também dizem que a dor diminui com o tempo. E posso afirmar por experiência própria que é verdade.

Por experiência própria? Ela por acaso não consegue enxergar que a experiência dela e a minha são completamente opostas? Alguém a machucou, e pode ser que ela consiga superar isso. Já eu causei a morte de alguém, e isso vai ficar marcado nas minhas entranhas para sempre.

– É por isso que você estava na cachoeira aquele dia?

A pergunta dela me atinge.

Dou de ombros e suspiro, tentando não demonstrar minha irritação, com a esperança, malsucedida, de que ela vá mudar de assunto.

– Noah não ia querer que você fizesse aquilo. Ele amava muito você.

As palavras dela me atingem em cheio, ressoando em meus ouvidos até que eu não consiga ouvir mais nada.

– Do que você está *falando*? Que merda você está falando, Mia? – pergunto, soando mais ameaçador do que gostaria.

Ela morde o lábio, nervosa, e fala de uma vez:

– Desculpa, eu sei que deveria ter contado desde o começo, mas estava com medo de que você decidisse não vir se soubesse, até porque não é como se você estivesse morrendo de vontade de vir, sabe? E...

– Espera, calma aí. Você *conhecia* o Noah? É isso que está me dizendo?

Ela assente discretamente.

– Lembra que eu falei na cachoeira que era pra um amigo vir comigo na viagem, mas ele meio que furou?

Concordo, com medo do que ela está prestes a dizer.

– Era o Noah.

Por um instante, fico sem palavras. É inacreditável. Não pode ser verdade.

– Ele nunca falou de nenhuma viagem para a Espanha.

– Eu sei. Eu o fiz prometer que guardaria segredo. Não queria que ninguém soubesse. E você já deve ter percebido que sou muito persuasiva.

Não consigo entender. Noah era meu melhor amigo; ele teria me contado. De repente, me sinto traído. Sei quanto isso soa ridículo, mas me sinto enganado, como se tudo fosse uma grande mentira, como se Noah levasse uma vida dupla pelas minhas costas, e com Mia, ainda por cima. Sinto até uma pontinha de ciúme. Meu Deus, acho que vou acabar em uma camisa de força.

– A gente se conheceu em uma aula de fotografia alguns anos atrás – explica ela, sem perceber o conflito dentro de mim –, e nos demos bem instantaneamente. Como você sabe, ele era bem quietinho, não muito de conversar, mas, pelo pouco que me contou, dava pra perceber que ele te amava como a um irmão.

Sinto uma dor mais forte do que uma facada no estômago. Fui *eu* quem o traiu. Roubei a vida dele. Olho nos olhos de Mia, sem conseguir falar, enxergar direito, sem ouvir nada que não sejam meus próprios batimentos cardíacos, e é então que me lembro.

– *Amy?* Você é a Amy, a E.T., a amiga que a gente nunca conheceu porque ela não podia sair de casa?

Ela confirma e dá de ombros.

– Amy? – pergunto, franzindo a testa.

– Bom, às vezes me chamo Amy, às vezes me chamo Mia, também posso me chamar Amelia ou Lia ou Mel, até mesmo Mila. Eu me sinto diferente, dependendo da pessoa com quem falo. A gente não devia precisar se identificar com um único nome, não acha?

Ouço o que ela diz, mas meu cérebro não consegue processar a informação.

– Em outras palavras – concluo, olhando em volta para tudo o que roubei dele –, era para o Noah estar aqui, agora, com você.

– Sim – e, como se tivesse lido minha mente, ela acrescenta: – mas ele teria ficado muito feliz em saber que você veio. Não ia querer que eu viesse sozinha. Não contei da minha mãe para ele, achei que era melhor esperar até a gente vir pra cá juntos, mas...

E ela começa uma longa explicação, que ignoro. Enquanto seus lábios se movem, percebo que não apenas matei meu melhor amigo: roubei a viagem que ele faria com Mia, e, até onde sei, ele gostava dela tanto quanto eu. Por que ele não me contou porra nenhuma? Por que não me falou desta viagem? E por que não queria que eu conhecesse a Mia?

Ela está em silêncio. Vejo nela a mesma expressão de preocupação e impotência que via em meus pais, em Judith e em qualquer outra pessoa. Ah, puta merda, ela também. O nó na minha garganta é sufocante, e não sei se devo surtar, pedir desculpas ou entrar em desespero.

– Com licença, eu preciso...

Sem conseguir terminar a frase, eu me levanto e entro no restaurante.

Passo direto pelo salão, mirando o banheiro no fim do corredor, não noto se as mesas estão ocupadas. Entro, fecho a porta atrás de mim e começo a socar as paredes até meus dedos ficarem dormentes. *Merda. Merda. Puta merda.* Apoiado na pia, encaro meu reflexo no espelho. Sinto tanto nojo que não consigo sustentar o olhar. Não, não posso fazer isso com Mia. Ao menos uma vez na porra dessa minha vida, vou fazer o que é certo. Olho no espelho de novo e quase sinto pena de mim mesmo. Fecho os olhos, inspiro profundamente e volto para fora.

Mia está sentada de lado, inquieta. Parece preocupada, ou assustada, ou ambos. Odeio o fato de ela ter escondido essa bomba de mim, mas me machuca vê-la desse jeito. E me machuca ainda mais saber que a culpa é minha. Conforme caminho de volta para nossa mesa, ela me olha, suplicante.

– Me desculpa, Kyle. Eu sei que devia ter contado antes, mas, por favor, não fique bravo. Não fique bravo comigo.

Tenho vontade de abraçá-la para que se acalme.

– Você tá falando sério? É claro que eu não estou puto, Mia. Não com você.

Um silêncio constrangedor cresce entre nós. Ela me olha pensativa, como se ainda buscasse entender qual é o problema, como se procurasse uma forma de me ajudar. Ela abre a boca para falar, mas eu a corto.

– Sabe, você nunca me contou como montou sua lista de... *candidatas a mãe* – comento, imitando-a.

Ela dá de ombros com um sorriso melancólico.

– Bom, se você quer mesmo saber, acho que sempre me perguntei onde minha mãe estava, como ela era e, acima de tudo, *por que*... sabe como é... por que ela fez o que fez. Passei anos tentando caçar mais informações, mas sempre me diziam que os papéis da adoção eram confidenciais, ou que eu teria que esperar até completar dezenove anos para solicitar. Então, alguns anos atrás, a minha irmã adotiva, Bailey, me apresentou o novo namorado dela. Disse que ele era um hacker e poderia me ajudar.

Mia pega uma folha de papel na mochila e a coloca na mesa.

– Foi isso que ele encontrou – diz, apontando para o que parece ser um documento oficial. – Esses são os papéis de quando ela me entregou para adoção. – Ela indica uma linha em que está escrito *María A. Astilleros.* – Diz aqui que ela é espanhola. O namorado da Bailey descobriu que ela estava fazendo intercâmbio na Universidade do Alabama. Eu queria que ele continuasse investigando, que hackeasse o sistema da faculdade para descobrir mais detalhes, mas uma de suas operações foi descoberta e... depois de passar três anos na cadeia, ele decidiu se dedicar a atividades mais seguras, como falsificar identidades.

Dou risada.

– Realmente, muito mais seguro.

Mia dá de ombros com um sorriso discreto.

Um violonista com longas costeletas, vestido todo de preto, e uma mulher com um vestido de bolinhas param em frente ao restaurante. Eles me lembram dançarinos de flamenco. Li a respeito deles na revista do avião.

– E, depois disso – antecipo –, você rastreou todas as María A. Astilleros da Espanha.

Mia concorda e diz:

– Não só na Espanha. Nos Estados Unidos também. Por sorte, o sobrenome dela não é tão comum e as mulheres espanholas não mudam de nome quando se casam.

– Então, por que você não ligou pra elas? Daria muito menos trabalho do que vir até aqui.

Ela faz uma pausa. Mordendo o lábio, olha para o chão e, quando ergue a cabeça de novo, fala devagar, em um tom comedido:

– Porque se, no fim das contas, ela não quiser saber de mim, ao menos eu vou poder olhar em seus olhos e perguntar por que ela... não me amava. – O brilho nos olhos dela é de alguém que exige justiça. – Se estivermos frente a frente, ela vai ter que responder, e, se não responder... Bom, a resposta vai estar estampada na cara dela, pode ter certeza.

Fico arrepiado. O homem começa a tocar o violão e a mulher, a cantar. Mia olha para eles, mas sua mente está em outro lugar, talvez à deriva, de volta àquela ilha secreta e sombria só dela. A melodia melancólica da música é a trilha sonora perfeita para esse momento.

MIA

Acabo de dar a última garfada na segunda melhor sobremesa que já comi na vida, depois da torta de limão, é claro. Eles chamam de *gachas cordobesas*, e é um creme com gosto de limão, canela e anis, salpicado com pedacinhos de pão frito. É de lamber os dedos. Kyle pediu um creme. Acho que nunca comi tanto em toda a minha vida. Precisei até desabotoar minha nova e fabulosa calça branca para não explodir.

Kyle passou o almoço inteiro me ouvindo falar, rindo cada vez que eu agradecia por essa refeição deliciosa e, acima de tudo, tentando com todas as forças parecer que está tranquilo. Mas seus olhos não sabem mentir – ele está muito mal. Não é de admirar; falar do Noah não deve ter sido fácil para ele, mas eu precisava tentar e, acima de tudo, tinha que contar a ele sobre a viagem. Ainda assim, houve breves momentos em que o sorriso dele me pareceu verdadeiro.

Estou me coçando para cair na estrada rumo ao nosso próximo destino, e, além disso, a praça está ficando mais lotada a cada minuto que passa, e sinto falta da calmaria da nossa van. Então seguro o pulso de Kyle e o viro para ver as horas em seu relógio modernoso.

Mas, do nada, algo estranho acontece assim que toco nele. O calor da pele dele dispara uma corrente elétrica que faz meu braço todo esquentar, e eu me sinto como se estivesse numa montanha-russa. Olho para ele, assustada, e vejo a mesma expressão de parque de diversões em seus olhos. *Ai, ai, ai,* isso não estava nos planos. Desvio o olhar, como se não tivesse sentido eletricidade alguma, e digo:

– Acho que é melhor a gente ir. Do jeito que você dirige, se sairmos agora, vamos chegar lá bem a tempo de perder o jantar.

Kyle dá um sorriso falso e balança a cabeça como se dissesse *não tem graça.* Depois ergue a mão para pedir a conta, acenando de um garçom para o outro, mas o restaurante está tão cheio que eles parecem mais interessados em receber clientes novos do que cobrar os antigos.

– Vou lá dentro pagar – declara ele, se levantando. – Do jeito que você adora falar, se a gente esperar mais, seu pobre motorista não vai chegar inteiro para a ceia.

Engraçadinho. Quando ele se vira para entrar no restaurante, percebo que estou olhando para a bunda dele, não daquele jeito rápido para dizer "bunda gostosa" ou coisa do tipo, mas olhando mesmo. Quando enfim consigo desviar o olhar, passo a analisar suas costas, seu pescoço, cada pedacinho, cada espasmo muscular. Consigo até sentir o cheiro dele, o calor que ele exala, a textura de sua pele bronzeada, e assim, do nada, quero puxá-lo para meus braços. Minha respiração acelera tão de repente que sinto que estou prestes a desmaiar. Pelo amor de Deus, o que *estou fazendo*? Eu não sou assim. Mia Faith não se apaixona por bundinhas empinadas, ou costas, ou qualquer outra parte do corpo humano, não importa a quem pertença, e ponto-final. Fim da história.

É óbvio que preciso de uma distração, então levanto num pulo e a cadeira cai, fazendo um grande estrondo. Ótimo, agora consegui chamar a atenção de todo mundo, sem zoeira, todo mundo, sem exceção. Estou vermelha de vergonha, como se todos tivessem notado meu pequeno episódio de "hipnose traseira". Não vou ficar aqui nem mais um segundo, então apanho minha mochila e caminho o mais rápido que posso.

Quando atravesso a praça, pego minha câmera e ajusto os olhos no visor. Não consigo pensar em uma forma melhor de impedir que meu olhar vague para onde não deveria. Mas não consigo parar de pensar no pescoço dele, nas costas e em tudo que fica um pouco mais abaixo. Sinto um formigamento que começa um pouco abaixo do umbigo, sobe pelos meus seios e vem até o topo da minha cabeça. Devem ser as borboletas de que tanto se fala nos livros. *Ai, ai, ai.*

Então percebo que ainda estou andando com um dos olhos grudados na câmera, sem ter tirado uma única foto nem ajustado o foco das lentes. Devem achar que estou doida. Limpo a garganta, tentando parecer normal, e começo a tirar fotos de tudo que vejo: a rua, os azulejos, qualquer coisa que apareça à minha frente. Noto uma pedra no chão, mais escura do que as outras. Tiro uma foto dela para postar no fotoblog e, quando estou pensando em colocar como título "o patinho feio de Córdoba", ergo a câmera e, através das lentes, vejo uma mulher de pele escura e enrugada, cabelos pretos presos em um coque, brincos enormes de pedras preciosas. Ela me encara fixamente. Afasto a câmera no mesmo instante.

A mulher me entrega um raminho de algo parecido com alecrim, como minha antiga mãe adotiva plantava em sua horta. Sorrio, pensando que esse gesto deve ser um exemplo da reputação amigável dos espanhóis mencionada com tanta frequência no meu guia.

– Obrigada – digo, cheirando a planta.

– *Son cinco euros, bonita* – retruca ela.

– Não entendi – respondo, dando de ombros.

A mulher, em um movimento tão rápido que mal tenho tempo de reagir, segura minhas mãos com a palma virada para cima de forma tão determinada que me deixa desconfortável. Sinto um arrepio nada agradável. Tento puxar a mão, mas ela agarra com tanta força que mal consigo me mexer. Sinto vontade de gritar, pedir ajuda, mas ela me encara de forma tão intensa, peculiar e penetrante que não consigo mais resistir. Sem afrouxar o aperto, ela olha para minhas palmas e começa a ler as linhas. Balança a cabeça, franze as sobrancelhas, olha para mim e de novo para as mãos.

– *Tienes el corazón roto* – afirma, seguindo a curta trajetória de uma das linhas na palma da minha mão.

– Eu já disse que não entendo – protesto.

A mulher apoia um dedo no meio do meu peito e diz:

– *Corazón.* – Depois pega o ramo de alecrim e o parte no meio. Ela assente, como se quisesse saber se entendi.

Isso é a mais pura perda de tempo. Se ao menos eu pudesse explicar para ela que sou a última pessoa no mundo que precisa de alguém que leia sua sorte... Quero me afastar, mas seus olhos febris são tão avassaladores que me mantêm estática, me privando da capacidade de resistir.

Ela me encara e, aumentando o tom de voz, como se isso fosse me ajudar a entender, conclui:

– *Un corazón sediento sólo se cura siendo fuente.*

Vejo que é perda de tempo repetir que não falo a língua dela. Em vez disso, repito diversas vezes o que ela disse, até decorar. Ela continua imóvel. Sinto que está esperando por algo, mas não sei dizer o quê. Ela me mostra a palma da mão *dela.* É sério isso? Eu não faço ideia de como ler mãos, mas já que insiste... Quando estou prestes a segurá-la, ela fecha a cara e protesta na minha língua:

– Dinheiro, dinheiro!

Ah, que idiota que eu sou. Tiro algumas moedas da carteira e entrego. Quando ela sai à procura do próximo turista perdido, repito a frase para mim mesma.

– Quem era aquela? – pergunta Kyle se aproximando. – O que ela estava dizendo?

– Não faço ideia, mas preciso anotar. Rápido, me dá uma caneta.

Kyle tira uma da mochila e me entrega. Não sei escrever a frase, então procuro por alguém que possa me ajudar. Estamos cercados de turistas, e duvido que o espanhol deles seja melhor que o meu.

Um garoto da nossa idade está abrindo a porta de uma casa à nossa frente, então corro até lá.

– O que você está fazendo? Anda, vamos cair fora – protesta Kyle.

– Com licença – digo para o garoto –, você poderia escrever umas palavras em espanhol pra mim?

Ele balança a cabeça, tão intrigado quanto entretido.

– *No hablo inglés, lo siento.*

Kyle se desanima um pouco quando entrego a caneta para o menino e gesticulo para que escreva em meu braço. Ele assente, segurando a caneta com um sorriso tão grande que poderia ser garoto-propaganda de pasta de dentes.

– *Tienes el corazón roto* – dito –, *un corazón sediento sólo se cura siendo fuente.*

Minha pronúncia não deve ser tão ruim assim, porque ele escreve as palavras sem problema algum.

– *Gracias* – digo, encantada.

O garoto sorri de novo, dá tchauzinho e desaparece dentro da casa. Eu me viro, pronta pra contar tudo para o Kyle, mas a cara emburrada dele é como um balde de água fria.

– Eu podia ter feito isso pra você, sabia? – reclama. – Não precisava pedir pra um estranho escrever coisas no seu braço.

Não consigo segurar o riso.

– E desde quando você sabe escrever em espanhol?

– Eu fiz um ano de espanhol na escola e... – Até ele parece perceber que está sendo bobo. Dá de ombros e resmunga: – Enfim, não deve ser tão difícil assim.

Dou risada de novo, mais discreta desta vez, e começo a caminhar.

– Por aqui – digo, apontando para uma rua à nossa direita que nos leva para fora da praça. – Estou doida pra chegar na reserva natural. De acordo com o TripAdvisor, é imperdível.

Kyle assume a liderança. A rua é muito estreita e está cheia demais para andarmos lado a lado, e, ao olhar em volta, não estou certa de que essa é a mesma rua pela qual viemos. Todas são muito parecidas. Então paro por um instante para olhar meu mapa. E é óbvio que estamos indo na direção errada.

– Kyle, calma aí, é para o outro lado! – grito, mas ele não parece me ouvir em meio ao alvoroço da multidão.

Apresso o passo para ultrapassar as pessoas e segurar o braço dele. Quando ele se vira, aquela eletricidade percorre novamente meu corpo, mas com o dobro da força. Kyle me olha sem dizer uma palavra, mas aqueles olhos azuis têm uma linguagem própria – ele também sentiu. *Não, não, não.* Vou ter que cortar o mal pela raiz.

– Anda – digo, forçando um sorriso. – Estou doida pra encontrar minha mãe e, acima de tudo, liberar você do fardo desta viagem.

Kyle fica pálido e abaixa os olhos. Dói muito dizer isso para ele, dói tanto que sinto que meu coração vai implodir, mas é a melhor coisa – não, mais do que isso, é a *única* coisa que posso fazer. Não quero machucá-lo, dar falsas esperanças. E, apesar de querer que esta viagem dure para sempre, ela não vai. Na minha vida não existe para sempre. Além disso, sei que ele não vai demorar para me esquecer. Um garoto como Kyle pode ter todas as garotas que quiser.

Então abrimos caminho pelas ruas estreitas, um atrás do outro, no mais completo silêncio, um silêncio denso demais, um silêncio que, sem dizer nada, diz tudo.

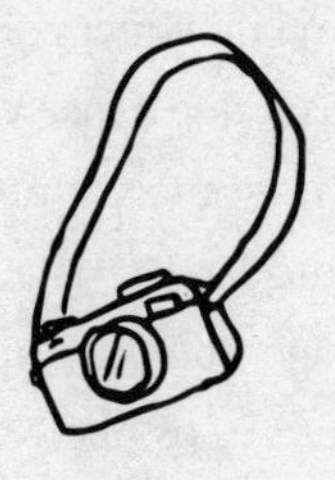

KYLE

Já faz uma hora que saímos de Córdoba, e Mia não desgruda do celular, tentando encontrar sinal de internet para traduzir as frases que a cigana disse. E, apesar de eu ter tentado convencê-la de que, ao contrário das videntes, essas mulheres são charlatonas, ela não me dá ouvidos. Insiste em dizer que as coisas acontecem por um motivo e que, se a vida manda sinais, devemos prestar atenção neles. Então espero que esse sinal em particular a faça perceber que sou mais do que um simples companheiro de viagem.

Quando estou com ela, tudo fica bem, as coisas se encaixam, as estrelas se alinham, ou *coisa do tipo.* Por alguns instantes consigo esquecer de todo o resto, esquecer minha cidade natal, esquecer o passado, e, de vez em quando, até tenho a sensação de que poderia voltar a ter uma vida quase normal. Mas quando fica fria e indiferente, como quando disse que não vê a hora de esta viagem acabar, e quando me lembro de que ela escondeu que planejava fazer esta viagem com Noah, me sinto perdido, como se ela tivesse puxado meu tapete, e volto a afundar. Sei que ela quer encontrar a mãe; é absolutamente compreensível. O que não dá para entender é essa determinação em querer me libertar, o que, na verdade, mais parece que ela quer se libertar *de* mim. Não consigo entender. Estamos nos divertindo, nos damos bem, rimos juntos. Para ser sincero, daria qualquer coisa para que ela não encontrasse a mãe tão depressa, para que a mãe verdadeira fosse a última na lista, o que me garantiria muito mais tempo ao seu lado. Mas e se for a próxima? Será que ela cancelaria a viagem e me mandaria embora como um motorista mal pago que já cumpriu seu papel?

Eu nem perguntei quais são os planos dela para quando encontrar essa mulher, e não sei se quero saber – não sei se aguentaria saber. É tudo tão confuso... Em alguns momentos, chego a pensar que ela não é tão indiferente assim à minha presença, e poderia até jurar que se sente da mesma forma, mas então, no segundo seguinte, ela diz algo ou age de forma a demonstrar que não quer saber de mim, ao menos não dessa forma.

– Até que enfim! – exclama. – Achei sinal! – Ela digita alguma coisa apressadamente no celular. – Tá, encontrei. Vamos ver, aqui diz: "um coração partido só pode ser curado se for a fonte". – Ela olha para mim e franze a testa. – Se for a *fonte*? O que você acha que isso quer dizer? – Dou de ombros. – Não faz sentido... – Ela tira o diário da mochila. – Fonte de quê? – pergunta, já anotando a frase no diário, com o olhar longe, pensativo.

– Da próxima vez, peça pra vida mandar sinais mais fáceis de decifrar – sugiro.

– Os sinais são sempre claros, Kyle. Nós é que temos véus cobrindo nossos olhos e nos impedindo de entendê-los. Seja o que for, eu vou descobrir, pode apostar.

Ela esfrega o braço para apagar as palavras escritas na pele, mas elas não saem. Então tenta limpar com o lencinho que nos deram para usar depois da *paella*. Nada. Ela olha para as letras de perto e esfrega com mais força, de novo e de novo.

– Não quer sair – reclama.

– Vai ver a vida está mandando sinais de que não quer que você esqueça – digo com certo sarcasmo.

– Não tem graça. Falando sério, não quer sair.

Puta merda. Esqueci de tirar da mochila as canetas permanentes que usei para ajudar Judith a desenhar na casca dos ovos na Páscoa. Minha expressão me entrega, e Mia pergunta de repente:

– Que foi?

– Eu acho… – falo, coçando a cabeça – que dei uma caneta Sharpie pra você.

– Você tá me zoando – responde ela, as palavras saindo como uma metralhadora. – E como é que eu vou tirar isso? Não posso conhecer minha mãe desse jeito, ela vai pensar que é uma tatuagem, ou coisa pior. E nem é colorido, a caneta é preta. Não tem *nada* a ver comigo. O que eu faço agora?

O ruído de uma sirene da polícia a interrompe, e volto a pensar naquele fatídico dia. Olho pelo espelho retrovisor, já com falta de ar. Dois policiais em motocicletas estão se aproximando de nós. Um deles faz sinal para eu encostar. Paro ao lado de alguns arbustos à beira da estrada. O mesmo policial caminha até minha janela e gesticula para que eu a abra. Obedeço o mais rápido que posso.

– *Señor, va por debajo de la velocidade mínima.*

– Desculpa, senhor, não entendi.

Ele traduz, com um forte sotaque espanhol.

– Velocidade mínima. Quarenta e cinco por hora. Você devagar demais.

Levo um segundo para entender. Ele não pode estar falando sério.

– Ah, tá bom – respondo –, desculpa, eu não sabia.

– Primeira vez, aviso. Segunda vez, multa. Ok?

Assinto, ainda atordoado. Eles dão partida nas motos, e, assim que se vão, ouço uma gargalhada vindo da parte de trás da van. Eu me viro e vejo que o banco do passageiro está vazio.

– Que porr…?

Mia desliza de volta para os bancos da frente, ainda rindo.

– Aposto que você é a primeira pessoa com menos de oitenta anos que eles já pararam por dirigir devagar demais.

– O que você estava fazendo lá atrás? – pergunto, mas ela não responde. Está abrindo a janela com empolgação. – Sério, Mia, o que você estava fazendo? Se *escondendo?*

É como se eu nem estivesse aqui. Ela aponta para alguma coisa do lado de fora e diz:

– Olha! Morangos selvagens, morangos *de verdade*! Meu Deus, eu preciso provar.

Ela abre a porta do passageiro e sai correndo. Há uma fileira de pés de morango empoleirados na parede de pedra. Ela colhe um e o leva ao nariz, inalando como se fosse um néctar divino. Então caminha até a janela do passageiro e o mostra para mim.

– Anda, vem me ajudar. Tem um monte, podemos pegar alguns para o jantar.

De repente, outra coisa chama a atenção dela, algumas árvores mais adiante na estrada.

– Olha! Cerejeiras! Anda logo, preciso de algum lugar para colocar as frutas. Cadê aquela sacola dos sanduíches de ontem? Você guardou, né?

Pego a sacola no porta-luvas e a entrego para ela.

– O que você está esperando? Vem comigo.

Mas eu não me mexo. Prefiro observá-la de dentro da segurança da van. Eu a vejo colher cerejas da árvore como uma criança abrindo os presentes de Natal. Parece extasiada. Não quero que esse momento acabe. Não quero que a presença *de Mia em minha vida* acabe.

KYLE

O sol está começando a se pôr quando chegamos ao lugar em que vamos passar a noite. Ao que parece, é uma reserva natural onde é permitido acampar. Após meia hora tentando me persuadir a dirigir a noite toda, Mia encontrou este lugar ao acaso. No caminho me fez parar em uma padaria onde, segundo ela, fazem a melhor empanada de toda a região. Empanada é um tipo de massa de farinha recheada com alguma coisa, não sei bem o quê, mas o cheiro é tão bom que parece mentira.

Mia ergue uma ponta do papel-alumínio que envolve a empanada e, sentindo o cheiro da massa, diz:

– Estou morta de fome. Tem certeza de que não passamos do camping?

Balanço a cabeça.

– Você está prestando atenção, né?

– Estou, sim.

– De acordo com o mapa, tem que ser em algum lugar por aqui – declara ela. Já faz meia hora que está repetindo isso. – Pare. Pare o carro! – ordena, esganiçada, como se estivéssemos prestes a bater em uma nave alienígena.

– O que foi agora?

– Ali atrás, acho que vi uma placa.

– Eu disse que estou prestando atenção, e não vi placa nenhuma.

– Eu falei pra *parar o carro.*

Diminuo a velocidade e, olhando duas vezes para ter certeza de que não tem ninguém atrás de nós, paro o carro.

– O que você está esperando? – pergunta. – Dê ré.

– Você tá ficando doida? Estamos no meio da estrada. Não posso simplesmente dar ré do nada.

Ela me olha como se eu tivesse acabado de falar a coisa mais idiota do mundo e balança a cabeça. Então se inclina por cima de mim e se projeta para fora da janela.

– É verdade, tem um formigueiro causando um belo engarrafamento ali, mas, se você ligar o farol, acho que te deixam passar.

Meu coração acelera com ela assim, tão perto de mim. Tenho que me segurar para não envolvê-la com meus braços.

– Ha, ha – ironizo.

– Anda logo, Kyle – reclama ela, se afastando um pouco –, faz mais de uma hora que não vemos um carro sequer.

Acho que ela está certa. Para o antigo Kyle, isso seria moleza. Ele não teria pensado duas vezes antes de dar ré em uma estrada do interior, mas, para onde quer que o *atual* Kyle olhe, só enxerga perigo. Engato a marcha à ré, olho algumas dezenas de vezes para os três espelhos e piso no acelerador devagar. Quando já percorremos uns cinquenta metros, ela exclama:

– Pare, pare o carro! Olha só.

Ao lado da estrada há uma placa de madeira que diz ÁREA PARA ACAMPAMENTO GRATUITO.

– Como você vinha dizendo…? – Ela cruza os braços e me olha de soslaio.

– O que tenho a dizer é que não estamos olhando para uma placa oficial na estrada. Como você queria que eu visse isso?

– Não quer dar o braço a torcer, né? Estava esperando um "sim, Mia, minha querida, você estava certa o tempo todo, eu não vi a placa".

– Sim, Mia, minha querida – imito –, quando você mete alguma coisa na cabeça, pode ser um pé no saco.

– Típico de quem não sabe perder.

Inacreditável. Não digo nada. Engato a primeira e sigo a pequena flecha de madeira, entrando em uma estrada de chão batido cercada de oliveiras, carvalhos e alguns pinheiros. Minutos depois, chegamos a uma clareira. Um riacho de água cristalina corre em um dos lados. Do outro lado há uma grelha para churrasco. O lugar é paradisíaco, como se tivesse sido retirado de um panfleto turístico.

– Meu Deus, este lugar é *perfeito* – afirma ela, e abre a porta da van.

Com os braços esticados ao lado do corpo e de os olhos fechados, ela respira profundamente, como se quisesse inspirar a paisagem, como se quisesse bebê-la de uma vez só e carregá-la consigo. Eu me pergunto para onde ela a levaria.

Aciono o freio de mão e saio da van.

– Está sentindo esse cheiro? – pergunta quando chego ao lado dela.

Respiro fundo. Sinto o aroma de ervas selvagens, flores e resina de pinheiro. O céu parece estar *mais perto* aqui, como se pudéssemos tocá-lo com a mão. Já está salpicado de estrelas, mas a lua, lá no alto, se recusa a ceder à escuridão. *Meu Deus, estou começando a pensar como ela.*

Mia se deita de costas no chão arenoso e estica os braços.

– Eu morri e fui parar em Vênus – expressa.

– Bom – digo com uma risada –, você não é *deste* planeta, disso tenho certeza. Eu devia saber que era de Vênus.

Mia abre os olhos e cai na risada.

– Você está me chamando de esquisita?

Aproximo o dedo indicador e o dedão como se dissesse *só um tiquinho.* Mia se endireita.

– Que bom – declara com ar solene. – Ser normal é superestimado. Ir para a escola, se casar, ter filhos, trabalhar, trabalhar, trabalhar, comprar, comprar, comprar até cansar, assistir televisão e depois esperar pela morte. – Bem explícito. Ela se levanta e limpa a areia das roupas. – Obrigada, mas não quero isso pra mim. Ser normal é coisa de quem recebeu o dom da vida e não sabe como usá-lo.

– Tá bom, vou preparar o jantar. Não faz sentido filosofarmos de barriga vazia.

– Certo, e não se esqueça da empanada. Estou louca pra experimentar.

Quando me viro para pegar nossas coisas, percebo que ela está encarando a van. Vai saber o que está aprontando agora.

Abro a porta, entro e fico de joelhos, procurando a mesa e algumas cadeiras dobráveis no pequeno compartimento embaixo da cama. Então ouço um baque alto e um grito.

– Ah!

Pulo para fora da van, sentindo uma dor aguda no joelho, e corro na velocidade da luz para o outro lado do carro. Mia está caída de costas, as pernas pra cima contra a porta. Não sei se rio de alívio ou tenho um ataque de pânico.

– O que diabos aconteceu com você?

– Nos filmes parece tão fácil – resmunga. – Alguém devia processar Hollywood por propaganda enganosa.

Eu a ajudo a se levantar e balanço a cabeça, rindo baixinho. Mia, toda dolorida, aperta e massageia a bunda.

– Dizem que vai ter uma chuva de meteoros hoje à noite. Vai ser incrível. Eu queria subir no teto pra ficar um pouco mais perto das estrelas.

Sorrio.

– Como eu disse, uma extraterrestre. Espere aqui, vou pegar alguma coisa pra ajudar você a subir. – Tiro a mesa dobrável e a ajusto atrás da van. – Pronto, pode subir. Eu seguro você.

Ofereço meu braço, e, apoiando-se nele, Mia sobe na mesa. Fica na ponta dos pés e faz um esforço para alcançar o teto, mas é alto demais e ela não tem força nos braços.

A bunda dela está na altura dos meus olhos quando diz:

– Me empurra.

Procuro por uma parte diferente de seu corpo para encostar, mas, de coração, não consigo achar nenhuma.

– Anda, me empurra pra cima – resmunga. – O que você está esperando?

E é isso que faço. Coloco as duas mãos na bunda dela e a empurro para cima pouco a pouco, não só para fazer o momento durar mais, mas porque ela é tão delicada que tenho medo de arremessá-la longe.

– Pronto, quase lá – declara, agarrando as barras de metal do teto. – Mais um pouco, só um pouquinho.

Dou um último empurrão, e, com grande esforço, ela sobe no teto e se deita.

– Uhul! – Ela grita assim que se levanta de novo.

Estou corado, e não é pelo esforço. Não consigo parar de olhar para ela lá em cima, com o céu claro e estrelado como pano de fundo. Essa garota é linda, simples assim.

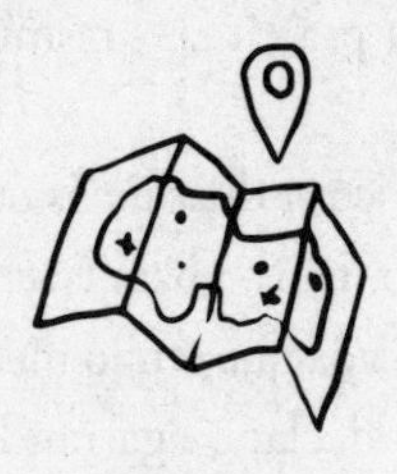

MIA

A vista daqui de cima é do jeitinho que eu esperava: perfeita. As estrelas que já despontaram parecem me chamar, dizendo *estamos aqui, estamos à sua espera.* E, pela primeira vez na minha vida, estou exatamente onde preciso estar, em casa. Eu me deleito com o momento, absorvendo tudo, esperando que essa lembrança permaneça comigo aonde quer que eu vá.

O alarme do meu celular toca, quebrando o encanto, e me lembrando que estamos prestes a testemunhar o grande evento. Pelo que li na internet, a chuva de meteoros deve começar agora, às oito. De acordo com o ronco do meu estômago, o que deveria ter começado há algum tempo é o nosso jantar. Teria sido perfeito se tivéssemos seguido meu plano – primeiro comer uma porção generosa de empanada e só depois subir aqui para curtir o espetáculo. Mas como esperar? Eu não conseguiria. Estava morrendo de vontade de ver o céu daqui de cima.

Ouço Kyle lá embaixo, andando de um lado para o outro. Acho que ele não é do tipo que curte observar estrelas do topo da van, e está com uma cara exausta. Por mais que eu quisesse ver Sevilha ao anoitecer e chegar a Cuenca de manhã cedo, seria exigir demais de Kyle. Não deve ser nada fácil dirigir durante a noite quando se fica tão tenso atrás do volante. Além disso, não estou no meu melhor momento também. Os remédios não são mais tão eficazes para aliviar aquele aperto esmagador em minhas costelas. Há momentos em que minha força começa a diminuir, como se meu corpo estivesse virando mingau. Eu me inclino para pedir a ele um pedaço da empanada e vejo dois cobertores voando na direção da minha cabeça.

– Cuidado – avisa Kyle, um pouco tarde demais.

Tento pegar os cobertores no ar, mas só consigo segurar um. O outro me acerta bem na cabeça. Eu o afasto e espio lá embaixo, ainda me perguntando o que está acontecendo. Kyle me encara com um sorriso enorme. Em uma das mãos, segura um prato com a empanada cortada em pedaços de tamanhos diferentes; na outra, uma tigela com cerejas e morangos, lavados e servidos com guardanapos.

– Tem espaço pra mais um aí? – pergunta, erguendo o prato com a empanada.

Congelo no lugar, sem entender se meu cérebro decidiu fazer uma greve ou se ainda fico sem jeito quando alguém é gentil comigo sem segundas intenções. Kyle dá risada, ainda erguendo o prato.

– Qual é o problema, muito apertado pra nós dois? – Ele faz cara de cachorro sem dono. – Anda, prometo que vou ficar no meu cantinho.

– Não, não, tem bastante espaço – respondo, saindo do meu torpor mental.

Pego o prato com a empanada, depois a tigela de frutas, e abro espaço para Kyle, que agarra o gradil do teto, se erguendo com uma facilidade de dar inveja. A distribuição de músculos neste planeta é muito desigual. Quando fica em pé no teto da van, percebo que está com minha jaqueta, a amarela com botões coloridos, amarrada na cintura. Eu o olho espantada, tão surpresa que me esqueço de fechar a boca.

– Ah, verdade, sua jaqueta – declara, como se tivesse acabado de se lembrar. Ele a desamarra e entrega para mim. – Achei que poderia estar frio aqui em cima, então...

Ainda estou dominada por uma emoção que não consigo compreender e, de novo, fico sem palavras. Ele fez mesmo tudo isso por mim? De verdade? Se é isso, por que tenho tanta dificuldade em acreditar? Em vez de me sentir tomada pela felicidade, por que a sensação que tenho é a de mãos em volta da minha garganta? Então, como se uma voz ditasse a resposta, ouço ressoar dentro de mim: se alguém é *tão bom* assim comigo, posso ser forçada a enfrentar o fato de que outros não foram, que minha mãe nunca foi e que, quem sabe, talvez ela não queira ser.

O pobre Kyle limpa a garganta, parecendo desconfortável de repente, e desvia o olhar. É quando percebo que ainda estou olhando para ele de boca aberta, como se tivesse tido uma visão.

– A propósito – acrescenta, estendendo os cobertores lado a lado –, vamos ter que improvisar uma mesa. Trazer a mesa e as cadeiras dobráveis até aqui seria demais. – Ele pega o prato e a tigela e os coloca entre os cobertores. – Você está começando a me preocupar – declara. – Já faz o quê...? Uns sessenta segundos que subi aqui? E você ainda não disse nada sobre a chuva de meteoros, ou a empanada, ou o céu estrelado, ou nada do tipo. Fiz alguma coisa errada? Ou um dos seus amigos alienígenas comeu sua língua?

Dou risada e, ao fazê-lo, vejo uma estrela cadente, a primeira da noite, iluminando o céu escuro por um momento fugaz, como se me mostrasse o caminho, o meu caminho.

– Olha! – exclamo.

– Da hora. – Kyle senta em um dos cobertores. Assim que sua bunda toca o teto, ele se levanta num pulo, como se tivesse sentado em uma dúzia de ovos podres. – Merda! – reclama, tirando dois chocolates amassados do bolso de trás da calça jeans. – Como eu não sabia quanto tempo essa lendária chuva de meteoros ia durar – explica, sentando-se de novo –, e como tenho consciência de que você não é capaz de passar muito tempo sem comer, trouxe esses chocolates. Melhor comê-los antes que tenha alucinações e me confunda com um frango grelhado. Criado livre, é claro.

Dou risada. Kyle olha para o vasto e brilhante céu noturno. Está tão encantado que até se esquece momentaneamente de respirar. Então, tentando camuflar sua sensibilidade, pega o prato de empanada e diz:

– Então, você está com fome?

– O que você acha?

Ele ri, pega um pedaço enorme e o coloca em um guardanapo, que começa a se desfazer.

– Cuidado – diz ele quando me entrega, colocando a outra mão por baixo para evitar que a empanada caia.

Suas mãos estão tão perto da minha bochecha que posso sentir seu calor. Aceito o guardanapo e mordo depressa a empanada.

– Hummm – digo, resistindo ao impulso de roçar minha boca nos dedos dele. – Uau, *que delícia*.

Concentro-me no recheio da empanada. É uma mistura de pimentão, cebola, tomate frito e algo que lembra atum. É tão bom que sinto que vou perder os sentidos. Kyle, que parece estar me observando, começa a rir.

– Que foi? – pergunto.

Ele balança a cabeça, divertido, e se serve de um pedaço.

Lado a lado, em silêncio, esquadrinhamos os céus, caçando estrelas cadentes. Enquanto nos banqueteamos com a empanada, me deixo levar por um turbilhão de pensamentos.

Nunca me senti tão à vontade com alguém, nem mesmo com Bailey, e isso está dando um nó na minha cabeça. Eu nunca suportei estar na companhia de outra pessoa e não conversar. Era algo impensável. Em cinco minutos, eu estaria no limite. Com Kyle é diferente. Posso falar por horas, ou não dizer nada, e está tudo bem. E, mesmo que pareça loucura, às vezes nem consigo acreditar que eu *já tinha* uma vida antes de conhecê-lo. Ele parece me entender melhor do que ninguém, embora não saiba do meu coração defeituoso. Ele entende minhas piadas – por mais estranhas que sejam – e meu humor errático; parece até gostar dos meus discursos intermináveis.

Se eu não tivesse nascido com os dias contados, Kyle seria exatamente o tipo de cara com que sempre sonhei; na verdade, acho que nem mesmo meus sonhos teriam concebido alguém assim. Arrisco olhar para ele. Seus olhos, refletindo o brilho de um milhão de estrelas, me falam de um calor, uma gentileza e uma profundidade raros, e talvez ele nem saiba disso. A cada vez que olha para mim, me perco em seus olhos azul-acinzentados, como se um universo inteiro brilhasse atrás deles. Ai, ai, ai, uma das minhas veias poéticas está se sobressaindo, o que significa que estou me afundando cada vez mais.

Por que eu faço isso? Tenho que parar de pensar em Kyle dessa maneira. Não posso e não quero fazer isso com ele. Mas como *dói* ter que acabar com o que quer que isso seja. Dói *demais*. Cria um vazio em mim que sei que só será preenchido com tristeza.

MIA

Houve um Natal em St. Jerome, eu devia ter seis ou sete anos, em que famílias da cidade decidiram doar os brinquedos que seus filhos não usavam mais. Foi um dia maravilhoso. As Barbies das Destiny's Child deviam ser a última moda na época, porque havia muitas delas. As meninas mais velhas brigavam para ver quem ficaria com um dos poucos Kens disponíveis para suas Barbies. Eu já sabia que minha Barbie nunca teria um Ken, então não me importava. Nunca liguei muito para esse tipo de coisa. Não até agora. Neste momento, sentada ao lado de Kyle, eu me importo. Sinto vontade de fugir, mas sei que há cordas invisíveis que me impedem.

– Preciso dizer que essa sua tal de chuva de meteoros mais parece uma garoa – brinca, alheio às emoções conflitantes dentro de mim. – Eu vi no máximo o quê, quatro ou cinco estrelas cadentes?

– Coisas boas acontecem para aqueles que esperam.

Kyle parece procurar por um duplo sentido no que eu disse, mas não consegue encontrar.

– Tá bom – diz, colocando o prato e a tigela vazios de lado, perto do chocolate. – Se é assim, melhor nos acomodarmos para esperar.

E é o que ele faz – ele se deita de barriga para cima, *bem* perto de mim. Acho que isso é mais romantismo do que minha saúde mental pode aguentar, então faço o possível para permanecer sentada, mas logo me vejo escorregando ao lado dele, cedendo à exaustão de meu coração doente. Estou fazendo exatamente o que prometi a mim mesma que não faria.

– Ei, olha, olha! – exclama, apontando para o céu.

De repente, dezenas de estrelas surgem de todas as direções, como fogos de artifício. Vê-lo assim, tão empolgado, me faz sorrir.

– Incrível – declara, e sutilmente move o braço para que sua mão toque a minha. Sinto um desejo ardente de pegar na mão dele, mas deixo minha mão parada ali, e ele também. Por um minuto inteiro ficamos deitados em completa quietude, olhando para o céu. Os grilos e alguns pássaros fazem de tudo para aliviar o silêncio que nossas palavras não conseguem preencher.

Então percebo a ironia do momento e subitamente sou tomada por uma vontade de gritar. Por que isso está acontecendo *agora,* quando meu tempo está acabando? Quero gritar por não conseguir segurar a mão dele, por ser forçada a me separar dele daqui a alguns dias, por não conseguir contar pra ele... Bom, eu nem sei *o que* deveria contar. Estou furiosa com a vida, com Kyle, por ser tão incrível, por ter surgido em minha vida e, apesar de nunca xingar, eu me pego murmurando alguns quase palavrões – *Droga. Porcaria. Que saco.*

Como se pudesse sentir meus pensamentos agitados, Kyle se deita de lado, com a cabeça apoiada no braço, e diz:

– Ei.

Eu me viro para encará-lo.

– Qual o problema? Você tá chateada?

– Não, não tem problema nenhum, eu só estava pensando... na minha mãe e... Nada, esquece.

Então ele me encara por alguns instantes, uma expressão séria no rosto.

– Obrigado – diz. – Se não fosse por você, eu teria perdido tudo isso. – Ele aponta para cima. – Tudo isso e mais um pouco.

Eu me sinto cedendo, sua boca me atrai como um ímã. Seus olhos pousam na minha boca. Eu tenho que fazer algo, dizer alguma coisa, *agora*.

– Qual é o seu lugar favorito no mundo? – Não sei de onde veio essa pergunta, mas serve.

Kyle franze as sobrancelhas, dá de ombros e, com um sorriso discreto, diz:

– Six Flags?

Dou uma risada irônica e balanço a cabeça. *Garotos.*

– O meu seria... – Aponto para a estrela mais brilhante no céu. – Vênus. Meu plano para a próxima vida é nascer lá.

– Você acredita em reencarnação e essas coisas todas?

– Tem coisa em que você não precisa acreditar – respondo, como se afirmasse o óbvio. – Basta que sinta lá no fundo, dentro de você. É disso que se trata.

Olhando para longe, ele pergunta:

– E se o que está dentro de mim não for o mesmo que está dentro de você?

– Ah, qual é, não vai me dizer que você é do tipo de pessoa que acha que o único planeta com vida é a Terra? – Eu me viro de lado para encará-lo. – Nós, humanos, nos julgamos tão importantes, mas na verdade estamos tateando no escuro. Não tenho dúvida de que existem outros mundos lá fora, mundos melhores que o nosso, mundos sem doenças, poluição, guerra, fome, sem pais que não amam seus filhos, ou mesmo sem...

– Morte? – Sua expressão fica fria, dolorida, com um toque de raiva.

– A morte não é uma coisa ruim, Kyle.

Cerrando a mandíbula, ele senta, olhando para a frente e respirando com dificuldade. Eu também me sento, torcendo para não ter enfiado os pés pelas mãos de novo.

Kyle pega um pedaço do papel-alumínio da empanada e o amassa em uma bolinha.

– Quando você morre – declara –, não pode mais rir, nem sair com os amigos, nem se apaixonar, nem comer a porra de um hambúrguer. – Ele se vira para mim, o rosto lívido. – E, se você estiver morto, não pode abraçar sua mãe e dizer: "Não chore, mamãe; tudo vai ficar bem". – Ele se levanta num pulo e, caminhando até a beirada do telhado, arremessa a bola de papel-alumínio no ar da noite. – A morte é uma merda.

Eu me levanto, mas não ouso me aproximar. Daria qualquer coisa para ser capaz de aliviar a dor dele. Essa sensação de impotência é insuportável.

– Kyle... Foi um acidente. Poderia ter acontecido com qualquer um.

Ele balança a cabeça e, com o olhar perdido no vasto dossel de estrelas acima de nós, começa a falar, a voz entrecortada:

– Não consigo sequer me lembrar do que aconteceu. Até isso está fora do meu alcance. Devo ter perdido o controle do carro. Não sei. O que sei, e o que não posso mudar, ainda que desse minha vida para isso, é que a culpa foi minha. Eu estava atrás do volante.

Quero estender a mão e tocá-lo, abraçá-lo, dizer que está tudo bem, mas não consigo e não sei se devo. Então eu me aproximo e fico ao lado dele.

– Noah não ia querer ver você assim – digo. – Ele não ia querer que você se punisse. Se fosse ele ao volante e você tivesse morrido, ia querer que ele sofresse tanto? Acho que não, Kyle.

Ele baixa o olhar e respira fundo.

– Não é só Noah – diz ele. – Josh estava no carro, e... não se sabe se ele vai voltar a andar. – Ele se vira para mim, os olhos como duas feridas abertas. – Quem consegue viver com isso? – Ele volta a olhar para as estrelas e, quase sussurrando, acrescenta: – Eu não consigo.

A dor dele está me dilacerando, e de repente sinto meu coração se partindo em dois. Isso dói, dói além do suportável, e não posso deixá-lo assim.

– Kyle, Deus não gostaria que você se punisse dessa maneira.

Ele se vira, de cara fechada. E, embora esteja olhando para mim, não parece me enxergar.

– Ah, *Deus*? Para com isso. Deus não existe. Que tipo de Deus permite que uma coisa dessas aconteça?!

Eu imploro ao meu coração para me conceder mais um minuto, só mais um minuto com ele.

– Não, Kyle – digo com as poucas forças que me restam. – Não estou falando *daqueles* deuses, dos livros sagrados, com fogo e enxofre. Estou falando daqueles em que você nem precisa acreditar. – Aponto para meu peito doente. – Esse Deus mora bem aqui. Esse Deus *existe*. Esse Deus *tem que* existir, porque quando nem seu pai, nem sua mãe, nem seus pais adotivos te amam… – Ele fica pálido ao ouvir minhas palavras, e dizê-las é pura tortura para mim. – Tem de haver algo ou alguém lá fora que está feliz por você ter nascido.

Kyle pega minhas mãos, e só agora percebo que está ofegante, com as bochechas úmidas.

– Mia – declara, e há algo além de amizade em seus olhos –, estou feliz por você ter nascido.

Sinto dificuldade para respirar. Não quero ouvir essas coisas. Não quero que ele se importe comigo dessa forma. Não agora. É tarde demais. Estou com tontura. Estou vendo estrelas. É impressão minha ou Vênus está brilhando mais do que o normal? Ele está me chamando, posso sentir isso.

– Mia? Mia, fale comigo. Qual é o problema?

– Kyle… – Eu me ouço dizer de longe.

Estou aterrorizada. Olho para ele. Não, agora não, ainda não, por favor, ainda não. Sinto um par de braços me segurando. Devem ser dele. E, lentamente, começo a desmaiar. Vênus me olha lá de cima.

– Mia!

As palavras dele vêm de longe, como se eu não estivesse mais em meu corpo, mas muito, muito longe. Aos poucos, as luzes se apagam e tudo se apaga, menos a dor.

KYLE

Já faz quase duas horas que estou nesta porcaria de sala de espera. Eles ficaram de me avisar quando descobrissem o que aconteceu com Mia, mas até agora ninguém me falou droga nenhuma. É uma tortura. Não achei que entraria em um hospital tão cedo de novo. Na verdade, prometi a mim mesmo que nunca mais ia pisar em um e cá estou, rezando para um Deus, em que nem acredito, para que permita que Mia se recupere. Sem nem ao menos saber o que há de errado com ela ou se é algo muito sério.

Estou sentado ao lado de um cara gordinho que está vendo televisão há uma hora. Com a cabeça apoiada nas mãos e os cotovelos sobre os joelhos, começo a remoer toda a situação. Eu devia ter percebido que tinha algo de errado; ela parecia exausta a tarde inteira. É como se ficasse cansada com muita facilidade. Pode ser só um vírus ou coisa do tipo. Mas e se não for? E se for sério? Não suporto vê-la sofrer. Será que estão cuidando bem dela? Eles não sabem quanto ela é frágil. Meus nervos estão me matando. Não posso perdê-la também… Me levanto e, embora tenham me dito para esperar pacientemente aqui, saio da sala pela vigésima vez para falar com a enfermeira do balcão de informações.

– Já se passaram duas horas – digo rispidamente. – Quando diabos você vai me dar alguma informação?

A enfermeira gesticula para eu esperar enquanto atende uma chamada em seu headset. Ótimo. A falta de empatia na profissão médica obviamente não tem fronteiras.

– *Habitación ciento cinco* – diz ela, gastando um tempo precioso. – *Sí, claro, le paso.*

Considero perambular de novo pelos corredores para encontrar o quarto de Mia, mas o segurança já ameaçou me expulsar do hospital duas vezes. Então vou ser bonzinho e esperar. Mas tenho que fazer alguma coisa, por isso fico aqui olhando para a enfermeira, esperando que isso a deixe desconfortável o suficiente para me dizer qualquer coisa. Não funciona. Esta mulher tem a compaixão de um cofre de aço. Uma impressora na mesa bem debaixo do meu nariz está imprimindo uma folha de papel. A princípio o som me incomoda e tenho vontade de acertar uma boa pancada nela, mas depois, conforme as letras vão aparecendo, algo chama minha atenção. A primeira linha diz RELATÓRIO DE PESSOA DESAPARECIDA. Mas é estranho, porque parece ser um documento dos EUA. A segunda linha surge devagar. Não pode ser verdade. É *ela*. O nome aparece em letras pretas garrafais: AMELIA FAITH.

A enfermeira encerra a ligação e se vira para mim como se eu fosse uma tarefa da qual ela gostaria de se livrar o mais rápido possível.

– Como já disse antes, não posso passar nenhuma informação até que o médico saia.

Eu concordo com um gesto de cabeça.

– Claro, entendo – digo, adotando uma abordagem mais gentil. – É que o cheiro na sala de espera é meio desagradável. Imagino que o cara do meu lado não toma banho faz alguns meses. – A enfermeira parece intrigada. – Você não se importa se eu ficar aqui só um pouquinho, não é?

Ela dá de ombros e volta para sua mesa para atender outra chamada.

– *Hospital Sierra Norte* – diz ela em espanhol. – *¿En qué puedo ayudarle?*

Eu olho em volta. A folha de papel acabou de ser impressa. Atrás de mim, o segurança faz sua ronda pelo corredor. A enfermeira se move para abrir uma gaveta. Pego o papel rapidamente da bandeja da impressora e o enfio na mochila. Antes que tenha tempo de fechar o zíper, ouço passos correndo atrás de mim. Paro de respirar por alguns instantes. Os passos avançam no mesmo ritmo em minha direção. *Merda, merda, merda.*

– Com licença. – É a voz de um homem, e soa séria.

Limpo a garganta e me viro, procurando freneticamente uma desculpa crível para oferecer ao segurança. Mas, em vez dele, dou de cara com um jovem médico de uniforme branco olhando para mim.

– Você é o acompanhante de Miriam Abelman?

– Ela está bem? – pergunto em um rompante.

– Sim, sim, não se preocupe, isso acontece com pessoas na condição dela. Ela vai receber alta agora. Sugeri que passasse a noite aqui, mas ela recusou.

Calma, o que foi que ele disse?

– Que condição?

A pergunta surpreende o médico.

– Ah, eu pensei que... – começa, sem se preocupar em disfarçar a gafe. – Bem, nesse caso, é melhor que ela mesma conte. Mas tente convencê-la a fazer a cirurgia o quanto antes. O procedimento passou por muitos avanços, e as chances de sobrevivência têm aumentado cada vez mais.

– Chances de sobrevivência? – pergunto, já no limite. – Do que você está falando?

– Só... convença ela, pode ser?

Então o médico se vira e se afasta depressa. Estou prestes a correr atrás dele e pressioná-lo para obter mais detalhes, quando vejo Mia saindo de um elevador no final do corredor, com a mochila pendurada no ombro. Corro em sua direção. Ela me olha, mas não parece contente. Caminha em minha direção, com um ar triste e fraco. Assim que chego ao lado dela, pego sua mochila e noto olheiras sob seus olhos.

– Ei – digo o mais gentilmente que posso. – Como você está se sentindo?

Ela continua andando como se eu não estivesse ali. Seu olhar parece ao mesmo tempo duro, frio, evasivo e um pouco envergonhado.

Caminho ao lado dela, respeitando seu silêncio. A cada passo, minha angústia aumenta; a cada passo, as palavras *chances de sobrevivência* zunem na minha cabeça, como um eco rancoroso nos provocando. Eu olho para ela. Parece destruída. Desta vez não se trata de mim, mas de Mia, e eu me recuso a deixar que meus problemas a perturbem mais do que já incomodaram. Ela precisa de mim, e não vou decepcioná-la.

MIA

Assim que vi Kyle falando com o médico, soube que estava tudo acabado. Como pode tanta felicidade desaparecer num piscar de olhos? Mas agora já é tarde; agora que ele sabe vai me abandonar, como todo mundo faz. Até poucas horas atrás tudo estava perfeito, e agora está aos pedaços. Ando o mais rápido que posso – o que é muito devagar – pelo corredor branco que leva à saída. Kyle está ao meu lado. Ele lança alguns olhares para mim e, por vezes, parece prestes a dizer alguma coisa, mas não o faz. Deve estar procurando a melhor forma de me dizer que vai embora, que não tem interesse nenhum em ficar andando por aí com uma bomba-relógio como eu. Bom, ele nem precisa gastar saliva. Decidi poupá-lo desse esforço.

Fico mais cansada a cada passo que dou, e com mais dor. Estou cansada de hospitais, cansada de estar cansada, exausta por ter de fazer tanto esforço o tempo todo. Meus braços doem por causa das agulhas, e ainda sinto o gosto horrível de todos os remédios que me fizeram tomar. Sei que é para o meu próprio bem, mas por que eles acham que sabem o que é bom pra mim? Por que todos eles acham que a cirurgia e todo o sofrimento que a acompanha é a melhor das soluções? Dessa vez, naquela cama de hospital, eu me senti mais sozinha do que nunca. Senti falta do Kyle, de tê-lo ao meu lado, segurando minha mão enquanto eu era forçada a mentir para as enfermeiras para que não descobrissem quem eu sou.

Eu sou uma idiota. Não devia ter me aproximado tanto do Kyle. Havia prometido a mim mesma que não iria me aproximar de mais ninguém... Vou ficar arrasada no dia em que o perder. Mordo o lábio – a melhor forma de reprimir as lágrimas que ameaçam rolar. Quando chegamos à saída, as portas se abrem para um estacionamento circular com duas ruas no centro. Apesar de as luzes da rua estarem acesas, está tão escuro que não consigo ver onde está a van.

Kyle aponta para a calçada de um dos lados.

– Está ali.

Não olho para ele e não respondo. Não posso arriscar que ele comece a falar e me diga que acabou. Não neste momento, ainda não. Vejo a van parada no meio-fio, mal estacionada, ligeiramente torta e com o pisca-alerta ligado. Por um momento, fico comovida. Se Kyle a largou assim, foi porque estava muito preocupado. Mas esse vislumbre de esperança se apaga quando percebo que, quando estacionou, ele ainda não sabia que eu sou uma fraude.

Eu me arrasto em direção à van no ritmo do meu coração cansado. Kyle caminha ao meu lado, inquieto, como se não soubesse o que fazer ou dizer.

– Mia – arrisca finalmente, em um tom suave e gentil. Eu não vacilo. – Mia, do que o médico estava falando? Que história é essa de cirurgia?

Não consigo responder. Não posso dizer que *não* vai ter cirurgia alguma, que desisti, que não quero seguir em frente. Abro a porta e me sento depressa no banco do passageiro, mordendo o lábio com ainda mais força. Sinto o sabor metálico e acre do meu sangue enquanto digito o endereço do aeroporto no GPS. Estou colocando o celular no painel quando Kyle senta no banco do motorista.

– Para onde vamos? – pergunta. Ele espera um momento e, quando vê que minha única resposta é olhar para a frente sem pestanejar, pega o celular e verifica o endereço. – Você devia ir lá pra trás e se deitar – diz ele.

Sinto um calafrio só de pensar nisso. Mas não consigo dizer a ele que não quero ficar sozinha ou longe dele, que eu quero passar as horas que me restam ao seu lado.

– Acho que você não está em condições de visitar nenhuma possível mãe amanhã, aliás... – Ele faz uma pausa, parecendo ter assimilado o endereço do GPS, porque seu comportamento muda de repente. – *Aeroporto de Madri?* Que porra...?

Tudo bem, tenho que acabar logo com isso, mas não quero que ele me veja chorando e não suportaria ser alvo de sua pena, então procuro dentro de mim aquele lugar frio e distante desprovido de emoção, aquele refúgio que me permitiu sobreviver desde criança. Infelizmente, não demoro muito para encontrá-lo.

– Você precisa voltar – declaro, fria como uma pedra. – Hoje à noite.

– Nossa, calma lá – retruca ele, virando-se para mim. – Vai me contar o porquê de tudo isso?

– Quer saber por quê? Porque eu tenho um defeito genético no coração que *bum*... – faço um gesto com as mãos, imitando uma explosão – ... pode me atingir a qualquer momento. – Pego o celular dele e coloco de volta no painel. – Data de validade, lembra? – Sinto os olhos dele em mim e não consigo suportar, então, por mais que já passe da meia-noite, coloco meus óculos escuros e continuo com meu discurso maldoso. – Então estou liberando você do nosso acordo. Eu entendo, de verdade, não se preocupe; ninguém quer estar perto de uma pessoa doente que pode cair morta a qualquer momento. – E, depois de pensar mais um pouco, me ouço dizer: – Acredite, estou acostumada.

Kyle arfa. Está pálido, como se minhas palavras tivessem drenado todo o sangue de seu rosto. Cruzo os braços e cerro os dentes com uma fúria que não reconheço. Meu Deus, estou muito brava: com a vida, com ele, com meu coração defeituoso. E, acima de tudo, com a *minha mãe*.

– Do que você está falando? – pergunta ele abruptamente, como se tudo estivesse às mil maravilhas. – Não vou largar você aqui. Além do mais, temos um acordo, não? Anda, me dá o próximo endereço.

Não consigo entender o que ele diz, e também não consigo me mexer.

– Tá bom, então – reclama ele, inclinando-se para pegar minha mochila. Ele a coloca entre os assentos e tira o caderno em que anotei os endereços. Eu me afasto dele e me encolho no meu assento. Não consigo pensar direito. Ele está falando sério? Vai mesmo ficar por aqui? Não, não consigo acreditar nisso, não posso baixar a guarda e correr o risco de tudo desmoronar depois.

– Plaza de España, Sevilha – declara. – Não é um endereço específico. Ok, então o que é? Um lugar que você quer visitar? Não vejo nenhuma candidata a mãe aqui.

Como vou falar que era por causa da Plaza de España que o Noah queria vir para cá? Ele brincava que não queria morrer antes de fotografar esse lugar. E agora quero fazer isso por ele. Mas é óbvio que não posso contar para o Kyle; tem muitas coisas que não vou poder contar para ele. Além disso, talvez ele esteja planejando me largar lá, em Sevilha. Ou talvez sinta tanta culpa por causa do Noah que quer me ajudar a encontrar minha mãe como um ato de caridade, ou algo que o ajude a limpar o carma. Já li sobre pessoas que fazem esse tipo de coisa.

Ele olha para mim e, ao perceber que não tenho a intenção de responder, escreve o endereço no celular.

– Tudo bem, então – conclui, ligando o carro. – Vamos para a Plaza de España.

Estou exausta, então inclino meu assento para trás e apoio a cabeça na janela, encolhida como uma bola. Finjo dormir, mas, na verdade, o observo através de meus óculos escuros. Nunca tinha percebido quanto esses óculos poderiam ser úteis. Eu o analiso em silêncio, tentando decifrar suas verdadeiras intenções.

Há um sorriso brincando em seus lábios, e ele parece calmo, embora seu peito esteja tremendo levemente, como se estivesse chorando por dentro. Ele engole em seco e respira fundo, como se quisesse mandar as lágrimas de volta por onde vieram. Por um instante acho que pode ser verdade, que talvez ele de fato se importe comigo e não vá me abandonar. Mas me recuso a ter esperanças. Não posso me dar a esse luxo.

O cansaço e a confusão me dominam. Quero dormir, quero dormir para sempre e apreciar esta imagem de Kyle ao meu lado: Kyle, que não olha para mim como se eu fosse um incômodo, um fardo do qual quer se livrar; Kyle, que se importa comigo e com quem me importo muito mais do que devia.

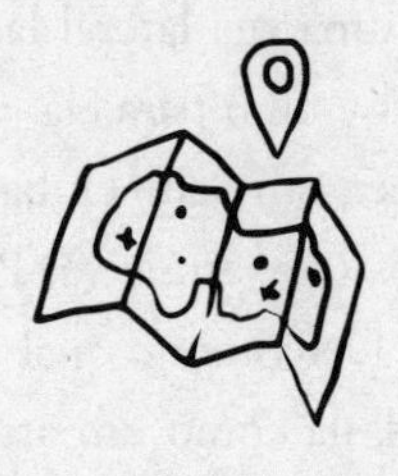

KYLE

Quando enfim chegamos em Sevilha, o dia está amanhecendo. Mia dormiu quase a viagem toda, com exceção de quando saímos do hospital e ela ficou sentada ali em silêncio por algum tempo, me observando. Era óbvio que ela achava que eu não conseguia perceber através dos óculos escuros, mas, para poupá-la da vergonha, fingi que não notei. Ela me fez sorrir por dentro, o que foi bom, porque acho que, caso contrário, eu teria desmoronado. Passei o resto da viagem quebrando a cabeça com o panfleto de pessoa desaparecida e me esforçando para entender as notícias sobre a condição de Mia, tentando me convencer de que uma garota como ela não pode morrer assim, que nenhum Deus seria tão cruel a ponto de levá-la embora, que deve haver uma cura para ela. O médico falou sobre uma cirurgia, a qual eu precisaria convencê-la a fazer, então venho ensaiando maneiras de tocar no assunto quando ela acordar.

A Plaza de España fica em um parque, e a entrada é só para pedestres, então procuro uma vaga de estacionamento perto do portão de acesso; assim, se Mia quiser ver o lugar, não terá que andar muito.

Estava tão exausta quando saiu do hospital que duvido que esteja com disposição para passear quando acordar. Depois de duas voltas, encontro um lugar em uma rua lateral ladeada por uma copa de árvores. Desligo o motor e olho para ela. Caramba, está tão inerte que fico assustado. Coloco um dedo embaixo de seu nariz para ver se ainda está respirando. *Ufa,* está viva. Para minha surpresa, me pego agradecendo a um Deus com o qual ainda não fiz as pazes.

Aproveito para estudá-la como um artista estudaria sua musa, uma musa que me inspira mais a cada dia. Fui um idiota por não enxergá-la pelo que é desde o começo – uma beleza tão pura. Tudo nela é refinado, etéreo, como se ela fosse menos trivial do que uma pessoa comum. Se não soasse tão brega, eu diria que ela é como um anjo, ou, como ela provavelmente diria: uma garota estelar. E, por mais que meu corpo esteja implorando para que eu durma ao menos um pouco, a vontade de desenhá-la, de capturá-la no papel mais uma vez – talvez a última – é avassaladora.

Tentando não fazer barulho, me inclino para pegar meu caderno de desenho na mochila e, ao fazê-lo, ouço um cavalo relinchando em algum lugar lá fora. Ok, este lugar pode ser de outro mundo, mas aquele cavalo parecia muito real. Olho para cima, pensando que estou alucinando de exaustão, mas não. Há dois policiais na rua à nossa frente, a cavalo, trotando vagarosamente em nossa direção. Merda. Eu olho para Mia. Os óculos escuros caíram de seu rosto, e a forma como está encostada na janela permite que seja reconhecida com facilidade. Não posso permitir que a vejam. E, como tempos difíceis exigem medidas extremas, eu me jogo em cima dela e, segurando seu rosto entre as mãos, finjo que estamos nos beijando, minha boca a centímetros da dela.

Ela abre os olhos, desorientada, e começa a sorrir, ainda oscilando entre dois mundos, depois franze a testa e olha para mim.

– Ei, o que você tá *fazendo*? – pergunta, me empurrando para trás.

– Xiiiiu, é a polícia. Entra no jogo.

Ela olha para a rua e, quando vê a polícia, afunda no assento.

– Ai, ai, ai – sussurra, ofegante. – Me dá cobertura. Por favor, não deixa eles me verem.

Eu me aproximo dela de novo e, para meu pesar, paro a apenas um milímetro de sua boca. Seu corpo inteiro está tremendo contra o meu. Os cavalos estão se aproximando mais rápido agora. Estamos olhando nos olhos um do outro, tão perto que respiramos o mesmo ar. Ela olha para minha boca e, no mesmo instante, volta a me olhar nos olhos; meu olhar segue seu exemplo. Estamos ofegantes. Será que estou entendendo errado, ou ela quer isso tanto quanto eu? Há dias estou sonhando em estar nessa posição, mas nenhuma de minhas fantasias incluía policiais, pessoas desaparecidas ou qualquer coisa remotamente perigosa. Caramba, meu corpo todo está pegando fogo – a boca, o peito, as mãos e outras partes que não precisam ser citadas. Não vou conseguir resistir por muito tempo; é pedir demais. Em minha mente, que está anos-luz à frente do meu corpo, já estamos nos beijando com uma paixão avassaladora, eu a puxo com força contra meu corpo, beijo seu pescoço, deslizo minha mão ao longo da curva de seu quadril e para cima de novo, explorando territórios desconhecidos. Quando meu corpo está prestes a obedecer minha mente, ouvimos o barulho dos cascos dos cavalos se afastando. *Merda.* Recuo um pouco, mas sinto tanto desejo que não consigo me mexer, estou estarrecido.

Como se nada tivesse acontecido, ela envolve meu pescoço com as mãos e se ergue um pouco, espiando pelo retrovisor lateral. Quando vê a polícia cavalgando para longe, se abaixa de novo e respira aliviada.

– Obrigada – diz, desviando o olhar enquanto me solta.

Fico tentado a responder *o prazer foi todo meu*, mas não o faço. Por baixo dessa fachada descontraída ela parece um pouco desconfortável, talvez até envergonhada, mas se recusa a demonstrar.

– O negócio é o seguinte – diz, limpando a garganta: – eu tenho meio que uma fobia de policiais, sabe? Nada com que você precise se preocupar, é claro. Só mais uma das minhas esquisitices, acho.

Uau, ela mente sem nem pestanejar. Eu me endireito e entro na brincadeira, como se o que acabou de acontecer fosse fruto da minha imaginação, como se seu corpo não tivesse estremecido contra o meu e seus olhos não tivessem se concentrado na minha boca.

– Então você está bem? – pergunto, fingindo ser legal. – Esse tipo de medo não deve ser bom para o seu… você sabe. Quer parar em uma farmácia ou ir ao médico?

Ela recusa com a cabeça. Está ficando desconfortável com minhas perguntas. Quando por fim se endireita em seu assento, está com o cabelo todo para o lado. Tento ao máximo não rir, mas não consigo evitar. Mia é engraçada, mesmo quando tenta parecer séria. Ela limpa a garganta de novo, e, enquanto ajeita o rabo de cavalo, aproveito a oportunidade para pegar o anúncio de pessoas desaparecidas na minha mochila.

– Não entendo, Kyle – comenta, prendendo a faixa de cabelo no lugar. – O que fez você pensar que eu queria me esconder da polícia?

Entrego o papel para ela, e seus lindos olhos ficam arregalados.

– Agora – digo –, você vai me contar *tudo*.

Ela pega o documento e o lê, seus dedos finos e pálidos começando a tremer.

– Ei, ei, está tudo bem – falo, não querendo causar problemas para o coração dela. – Eu só quero que você me conte tudo para que a gente possa pensar no que fazer, tá bem?

Ela assente várias vezes antes de falar:

– Tudo bem, vou contar, mas você pode me levar à rodoviária antes? Eu preciso muito estar em Cuenca hoje à tarde. Explico no caminho, eu prometo.

– Rodoviária? Do que você está falando, Mia? Nem ferrando eu vou deixar você na porcaria de uma rodoviária!

Mia se encolhe em seu assento como um cachorrinho amedrontado. Não quero assustá-la, então, no tom mais reconfortante que consigo, acrescento:

– Para, é só um dia de folga. Não é preciso ser médico para saber que você precisa descansar. Ainda temos tempo, certo? Vamos encontrar sua mãe, juntos.

Ela assente, mas seus olhos me dizem que ainda não está convencida.

– Só preciso tomar um pouco de ar – diz, e aponta para a rua. – Se importa se a gente...?

– Claro, sem problemas, mas eu não acho que seja uma boa ideia com esses policiais por aí.

Ela morde o lábio, analisando suas opções. Então, como se tivesse decifrado um código secreto, pega os óculos escuros no chão e os coloca no rosto.

– Que tal? – pergunta. – Nem eu consigo *me* reconhecer com isso.

Faço uma careta.

– Nada mal, mas poderia ser melhor.

Tiro o boné da mochila, aquele que minha mãe me deu, e o coloco na cabeça dela. Detesto bonés, mas, para evitar o sermão de sempre da minha mãe sobre os perigos dos raios ultravioleta, da insolação e da camada de ozônio, aceitei sem dizer uma palavra. Se é isso que precisa para que minha mãe se preocupe um pouco menos, que assim seja. O boné desliza por sobre os olhos de Mia e para em seu nariz. Ela não move um músculo enquanto eu morro de rir e o ajusto para que sirva nela.

– Bem melhor – concluo – A menos que eles tenham visão de raio X, não têm como identificar você.

Ela se olha no espelho e não parece convencida. Vira o boné um pouco para o lado.

– É assim que se faz – diz. – Vamos.

KYLE

Mia abre a porta e, antes de sair, alonga braços e pernas como um gato depois de cem anos de hibernação. Ela disfarça, mas seus lábios tensos e olhos turvos deixam claro que ainda está com dor. Pego minha mochila e saio. Ando até ela e, como um perfeito cavalheiro, ofereço meu braço. Queria que minha mãe visse isso; ficaria emocionada.

– Vem – digo. – Pode se apoiar em mim.

Ela desvia o olhar.

– Tudo bem – murmura em tom altivo. – Consigo me virar, obrigada.

Bem, ou ela está mentindo descaradamente, ou o que aconteceu entre nós alguns minutos atrás foi fruto da minha imaginação e sou o único que ainda se sente quente e pesado.

Em um silêncio constrangedor, caminhamos devagar ao redor do enorme palácio de tijolos claros em estilo renascentista até chegarmos ao pátio que leva à estrutura principal. A magnificência do lugar nos faz parar ao mesmo tempo. O rosto dela é pura felicidade, e enfim vejo a Mia que conheço, a Mia que tanto me conquistou.

O palácio forma um semicírculo e parece nos envolver, nos abrigar dentro de suas paredes.

Pequenos barcos a remo deslizam ao longo do canal que contorna a praça. Meu pai ia pirar se visse isso. Faria um discurso sobre as alcovas de azulejos que adornam as paredes do palácio e as balaustradas de mármore e cerâmica pintada que percorrem o canal. Para completar o toque de conto de fadas, há turistas passeando calmamente pela praça, em carruagens puxadas por cavalos.

Eu olho para Mia. Está absorvendo tudo e parece prestes a dizer alguma coisa, mas, quando sente que estou olhando pra ela, é como se lembrasse que ainda precisamos conversar. Seus ombros caem, ela baixa o olhar e começa a andar.

– Tá, vamos lá. Eu tive que fugir do meu lar adotivo. – Começa a dizer, com visível dificuldade. – Não disse a ninguém pra onde ia.

Se ela estiver prestes a me contar que abusaram dela ou coisa do tipo, juro que vou matar todos eles.

– Por quê? – pergunto, disfarçando minha irritação.

– Queriam me obrigar a fazer aquela cirurgia, e, bom, talvez o que eu disse sobre ter dezoito anos não seja bem…

– Calma aí, calma aí – protesto, sentindo minha expressão endurecer. – *Obrigar* você? O médico disse que você precisa fazer essa cirurgia *agora.*

– Sim, eu sei, e vou fazer. – Os terraços parecem chamar a atenção dela enquanto caminhamos. – Mas… não agora.

Uma carruagem se aproxima de nós, e nos afastamos para dar passagem, então noto as enormes rodas de madeira e seu interior elegante, estofado de couro. Por um momento, imagino Mia em meus braços na carruagem, e, quando estou prestes a propor um passeio, ela reclama:

– Deviam ter vergonha. Isso é exploração animal, não tem outro jeito de descrever.

Meu Deus. Nas palavras da minha amada vovó, *você fica mais bonita de boca fechada.*

– Mia – digo, tentando voltar para a conversa. – Você ainda não me contou...

Ela finge não ouvir e aponta para uma alcova como se tivesse visto um túnel mágico para outro mundo e diz:

– Olha isso! Que incrível.

Bela tentativa. Mas, antes que eu possa protestar, ela já caminhou até a alcova e sentou. As paredes de tijolos e bancos são enfeitados com azulejos pintados à mão, como um quebra-cabeça de um passado distante. Não posso negar, este lugar é incrível, e vê-la se divertir desse modo já me faz feliz, mas prefiro continuar nossa conversa.

– Olha essa aqui – acrescenta, indo sentar em outra alcova próxima.

Ela ergue a cabeça e, de olhos fechados, inspira como se quisesse beber o céu, como se estivesse enchendo seus pulmões de paz, e não de ar, e de uma felicidade pura, intocada, como nenhuma outra. Uma felicidade que só ela pode conhecer.

– Obrigada – murmura para o céu, num sussurro tão suave que me machuca.

Um arrepio sobe pelas minhas costas. Caramba, eu não consigo entender. Como ela pode agradecer ao Todo-Poderoso? Devia estar muito chateada. Então, como se tivesse ouvido meus pensamentos, ela abre os olhos e me encara fixamente, fazendo meu coração disparar. Ficamos nos encarando por alguns segundos, em um silêncio repleto de coisas não ditas. Eu desvio o olhar primeiro. Quando consigo focar nela de novo, faço questão de que perceba que estou chateado e que ela não pode continuar fugindo da conversa desse modo.

Mia respira fundo outra vez, e retomamos nossa caminhada ao longo do canal em um silêncio que gostaria que ela quebrasse. Mas ela não o faz.

Aguardo por um minuto, e então retomo o assunto:

– Mia... vamos falar da cirurgia, o médico...

– Tá, vamos falar da cirurgia, é claro que vou fazer, mas só depois que conhecer minha mãe. – Ela se vira para mim, inclinando a cabeça. – Imagina que irônico esperar a vida inteira por esse momento, para então morrer na mesa de cirurgia antes de conhecê-la...

Caramba, ela realmente não faz rodeios. Sufoco a crescente vontade de desabafar minha frustração e pergunto:

– É mesmo tão perigosa assim?

– Metade das pessoas que passam por essa cirurgia não vive pra contar a história.

Ela fixa as pupilas congeladas em uma fonte a distância. Um soco no estômago teria doído menos.

– Isso quer dizer que metade das pessoas sobrevive, não? – Minha voz está fraca, muito mais do que eu gostaria.

Seus ombros sobem e descem quando ela suspira. Nada mais se move, nem mesmo seus olhos, que ainda estão cravados na fonte distante.

– Por que você não me contou? – Desisti de tentar esconder minha irritação. – Não acha que eu tinha o direito de saber?

Ela abaixa a cabeça e assente várias vezes. Noto uma névoa em suas pupilas, como se o gelo estivesse começando a derreter.

– É que... eu não sabia se podia confiar em você – sussurra.

Seu tom transparece certa tristeza e culpa. Noto que ela morde o lábio e percebo que ainda não tem certeza se pode confiar em mim. Isso me machuca.

– Tudo bem – digo, com mais convicção do que sinto. – Mas o fato de você ter fugido de casa não explica como diabos aquele cartaz foi parar num hospital na Espanha.

– Não faço ideia. A cirurgia estava marcada para hoje, e acho que minha família adotiva deve ter relatado meu desaparecimento, mas... – Ela faz uma pausa, pensativa, depois ergue os olhos. – O que não consigo entender é como descobriram que estou aqui na Espanha. Fiz questão de cobrir meus rastros.

– Você deve ter deixado uma pista sem perceber.

– Não, sério, fui cuidadosa. Não contei pra ninguém aonde ia e não deixei pra trás nada que indicasse que eu viria pra cá.

– No seu computador, talvez, ou um pen drive.

– Nada disso, esvaziei meu disco rígido por completo antes de ir embora, e não uso pen drive.

– Nossa, você é boa nisso – brinco, tentando amenizar as coisas.

– Não, eu tive ajuda. – Ela começa a andar de novo, estudando o revestimento do piso como se tentasse decifrar seus padrões de mosaico. – Não sei. Podem ter sido os pais do Noah. Eles são os únicos que sabiam da viagem, mas duvido que falariam com minha família adotiva. Eles nem se conhecem... não faz sentido.

Sinto um aperto no estômago ao ouvir o nome de Noah, mas não demonstro.

– Bom, seja como for, agora eles já sabem, e não podemos arriscar que encontrem você aqui, então...

– Eles não vão me encontrar – retruca ela, como se tivesse certeza.

– Como você sabe? A gente pode ter dado sorte hoje, mas aquela van barulhenta não é das mais discretas. Assim que pesquisarem a placa...

– Já cuidei disso – responde ela com um sorriso maroto. – Coloquei tudo, a van, os acampamentos, o voo, no nome de Miriam Abelman, que é minha identidade no passaporte falso. Impossível de ser localizada.

Estou espantado. Essa garota não cansa de me surpreender. E então me ocorre que *nunca* e *sempre* não são palavras que posso usar com Mia, e cerro a mandíbula.

Ela ri e, passando a mão por uma balaustrada de azulejos, diz:

– São as vantagens de ser fã de Sherlock Holmes, né?

– Sim, mas até onde sei Sherlock Holmes não era conhecido por falsificar identidades.

– Os tempos mudaram. Se ele precisasse, tenho certeza de que faria isso.

– Então, como *você* fez isso?

Ela abre outro sorriso malicioso, o que a deixa ainda mais sensual.

– Tenho meus contatos. Você se lembra do ex-namorado da Bailey?

Claro, que tonto que fui, como não me lembrei dele?

– O hacker que virou falsificador?

– Esse mesmo. Ele fez um precinho especial porque sou uma cliente fiel.

Ela parece cansada, mas não reclama, então também finjo estar cansado e me sento na balaustrada. Mia senta ao meu lado, e pego na minha mochila um pacote de biscoitos de chocolate que comprei na máquina de venda automática do hospital. Eu ofereço a ela.

– Você deve estar morrendo de fome. Toma, come um.

Ela leva a mão à barriga e franze o nariz.

– Eu adoraria, mas meu estômago está queimando com o monte de porcaria que me deram no hospital.

Meu estômago está roncando, mas, se ela não vai comer, eu também não vou. Fitamos a água em silêncio. Há casais e famílias flutuando ao longo do canal, em barcos a remo de madeira colorida. Os olhos de Mia os acompanham com uma espécie de nostalgia, ou saudade. Quero abraçá-la, olhar para os barcos com ela e lhe dizer que vai ficar tudo bem, que vamos superar isso, que o coração dela vai ficar bom, mas não posso. Não posso dizer nada... qualquer coisa que eu diga pode não ser verdade.

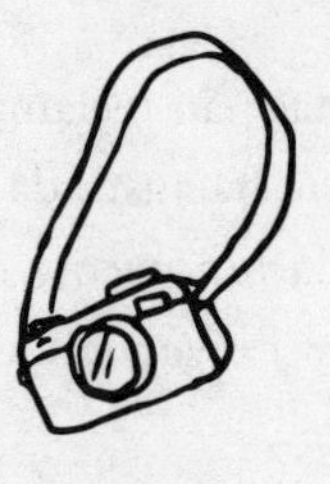

MIA

Detesto mentir pra ele, mas o que mais poderia fazer? Contar que não tenho a mínima intenção de fazer a cirurgia? Que em alguns dias, semanas ou, se as estrelas se alinharem, em alguns meses não estarei mais por perto? Não, sei que Kyle não entenderia, aliás, poucas pessoas entenderiam. Além disso, este lugar é bonito demais para ser arruinado por discussões que não levam a lugar nenhum.

Kyle está sentado ao meu lado, na mureta de azulejos coloridos. Olho para seu reflexo na água e desejo com todas as minhas forças que me abrace, que eu possa me aninhar nele, sentir seu calor, seu cheiro, seus braços fortes ao meu redor. Guardaria essa lembrança comigo para sempre, mas não posso. O que aconteceu mais cedo na van já foi constrangedor o bastante. Meu corpo inteiro vibrava contra o dele, como se um fogo crepitante tivesse se apossado de todos os meus sentidos, minha boca, minhas mãos, meus seios e algumas regiões não exploradas. Se ele não tivesse conseguido se desenganchar de mim depois que os policiais foram embora, não sei o que teria acontecido. No mínimo eu o teria beijado, e isso é algo que nunca, nunquinha, nem mesmo em meus sonhos mais secretos, vou permitir que aconteça.

– Está usando o truque que aprendeu na casa de apoio?

Sinto um baque no coração, como se tivesse sido pega em flagrante revivendo minhas lembranças mais embaraçosas. Eu me viro para ele, sem conseguir organizar meus pensamentos, e, ao que tudo indica, meu olhar parece dizer não-faço-ideia-do-que-você-está-falando, porque ele continua:

– É, sabe, aquele truque em que você foca sua atenção em algo bem difícil até conseguir.

Ele aponta para dois patos nadando a nossos pés, e percebo que, enquanto relembrava nosso pequeno episódio na van, estava olhando fixamente para os patos, quase sem piscar.

– Sério – diz ele. – Se você está com fome, podemos jantar em algum lugar, mas será que dá pra parar de olhar assim para os patos? Sei que eles são criados livres e tal, mas é um tanto assustador.

– Nããão. – Eu rio e dou um empurrão nele. – Do que você está falando?

– Então, funciona?

– *O que* funciona?

– O truque.

– Acho que sim – digo, sem muito interesse.

Ele franze a testa com desconfiança.

– Ei, desde quando você desperdiça uma oportunidade de fazer um discurso sobre qualquer assunto?

Ele me faz rir, apesar de eu não achar graça nesse assunto em particular. Ele está à espera de uma resposta, mas minhas palavras se recusam a sair. Estou exausta, e não só fisicamente, então só posso torcer para que ele desista do assunto, caso eu não responda nada. Mas ele não desiste. Em vez disso aperta os olhos, segura meu queixo e puxa minha mandíbula para baixo, espiando dentro da minha boca.

– Ufa! – exclama. – Achei que o gato tinha comido sua língua.

Dou risada.

– Anda, desembucha – acrescenta. – Funciona ou não funciona? Porque, se funcionar, vamos ter que patentear. Falando sério. A gente pode ficar rico e sair viajando mundo afora, e eu não preciso nem vender meus desenhos pelas esquinas.

Estou tocada por suas palavras, tocada pela maneira como ele olha pra mim. Acho que tudo nele mexe comigo. Mas ele ainda está esperando por uma resposta.

– Sim, acho que funciona, mas não para tudo.

Kyle faz um movimento de enrolar com o dedo, insinuando que devo explicar melhor. Mergulho dentro de mim, naquele lugar onde as lembranças são tão vivas quanto no dia em que aconteceram, onde minhas emoções estão adormecidas, e tento explicar algo que não tenho certeza se quero. Não olho para ele enquanto falo, e, mesmo que quisesse, não conseguiria.

– Quando eu morava no St. Jerome, todo domingo nos levavam para o Salão Principal. A gente não tinha permissão para entrar ali em nenhum outro dia da semana. Ao meio-dia, os casais que queriam adotar vinham nos ver, geralmente depois da missa. Devia ser o dia mais propício, acho eu. Às vezes passávamos horas penteando os cabelos, colocando nossas melhores roupas, e depois, na privacidade da nossa solidão, cada um de nós praticava os sorrisos mais sedutores. Qualquer coisa para agradar aqueles que poderiam se tornar nossos futuros pais, qualquer coisa para se destacar e ser notado, para ter a chance de ser amado. Era emocionante, um tanto agonizante, mas emocionante. Muitos de nós mal conseguíamos dormir na noite anterior. Quando descobri o truque, todo domingo eu me concentrava em um casal visitante e o fitava sem parar, atraindo seu olhar para mim com meu desejo de ser a próxima filha escolhida e... bom, funcionou duas vezes. Então, respondendo à sua pergunta, eu diria que sim, tecnicamente funciona. Fique à vontade para patentear.

Quando por fim consigo olhar para ele, parece que todo o sangue se esvaiu de seu corpo. Ele parece ter se esquecido até de respirar.

– E? – ele balbucia. – O que aconteceu?

– Bem, acho que o truque não funciona tão bem quando você quer que seus pais te amem, ou pelo menos te amem o suficiente para não mandarem você de volta para o abrigo quando descobrem que você tem um defeito.

– Malditos – ele deixa escapar. – Que merda, Mia, sinto muito por isso.

– Mas sempre tem o lado positivo. Nesse caso, é que eles não me forçaram mais a ir ao Salão Principal aos domingos. Além disso, nos dias de visita, eu ficava com uma sala cheia de brinquedos só pra mim.

Ele tenta fingir que minhas palavras não o afetaram, mas seu queixo trêmulo o denuncia. Mesmo sabendo que eu notei, tenta disfarçar movendo o maxilar de um lado para o outro, como se estivesse dolorido.

– Mia... – começa.

– Não, não, por favor, vamos mudar de assunto. Isso é coisa do passado, e não quero perder um único segundo do que poderia ser uma vida muito curta revivendo momentos que prefiro esquecer.

– Entendido. – Ele passa dois dedos pela boca, como se a fechasse com zíper.

Então pega o pacote de biscoitos e tira um e, quando penso que vai enfiá-lo na boca, ele o esmaga entre os dedos e joga as migalhas para as carpas na água. Ótima ideia. Faço o mesmo.

Atraída pelas migalhas, a mamãe pato se aproxima apressadamente, seguida por sua ninhada. Continuamos a jogar migalhas, e, enquanto os patinhos comem, a mamãe pata espera e cuida de seus filhotes. Não posso deixar de sentir uma pontada de inveja, bem lá no fundo. Tento me convencer de que nem todas as mães nascem com o mesmo instinto de criação. Mas uma pergunta começa a tomar forma em minha mente: se nem minha mãe pôde ficar, por que seria diferente com o Kyle? Por pena? Por um desejo de colocar fim em seu carma? Ou será que é por que ele está começando a nutrir sentimentos que não deveria?

Tão discreta quanto consigo, olho para ele com o canto do olho, procurando uma resposta clara. Mas o que encontro é Kyle sorrindo. De supetão, ele se vira para mim e pergunta:

– Que foi?

Ops. Preciso melhorar minhas técnicas de olhares. Levo alguns instantes para criar coragem.

– Kyle, preciso que você seja sincero comigo. De verdade. E, falando sério, seja qual for sua resposta, eu vou entender.

– Pode deixar. Manda.

– Você... – Por um momento as palavras ficam presas na minha garganta. – Você estava falando sério quando disse que não iria embora?

O sorriso dele diminui.

– Claro, Mia. Por que eu faria isso?

– Mesmo que eu possa morrer a qualquer instante?

– E arriscar perder um único momento com a garota mais bizarramente divertida que já conheci? – Ele balança a cabeça e tenta sorrir. – Sem chance.

Aqueles olhos tristes e profundos me dizem muito mais do que suas palavras. Eu tento ler através deles, entender o que ele está tentando me dizer sem palavras, mas meus pensamentos acelerados e as perguntas que querem sair da minha boca estão fazendo minha cabeça girar. *Chega.* Ele quer estar ao meu lado, o que mais eu posso querer? Escondendo minha agitação, sorrio na tentativa de lhe agradecer. E então dois cisnes, um preto e um branco, emergem de trás de um barco como se tivessem se materializado do nada.

– Ai, meu Deus – digo. – Você viu?

Quando me viro para Kyle, ele está com o celular apontado para mim, prestes a tirar uma foto.

– Ei, o que você está fazendo?

– É para o seu fotoblog.

– Não, não, não – digo, cobrindo a lente. – Tire uma foto dos cisnes, só dos cisnes.

Ele afasta minha mão e tira uma série de fotos minhas.

– Seus seguidores vão adorar ver o rosto *por trás* da câmera.

E, após proferir essa linda frase, ele abaixa o celular e me olha nos olhos, sério e profundamente, deixando meus joelhos bambos.

– Você está com medo? – pergunta.

– Não, claro que não. Só não gosto que tirem fotos minhas.

– Quis dizer de morrer – explica.

– Ah, isso… – Balanço a cabeça. – A morte nunca me assustou.

– Então do que você *tem* medo, Mia Faith?

De me apaixonar por você? De que minha mãe não queira saber de mim? De morrer sozinha? E, acima de tudo, de algo que não posso dizer em voz alta.

– Acho que meu maior medo é morrer sem deixar uma marca. – Seu jeito de franzir a testa denuncia que ele não entende. – Se você não fez diferença na vida de ninguém, se você não contribuiu com nada para este mundo, de que adianta ter nascido? De que adianta viver? Não adianta nada.

Ele olha para mim como se estivesse processando minhas palavras.

– E por isso você criou o fotoblog.

– Acho que sim.

Pego outro biscoito e o quebro meticulosamente em pedacinhos.

– Quantos seguidores?

Eu dou de ombros.

– É sério? Você não sabe quantas curtidas você tem, ou qualquer estatística?

– Foi o Noah que me ajudou a configurar, e ele não sabia muito mais do que eu.

Na verdade, Noah costumava dizer que a tecnologia sufoca a arte.

Kyle balança a cabeça, como se dissesse que sou um caso perdido e me entrega o celular dele, pedindo:

– Abra o blog no modo administrador.

Não faço a menor ideia do que ele está falando, e isso deve estar estampado na minha cara, porque ele ri e diz:

– Seu fotoblog, abra seu fotoblog com seu nome de usuário e senha.

– Ah! Você podia ter dito de cara, em vez de ficar falando por código.

Abro a página do *Data de validade* e devolvo o celular pra ele. Kyle digita algumas coisas enquanto eu continuo compartilhando nosso café da manhã com os patos, cisnes e carpas no canal.

– Inacreditável. Você nem tinha ativado a opção "comentários" – diz, ainda digitando. *Há uma opção de comentários?* – Ok, pronto. A partir de agora, você vai conseguir ver todas as estatísticas de quantas pessoas entraram no seu blog e ver se alguém deixou um comentário.

– É sério? Obrigada! Isso é muito importante pra mim. – Estou tão empolgada que queria dar um beijo nele, mas não faço isso, é claro.

Ele ri e diz:

– Você é inacreditável, sabia?

Kyle pega um pedaço do biscoito e joga na água. De repente ele fica sério e inclina a cabeça pra mim.

– Por que você não me contou? – pergunta. – Você sabe... sobre o seu coração.

Porque, se você soubesse desde o começo, não iria querer me acompanhar nesta viagem. Não, é melhor eu pensar em uma resposta diferente.

– Acho que, pela primeira vez na vida, eu queria sentir como é ser uma garota normal.

Kyle pensa a respeito por um momento, então se levanta com um sorriso malicioso e diz:

– Espere aqui um segundo, tá?

Assinto, intrigada, e observo enquanto ele se dirige para uma das pontes do canal. Tiro mil fotos dele, na minha cabeça. Que burra, não devia ter deixado minha câmera na van. Embora eu odeie tirar fotos com o celular, não terei muitas outras oportunidades de fotografá-lo, então decido fazer isso. Tiro uma foto dele de costas, atravessando a ponte, outra foto de quando ele chega a uma barraca de sorvete, mais uma falando com a senhora que vende o sorvete, uma quando aponta para a lista de sabores. Nossa, quantas bolas ele pediu? O pobre coitado deve estar morrendo de fome. Outra foto quando ela entrega as casquinhas e uma última foto quando ele paga.

Ele se aproxima com um sorriso enorme que aquece meu coração. *Clique, clique, clique*, no meu celular. Em uma das mãos ele segura uma casquinha com uma colher branca e na outra uma casquinha enorme, com sorvetes de todas as cores e várias coberturas.

– Você disse que estava com azia – diz ele. – Acho que não tem jeito melhor de apagar essa queimação, não? Além disso, você disse que queria se sentir como uma garota normal, certo? – Concordo, surpresa, enquanto ele continua: – É, mas nós já falamos disso, lembra? Pode tentar quanto quiser, você nunca vai ser normal. – Ele me entrega o cone multicolorido. – Sinto muito.

Fico emocionada, pego o sorvete e digo:

– Essa é a coisa mais legal que já me disseram.

– Bem, não devia... Você devia ter ouvido muitas coisas *muito mais legais* na sua vida. Mas vamos dar um jeito nisso, e rápido. Onde sua próxima mãe mora?

Suas palavras são como uma lufada de ar fresco, de amor, de liberdade. Até trouxeram meu apetite de volta. Dou uma grande lambida no meu sorvete multicolorido. Há uma explosão de sabores misturados em minha boca, uma profusão de arco-íris. É maravilhoso poder saborear mais um dia neste planeta. Agradeço em silêncio ao meu coração, à minha vida e, não menos importante, ao Kyle.

MIA

No fim das contas, por mais que eu tenha tentado persuadir Kyle a voltar para a estrada, foi ele quem conseguiu me convencer a passar a noite aqui, neste estacionamento no coração de Sevilha. Embora meu guia informasse que é expressamente proibido deixar a van aqui, havia tantas coisas para ver que não consegui dizer não. Foi tão empolgante. Mais para o começo da noite, depois que tiramos a maior sesta da história da humanidade e Kyle recusou meu centésimo pedido para irmos para Cuenca, ele me convidou para comer as lendárias tapas, aperitivos típicos, em uma das ruas mais acolhedoras de um tradicional bairro sevilhano. Meu Deus, nunca vi tanta cor, tanta vida, tanta alegria, tanta música, isso sem falar na comida, no mesmo lugar. Dá vontade de viver mil anos só para poder provar de tudo.

O dia já amanheceu, e, como Kyle bem previu, ninguém veio nos perturbar por termos estacionado a van aqui. Ele disse que, se os policiais vissem uma van tão zoada e patética como a nossa, teriam tanta pena que nem diriam nada. Mas prefiro ver nossa sorte como um sinal. Sim, um sinal, de que o dia vai ser ótimo. Depois de comer um pacote inteiro de *churros* no café da manhã, estamos a caminho da próxima candidata. Enquanto Kyle dirige – um pouco mais rápido do que de costume, preciso admitir –, aproveito para atualizar minha mãe.

1º de abril

Querida mãe, meu coração nos forçou a parar por um dia, o que causou certo atraso, mas finalmente voltamos para a estrada. Não me lembro se já mencionei antes, mas hoje vamos para Cuenca. A julgar pelas fotos, o lugar é incrível, e estou morrendo de vontade de conhecer. Mas não tenho tanta certeza se quero ver você. Não me leve a mal, não é que eu não queira conhecer você, mas preferiria passar os últimos três dias desta viagem com o Kyle. E, apesar de nós dois evitarmos falar sobre o que vai acontecer quando eu de fato encontrar você, não quer dizer que não estamos pensando nisso; ao menos eu estou.

Adoraria que ele ficasse por perto, que você o conhecesse e visse que tudo que falei sobre ele é verdade. Mas você e eu temos muito que conversar, e pode ser que ele não se sinta confortável, ou fique entediado, ou talvez você prefira que a gente esteja a sós. Não sei. Não ficaria surpresa se ele voltasse antes para o Alabama. Mas sabe do que mais? Só de pensar nele indo embora, fico sem fala. E, apesar de dizer para mim mesma que, mais cedo ou mais tarde, ele vai embora, que ele tem que ir embora e voltar para a vida normal, meu coração parece não ter entendido o recado. Se recusa a entender e está ameaçando desmoronar de vez. Mas isso não importa. Kyle precisa ir embora. Quero que ele seja feliz, e isso só vai acontecer quando se afastar de mim, e quanto antes melhor.

E por falar em coração... ele está definhando. Consigo sentir, como se continuar batendo fosse um esforço, como se seguir em frente fosse pedir demais.

Enfim, conto mais quando chegarmos em Cuenca, talvez até pessoalmente... Vai saber, né?

15h

Acabamos de almoçar no terraço de um restaurante espanhol em Cuenca. A cidade parece saída de um conto de fadas, com as Casas Colgadas com vista para o vale e o rio, as ruas de paralelepípedo, igrejas antigas e a ponte de madeira e ferro que atravessa a cidade (aliás, se você cruzar essa ponte algum dia, não olhe para baixo, é assustador). De todo modo, como você já deve saber se estiver lendo isto, não te encontramos em Cuenca.

Ainda assim, conhecer essa María Astilleros foi especialmente divertido. Quando comecei a fazer as perguntas que sempre faço para minhas potenciais mães, a filha dela apareceu. Deve ter minha idade, vestida toda de preto, com piercing no nariz, uma coleira no pescoço e batom roxo tão escuro que parecia preto. Ela saiu pela porta da frente e passou por nós duas como se fôssemos invisíveis, e a María perguntou se a lei permitia fazer uma troca de filhas. Ela pareceu falar sério. Você consegue imaginar? Kyle e eu morremos de rir. Acho que precisávamos muito dar umas boas risadas.

Hoje à noite vamos dormir em El Castell de Guadalest, uma cidade na província de Alicante. Você conhece? Já visitou? Calma, o que estou dizendo? Pode ser que você *more* lá.

21h

No fim das contas, você não mora lá. Bom, ao menos valeu a pena ver a vila de pedras que fica em cima de uma rocha, o castelo que, lá no alto, tem vista para outro vale e outro rio. Tirei um monte de fotos. Hoje falei para o Kyle que queria ir dormir cedo. Sim, de fato estou cansada, porém, mais do que isso, queria escrever pra você. Queria contar o que estou sentindo. Enquanto conversava com a María Astilleros número nove, senti um furacão se formar dentro de mim. No começo não entendi o motivo, mas depois uma dúvida surgiu: mãe, por que sou *eu* quem está procurando *você*? Por que não é *você* quem está procurando por *mim*?

Kyle se importa comigo, dá pra perceber. Ele tenta demonstrar todos os dias. E, quando paro pra pensar nisso, há muitas pessoas além de Kyle que parecem gostar de mim e são amigáveis comigo. Acho que o que estou tentando dizer, mãe, é que agora eu *sei* que não sou uma pessoa desagradável, e me machuca demais pensar que não fui do seu agrado.

Já rezei milhões de vezes para todos os deuses, cada estrela, cada ser luminoso disposto a me ouvir para que, no dia em que nos encontrarmos, você me diga que foi forçada a me dar para adoção, ou que estava doente demais para ficar comigo, que teve depressão pós-parto, alguma doença mental, ou que foi uma situação de vida ou morte. Porque, se nenhuma dessas opções for verdade, não vou conseguir entender por que você me abandonou. Por Deus, eu tinha acabado de nascer! Você não sentiu nada por mim? Eu te causei asco?

Por que você fez isso? Já me fiz essa pergunta *milhares de vezes*. E de vez em quando, nem sempre, tenho tanto medo de saber a resposta que rezo para nunca encontrar você, ou rezo para *encontrar*, só para poder olhar nos seus olhos e fazer você se contorcer de vergonha quando confessar seus motivos.

Sei que, quando nasci, você era jovem e talvez não fosse uma alternativa, mas e depois disso? Teria sido tão fácil me encontrar. Por que não tentou? Por que não escreveu para mim, ou me ligou, ou fez *alguma coisa*, qualquer coisa para que eu soubesse que alguém neste planeta me amava? Você nem quis saber se eu estava bem, se era feliz; porque, se quisesse, teria descoberto quanto senti sua falta todos os dias da minha vida. Isso me faz querer gritar.

Preciso ir agora. Kyle acabou de me perguntar se estou bem, e não quero que ele se levante da cama e me veja chorando. Boa noite, mãe. Tudo o que tenho para pedir é que você não me decepcione.

2 de abril

Mãe, me desculpa, desculpa de verdade, mas ontem não foi um dia muito bom pra mim. Por favor, saiba que não sou assim. É que, às vezes, a dor e as dúvidas se tornam avassaladoras demais, e me sinto perdida, com tantos pensamentos perturbadores, que acabo escrevendo coisas que não queria. De verdade, mãe, tenho certeza de que você teve seus motivos pra fazer o que fez. Pode me perdoar?

Kyle deve ter percebido que eu não estava bem e me levou para tomar café da manhã em uma cidade bem famosa no Mediterrâneo, e está fazendo tudo o que pode para me animar. A cidade se chama Jávea e fica bem perto de Altea, onde a próxima candidata vive. Quem sabe não é você. Volto a escrever mais tarde, tá? Kyle foi pagar a conta do café, mas vi que já está voltando. Espero que você viva em Altea e que esteja em casa daqui a meia hora. Ah, e, por favor, se lembre de pedir ao Kyle para ficar com a gente. Significaria muito para mim.

16h

Bom, você também não estava em Altea, a pequena cidade com casas brancas e igrejas com abóbadas azuis, onde é possível sentir o cheiro do mar ao caminhar pelas ruas. Kyle insistiu para descansarmos um pouco antes da próxima visita. Ele é tão fofo comigo, sempre se assegurando de que não me canse, que esteja me alimentando bem. Nunca reclama dos próprios problemas. E pensar que uma semana atrás ele estava na beira de um penhasco, pronto para pular. Só de pensar nisso, fico enjoada. Este planeta teria perdido uma pessoa maravilhosa. O fato de ele conseguir colocar as próprias dores de lado para focar toda a sua energia em mim é mais emocionante do que você pode imaginar. Os olhos dele, opacos e sem vida uma semana atrás, agora brilham com uma intensidade de outro mundo. Não voltamos a falar do Noah, é claro. Consigo imaginar que viajar com uma garota como eu já seja difícil o bastante.

22h

Nossa tarde em Benidorm foi muito divertida. É uma cidade bem tranquila, mas ao mesmo tempo frenética. Tem casas baixinhas e arranha-céus, uma mistura entre tradicional e moderno, lindas paisagens em meio a vistas degradantes: um pouco de tudo. Depois de visitar a décima primeira candidata da lista, demos um passeio pelas ruas da cidade, cheia de restaurantes com terraços, lojas pequeninas, bares com a música no talo e artistas de rua.

Houve um momento em que fiquei um pouco para trás enquanto Kyle olhava a vitrine de uma loja e o perdi de vista. E – ainda não sei por quê – me senti abandonada, sozinha, indefesa no meio da rua como se tivesse dois anos de idade, simples assim. O tornado que se apossou de mim, em toda a sua fúria, me fez ficar plantada no lugar, sem conseguir me mexer ou reagir. Quando ele estava prestes a me lançar no chão, o Kyle apareceu. Ele nem precisou dizer nada. Só olhou para mim, como se conseguisse enxergar além das minhas pupilas, como se pudesse sentir os cacos do meu coração partido. Kyle segurou minha mão com força e me puxou de volta para a realidade.

Não chegamos a falar disso, não foi necessário. Optamos por um jantar tranquilo no camping, então compramos pão, presunto, queijo e tomates, encontramos um lugar confortável em frente à van para colocar a mesa dobrável e comemos até nos fartarmos. Kyle se abriu comigo, mais do que nunca. Acho que me conhecer mais a fundo permitiu que ele tivesse coragem de baixar a guarda. Ele me falou dos pais, dos avós, de coisas que fazia quando era criança, contou das férias. Disse que costumavam ir para um lugar chamado Sedona, no Arizona, que parece maravilhoso. Os avós maternos dele moram lá. Enfim, foi... talvez o melhor momento da minha vida até agora. Fez com que eu me sentisse parte de algo maior e me permitiu um vislumbre de como deve ser ter uma família, estar cercado de pessoas que amam você e abrem mão de tudo por você... Por alguns instantes, me peguei pensando em como seria ter mais tempo, não ter um coração com defeito de fábrica, não precisar me despedir dele tão cedo. Ele me fez ter vontade de estudar fotografia, viajar juntos pelo mundo, conhecer os pais dele, visitar o Arizona e todos os outros lugares que mencionou. Mas, acima de tudo, minha maior vontade foi a de estar sempre ao lado dele. E então me lembrei da rua em Benidorm, da angústia que senti, e puf, simples assim, todos esses desejos foram pelos ares. Por que ficar? Aonde isso vai dar se, daqui a alguns anos, ele não sentir mais nada por mim, ou decidir me abandonar, ou acontecer alguma coisa com ele? Não, eu não posso viver cada dia da minha vida com medo de perdê-lo. Na verdade, não consigo entender como outras pessoas conseguem viver assim. Você abre o coração para alguém, se entrega, permite que essa pessoa veja tudo o que você tem de mais íntimo e então, de uma hora para outra, seu coração está em pedacinhos. Obrigada, mas passo. Mãe, alguém já partiu seu coração antes? Tenho minhas suspeitas de que sim.

Acho que é por isso que nasci com esse defeito, ou melhor, com esse escudo, uma proteção contra a desesperança da humanidade. Sim, agora tenho certeza absoluta de que foi por isso. Mas, se tenho tanta certeza, por que as lágrimas rolam sem parar pelo meu rosto enquanto escrevo?

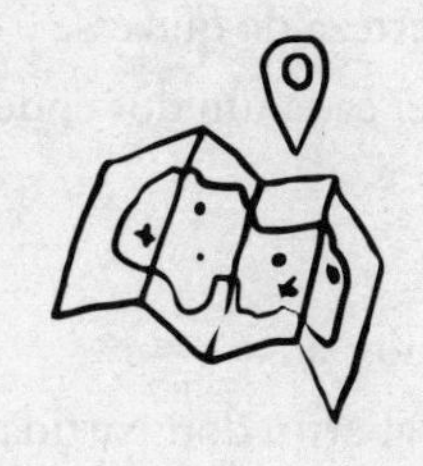

KYLE

Hoje pela manhã saímos de Alicante em busca da penúltima mãe em nossa lista. Estou torcendo para que seja ela, assim poderemos, enfim, voltar para o Alabama. Não aguento ver a Mia tão cansada, fraca e vulnerável, arriscando a própria vida para encontrar uma mãe que não merece ser encontrada. O médico prescreveu alguns comprimidos para que ela pudesse viajar sem riscos. Ela os carrega de um lado para o outro e os tem tomado cada vez mais. No entanto, quando pergunto, ela sempre responde que se sente bem.

Como se a vida quisesse demonstrar quanto essa busca é uma perda de tempo, passamos a última meia hora seguindo o GPS do celular dela – o meu decidiu, pela quinta vez no dia, não ter sinal de jeito nenhum – e dirigindo por um emaranhado de estradas secundárias e ruas de chão batido, só para acabar no meio do nada.

Após quilômetros sem avistar uma casa sequer (na verdade, sem ver uma única alma viva), paramos diante de uma enorme casa com um portão na frente, cheia de oliveiras e árvores frutíferas e cavalos correndo livremente. Quando paro em frente ao portão de ferro, Mia tira uma foto da placa de madeira desbotada que diz CORTIJO

LAS TRES MARÍAS. Este lugar é muito diferente dos que vimos até agora. Estas pessoas devem nadar em dinheiro.

– Ei – digo –, tem certeza de que esse é o endereço certo?

– Absoluta. Verifiquei cada um dos endereços pelo menos umas cinco vezes.

Acredito nela.

– Tá bom, então vamos lá.

Como o portão está aberto, dou partida na van.

– Ei, calma. O que você está fazendo? Não podemos invadir a propriedade sem tocar a campainha antes.

– Mas não tem campainha.

– Sim, certo, mas e se não tiver campainha porque elas não querem que ninguém toque? Ou porque não querem que ninguém venha perturbar? Ou porque acham que todo mundo sabe, menos você, que não se pode invadir a casa das pessoas quando dá na telha?

– Está tudo bem, se acalma, está tudo bem.

Mas minhas palavras não surtem efeito algum; quanto mais avançamos pela estrada de areia que leva para a casa, mais ela se afunda no banco.

– Não consigo entender como você pode estar tão calmo – reclama.

– E o que pode acontecer de tão ruim?

Ela me olha como se estivesse se perguntando de que planeta eu vim.

– Quer que eu faça uma lista?

Antes que ela tenha tempo de me dizer tudo o que pode dar errado – na imaginação dela –, a casa de campo começa a surgir diante de meus olhos. É branca, em forma de U, com portas de madeira escuras e polidas, e uma torre de cada lado.

– Para, para – fala, esganiçada, quando a casa começa a aparecer. – Por favor, faz o retorno.

Puxo o freio de mão e não consigo não rir.

– Mia, qual é o problema?

– Oi, você está cego? Não está vendo esta mansão gigantesca? Este lugar é chique demais. Não podemos aparecer do nada dentro da pobre da Mundo da Lua. E se acharem que somos dois delinquentes, ou invasores, ou ladrões, ou membros de um culto? E se estiverem ligando para a polícia enquanto falamos, e me deportarem e me forçarem a fazer a cirurgia? Anda, o que você está esperando? Faz o retorno e vamos embora.

Uau, ela deve ter o nome em duas categorias do Guinness: pessoa que fala mais rápido e com a mente mais fora da casinha.

– Você é de outro planeta, sabia? Como é possível ficar tão histérica *tão rápido*? Se não quisessem que as pessoas entrassem, não iam deixar o portão aberto.

– Sim, claro – responde. – É óbvio, você não tem todos os "e se" que eu tenho dentro da minha cabeça. Se tivesse, ia se transformar num rei do drama balbuciante agorinha mesmo.

O tom de mel de seus grandes olhos foi quase eclipsado por suas pupilas negras dilatadas. Sem pensar, eu pego a mão dela.

– Mia, vai ficar tudo bem, confie em mim.

Ela parece tão surpresa quanto eu, mas não solto sua mão, e ela também não solta a minha. Está tremendo um pouco, então aperto levemente, para que ela sinta toda a afeição que não permite que eu expresse em palavras. Quero que se sinta calma, segura, confortável.

– Vamos? – pergunto.

Ela assente. Seus olhos brilhando, frágeis, vulneráveis. Piso no acelerador, ainda segurando a mão dela conforme percorremos a rua. Tocar nela é como andar em uma montanha-russa sem fim. Poderia dirigir desse jeito até o Alabama, mas paramos em frente à casa antes do que eu gostaria.

Estacionamos embaixo de uma oliveira centenária, a poucos metros da entrada. Os olhos de Mia estão grudados na entalhada porta de madeira em arco.

– Pronta? – pergunto.

Ela se vira para mim, os olhos cheios de dúvidas, de medo, de saudade, e só depois de uma longa pausa consegue assentir. Ela abre a porta do passageiro e solta minha mão com cuidado. Sinto um vazio no mesmo instante, um espaço, a necessidade de algo ainda mais vital que o ar. Não consigo nem imaginar como vai ser no dia em que for operada e eu tiver que ficar longe dela.

No fim das contas, sou eu quem tem que tocar a campainha. Mia prefere ficar alguns passos atrás de mim. Uma empregada vestindo uniforme abre a porta. Seu sorriso caloroso parece operar milagres, pois Mia abre um sorriso em resposta. A mulher nos convida a entrar e nos leva até um pátio interior, onde nos pede para aguardarmos um momento enquanto informa a dona da casa. Ela traz uma bandeja que parece ser de prata, com biscoitos caseiros e limonada. Mia nem sequer olha para os refrescos, o que é um mau sinal, então, para impedir que todos os "e se" se manifestem, conto tudo o que sei sobre essas velhas casas de campo, ou seja, o pouco que meu pai me contou quando soube que estávamos vindo para a Espanha. Basicamente, são enormes propriedades típicas do sul da Espanha, onde os trabalhadores moram perto dos proprietários em uma ou mais casas. Nesta propriedade em particular existem estábulos de um lado do pátio, as dependências dos funcionários do outro e a casa principal no centro.

Mia ouve, atenta, sem dizer uma palavra. Quando termino de falar, ela se levanta e vai até uma das laranjeiras que enfeitam o pátio, como uma sonâmbula, e inspira o aroma das flores.

– Você já sentiu um cheiro tão bom? – pergunta, sem esperar pela resposta, como se falasse consigo mesma. – Espero que em Vênus tenham aromas assim. Deve ter.

Não gosto nada desse assunto, nada mesmo, então tento falar de outra coisa:

– Espero que essa mulher seja sua mãe, de verdade. – *Para que você finalmente faça sua cirurgia e pare de falar de Vênus.* – Herdar um lugar desses não seria nada mal.

Mia se vira para mim, as sobrancelhas erguidas me informando que não entendi o que realmente importa.

– Esse materialismo não combina com você, Kyle.

Antes que eu tenha tempo de me defender, uma mulher elegante aparece, montando um cavalo cinza com a crina trançada. Bastam algumas poucas perguntas para descobrirmos que ela não é a mulher que procuramos. Mas pelo menos parece ter gostado de nós. Depois de nos contar tudo sobre a casa de campo, os cavalos e as oliveiras, ela nos acompanha até a porta. E, fazendo jus à hospitalidade espanhola, nos oferece uma sacola com garrafas de vinho, azeite e um queijo redondo feito com o leite das ovelhas dela. O cheiro é tão incrível que fico com água na boca. Viva a Espanha.

Quando a porta se fecha atrás de nós, quase consigo ouvir outra se fechando dentro de Mia. Ela parece diferente, distraída, talvez decepcionada. Caminha devagar até a van.

– Ei, para com isso – digo com um tom alegre. – Se essa não era a mulher certa, a próxima deve ser. Não é ótimo? Você finalmente vai conhecer sua mãe verdadeira.

Se olhares matassem, eu estaria morto e enterrado. *O que foi que eu fiz agora*?

– Está tudo bem? – Arrisco.

– Excelente. – Mas o tom dela mais parece dizer *estou puta da vida e não vou dizer o porquê.*

– O que foi? Fiz alguma coisa errada? Foi algo que eu falei? Foram os biscoitos? Eu não comi tantos assim, comi?

Ela segue andando e me ignorando. Tira o celular da mochila e declara:

– Vou colocar o próximo endereço. Quanto antes você for embora e me deixar com minha mãe, melhor. E é só isso que tenho a dizer.

Caramba, por que ela está agindo assim? É como um soco na boca do estômago. Ela senta toda empertigada na van, e eu coloco a sacola com os presentes na nossa minúscula cozinha, tentando controlar minhas emoções. Assim que saio e fecho a porta dos fundos, eu a ouço gritar:

– Isso não pode estar acontecendo!

Meu coração acelera e corro para o banco do motorista, convencido de que é algo sério. Em vez disso, a encontro balançando o celular, procurando sinal.

– Qual é o problema? – pergunto, transparecendo uma leve irritação. – Seu celular não está com pressa para eu te deixar na casa da sua mãe?

Ela cerra os olhos para o celular, mordendo o lábio.

– Eles prometeram que dois gigas eram mais do que suficientes para dez dias, e agora estão me dizendo que já gastei tudo. Devia ser ilegal fornecer informações falsas aos turistas. O que vamos fazer *agora*?

– Não é o fim do mundo – digo, um pouco mais irritado do que pretendia. – Podemos usar meu celular. Acho que alguns dias pagando roaming não vão me levar à falência.

– Bom, este lugar *parece* o fim do mundo, e, se o seu celular parar de funcionar de novo, não sei como vamos sair daqui.

Vasculho minha mochila e encontro meu celular. O que vejo na tela apaga o sorriso do meu rosto.

– Merda, não tenho sinal.

– Bom – ela fala, me imitando –, não é o fim do mundo.

– Juro que, assim que chegar em casa, vou deixar um review de chorar para a companhia do celular.

Ela está de braços cruzados, me olhando como se dissesse "eu avisei".

– Tá, tudo bem – acrescento, para não dar a ela o gostinho de me ver irritado. – Sem estresse. Quando era escoteiro, aprendi a me guiar pelo sol. Então, se você me apontar *para qual* direção temos que ir, consigo voltar para a estrada. Norte? Sul? Você sabe?

Ela suspira e vasculha sua mochila.

– Se você não souber a direção, não tem problema – digo. – Posso pedir pra moça que acabamos de conhecer imprimir um mapa. Acho que ela não vai se importar.

Mia, com a cabeça literalmente enfiada dentro da mochila, está praticando a arte da indiferença.

– Onde você se escondeu?

E agora está falando com objetos inanimados.

– Não sei o que você está aprontando aí, mas, sério, vou voltar e perguntar pra moça se ela…

– Achei.

Ela tira a cabeça da mochila e mostra o chip americano com um sorriso triunfante.

– Sempre alerta. Não é esse o lema dos escoteiros?

– Você é a melhor. Sério mesmo.

– Bom, enfim – diz, dando de ombros, resignada. – Bora deixar as taxas de roaming acabarem com minhas economias inexistentes.

– Vamos comprar outro chip assim que voltarmos para a civilização – prometo. Ergo três dedos e dou um sorriso travesso. – Palavra de escoteiro.

Enquanto começo a percorrer a saída de carros, Mia troca o chip do celular. Depois de inserir o novo endereço no GPS, ela apoia o celular no painel e se aninha no assento, de costas pra mim.

Tento me colocar no lugar dela, entendê-la, mas não é nada fácil. Procurar uma mãe sem nem saber se ela quer te ver não deve ser nada divertido. E o fato de esta ser a última candidata da maldita lista é ainda pior. Isso sem falar nos policiais que estão procurando por ela e todo o resto. Ela deve estar muito preocupada.

– Mia – digo com cuidado.

– Hummm?

Ela não se vira, e tenho a impressão de que não quer que eu veja seu rosto.

Continuo falando:

– Não quero que você se preocupe com nada, tá? – Nenhuma reação. – Vou ajudar você a falar com a polícia. Vamos explicar o que aconteceu. – Ainda nada. – Vamos consertar tudo, você vai ver.

Quando eles souberem da sua cirurgia, vão mandar você de volta para o Alabama sem causar estardalhaço.

Ela balança a cabeça discretamente e não diz nada.

– Você não vai ficar sozinha, Mia. – E, com um calor intenso que queima em meu peito, sussurro: – Você nunca mais vai ficar sozinha.

A única reação que ela tem é se encolher ainda mais em seu assento, com o rosto ainda virado. Não importa quanto eu quebre a cabeça tentando entender as reações dela, não consigo. A única coisa que está clara para mim é que ela não quer falar. E é assim que passamos as próximas quatro horas – Mia perdida em seu próprio mundo, que ela ainda se recusa a compartilhar comigo, e eu colocando toda a playlist do "cantor favorito no mundo" dela, em uma tentativa ridícula de animá-la.

MIA

O céu está repleto das cores mais deliciosas: rosas, verdes, amarelos, até um pouco de índigo. Estou em frente a uma porta de madeira vermelha. Ao lado há um daqueles pássaros de ferro forjado antigos com um sino embaixo. Eu toco. A porta se abre quase no mesmo instante e uma mulher surge, parecida comigo, mesma cor de cabelo, mesmos olhos, mesma boca, mas vinte anos mais velha.

– Sim? – pergunta, esticando o *s*.

Abro a boca, pronta para disparar um milhão de coisas, mas por alguma estranha razão não consigo emitir nenhum som.

Ela cruza os braços, parecendo irritada.

– Não entendo o que você está fazendo aqui *de novo* – diz ela.

Eu tento com todas as minhas forças falar, mas ainda não emito nenhum som.

Ela olha por cima do meu ombro, e sua boca se curva em um sorriso malicioso e perturbador.

– Finalmente eles chegaram – declara. – Estava começando a achar que nunca ia conseguir me livrar de você.

Eu me viro, assustada, e vejo dois médicos se aproximando de mim. Vestem jaleco branco, touca e luvas, como se estivessem prontos para uma operação. Não pode ser verdade. Quero gritar, quero que Kyle me ajude, mas ainda não tenho voz. Meus pés estão pregados no chão; não consigo erguê-los. Começo a gritar a plenos pulmões, mas mal ouço minha voz. *Isso não pode estar acontecendo*. Cadê o Kyle? Os médicos se aproximam de mim, um deles segurando um enorme bisturi. *Eles vão me abrir. Eles vão abrir meu coração. Kyle!*

– Mia?

Quê? Eu abro os olhos. Kyle está olhando para mim. Estou arfando, e minhas axilas estão encharcadas de suor.

– Ei, tá tudo bem? – pergunta ele com uma gentileza que me acalma. – Acho que você estava tendo um pesadelo.

Eu me seguro em seu braço e me levanto, ainda sem saber onde estou. O que sei é que estou feliz em vê-lo, embora seus olhos tenham perdido um pouco do brilho. Ele tem um ar melancólico.

– Sim, está tudo bem. – Não sei por que digo isso quando está tão longe de ser a verdade. – Eu…

Olho pela janela. Estamos em um tipo de praça, em alguma cidade com casas baixas. De um lado há um edifício com três bandeiras, do outro, uma igreja de pedra com ninhos de cegonhas no campanário. Tudo bem, estamos no planeta Terra, mais especificamente na Espanha, isso está claro.

– Chegamos faz algum tempo – ele explica –, mas você estava dormindo tão pesado que não quis te acordar.

Aos poucos tudo volta à minha memória, e me lembro de por que estou tão dominada pela tristeza. Como ele pode estar tão feliz em pensar que vou conhecer minha mãe? Não consigo entender. Ele me prometeu que *não* queria se livrar de mim. E o que foi aquilo que ele falou dos policiais? Acho que dentro de mim ainda tinha um fio de esperança de que ao menos ele me entendesse, me apoiasse para fugir dessa cirurgia horrível, mas não. Ele é igual a todo mundo.

– É bem ali – diz ele, apontando para uma casa de aparência modesta. – Plaza Mayor, número cinquenta e quatro.

É uma casa geminada, pintada de branco, com azulejos verdes cafonas em volta. Tudo nela parece estranho para mim, deslocado, como se gritasse *aqui não é o seu lugar, nenhum lugar é seu lugar.* Por que nada nunca é como eu achei que seria? Por que não me sinto como achei que iria me sentir? Uma vida inteira esperando por este momento, e, agora que ele chegou, não consigo sentir a menor alegria. Eu me viro para Kyle e o pego me observando em silêncio, os olhos cheios de empatia e tristeza.

– Tentei estacionar na praça – comenta –, mas não achei lugar. Faz meia hora que estamos aqui, e nenhum carro saiu.

Eu nem tinha percebido que a praça estava lotada de carros e pessoas por todos os lados. Deve haver algum tipo de festival, porque há bandeirinhas penduradas nos telhados e nos postes de luz, e as sacadas estão enfeitadas com guirlandas. De olhos fixos no volante, Kyle parece desconfortável.

– Se você achar melhor – ele começa –, posso esperar por você aqui. Imagino que prefira fazer isso sozinha. Eu entendo, e...

Mas o que ele diz não combina com seu tom de voz. É quando ouço o que eu quero ouvir; ele está me dizendo que não quer que eu vá sozinha.

– Você pode vir comigo? – pergunto.

Um sorriso enorme encobre a melancolia em seus olhos. Ele assente.

– A gente pode estacionar em uma dessas ruazinhas – comenta, ligando o carro. – Dei uma volta mais cedo e encontrei algumas vagas.

Damos a volta na praça, em um silêncio carregado de tantas coisas não ditas que é quase ensurdecedor. Quando viramos na primeira rua, encontramos uma vaga. Uma freira está manobrando uma van verde neon. Kyle para a alguns metros de distância, e, enquanto esperamos que ela saia, o silêncio se torna ainda maior, palpável, prestes a explodir. Quando ele estaciona na vaga e puxa o freio de mão, sinto como se alguém estivesse me rasgando por dentro, como se aquele freio de mão fosse um indício do fim, de ele e eu, do que temos, como se tudo fosse uma doce ilusão prestes a acabar. Ele olha para mim. Eu também olho para ele – como poderia não olhar? Como vou deixar de olhar quando ele for embora? Quando *eu* for embora?

– Bom... acho que nossa jornada acaba aqui – declara, com um sorriso que não esconde sua angústia.

Tento encontrar as palavras certas, algo que deixe claro quanto ele significa para mim, sem revelar quanto ele *de fato* significa para mim. É confuso demais, e estou meio zonza dos comprimidos que tomei, então tudo que consigo fazer é assentir.

– Acho que você e sua mãe vão ter muito o que conversar, e... – Ele acaricia o volante, e sinto aquela carícia deslizando por todo o meu corpo. – Caso eu não tenha outra chance de dizer isso, queria te agradecer, Mia. – Seu olhar é tão intenso que derrete o gelo dentro de mim. – Por esta viagem, por me permitir compartilhar esses dias com você, por se abrir comigo, e...

Não, eu não quero ouvir isso. Não posso.

– Pare, Kyle, por favor.

Cubro a boca dele com minha mão. Se ele não parar, vou acabar chorando em seus braços.

Ele afasta minha mão com um calor que me enfraquece.

– Não, Mia, eu preciso falar. Preciso que você saiba que salvou minha vida. – Ele me olha ainda mais intensamente agora, o rio Tennessee brotando em seus olhos. – E não estou falando só daquele dia na cachoeira.

Não, não, estou começando a me desfazer. Não posso ouvir essas coisas; só torna tudo mais difícil, muito mais difícil. Elas me fazem *ter dúvidas.*

– Por favor, pare de falar. – Mordo meu lábio com tanta força que ele começa a sangrar.

Sem dar chance para que ele responda, seguro a maçaneta e abro a porta com um esforço sobre-humano. É a coisa mais difícil que já fiz na vida. Escalar o Everest seria uma brincadeira de criança se comparado ao que acabei de fazer. Todo o meu corpo está gritando para eu ficar, para jogar meus braços em volta do pescoço dele, beijá-lo, ficar ao seu lado para sempre, mas não posso fazer isso com Kyle. Meu para sempre é breve demais; meu para sempre fere como uma faca quente. Eu o amo demais para dizer quanto. Meu Deus. Será que falei isso em voz alta?

Quando desço do carro, sou atingida pelo brilho do sol, e minha mente fica confusa. Enxugo as lágrimas dos olhos, tentando afastar uma fúria que me é estranha. Kyle aparece ao meu lado, e com ele o chão ressurge sob meus pés. Caminhamos lado a lado por um momento que dura para sempre; por um momento que acaba cedo demais. Eu olho para o céu e imploro a todas as estrelas, escondidas pela luz do dia, que venham em meu auxílio, para fazer um milagre, para interromper esta dor lancinante dentro de mim. Mas não funciona.

E, quando chegamos à porta, a porta que passei minha vida inteira imaginando, uma porta na qual já não sei se quero bater, paramos. Olho para a campainha, mas não consigo tocar. Não quero fazer isso. Não sei mais o que eu quero.

– Posso? – pergunta Kyle, colocando o dedo na campainha.

Estou dividida, mas acabo por assentir. Kyle, muito lentamente, pressiona o botão branco, como se também não quisesse que esse momento acabasse. Um *ding-dong* estridente faz minha alma recuar. Eu olho para Kyle, com mil perguntas não feitas. Ele balança a cabeça como se fosse capaz de ler além do meu olhar, me dizendo que está tudo bem. Mas não está tudo bem; nada está bem. Passos se aproximam rapidamente, e meu coração salta com eles. Uma chave gira na fechadura. Sem conseguir me controlar, eu seguro a mão dele. Preciso sentir seu toque. Ele responde com uma pressão que me tranquiliza, que me faz sentir em casa. A porta se abre. É ela – tem que ser ela. Temos o mesmo rosto, mesmos cabelos e mesma altura, mas em uma versão mais velha, ainda que o avental xadrez e a pantufa de lã não façam lá meu estilo. Kyle olha para mim, seus olhos rindo de excitação.

– *¿Sí?* – pergunta a mulher, um pouco surpresa.

Abro a boca, mas não sei por onde começar. Me deu branco.

– María Astilleros? – Kyle me resgata.

– *La misma* – responde ela. – *¿Quién me busca?*

– Desculpe incomodar – acrescenta Kyle. – Você fala inglês?

– Estou um pouco enferrujada. Não pratico desde que fui para os Estados Unidos fazer intercâmbio.

– Eu... – deixo escapar. – Estou procurando alguém e... – Fico toda atrapalhada de novo.

Kyle entra na conversa.

– Por acaso você esteve no Alabama na primavera de 2007?

Direto demais. Eu dou um puxão na mão dele.

– Alabama? – diz ela, franzindo a testa. – Não, era uma faculdade ao norte do estado de Nova York.

Não sei por quê, mas de repente sou tomada por um alívio tão grande que consigo falar de novo.

– Sinto muito pelo incômodo – digo, dando um passo para trás. Agora é a vez de Kyle puxar minha mão, olhando para mim como se dissesse *qual é o seu problema?*.

– Tem certeza? – pergunta para a mulher. – Por acaso você não teve uma filha enquanto estava lá?

Enfio as unhas com força na palma das mãos dele. A mulher desata a rir. Graças a Deus.

– Não, me desculpe, eu não posso ter filhos. Mas adoraria. Por que todas essas perguntas? – Algo atrás de nós chama sua atenção. – Que estranho – diz ela. – O que está acontecendo ali?

Kyle e eu nos viramos. Quatro policiais estão saindo de dois carros. Um deles tem algum tipo de dispositivo GPS na mão. Eles apontam em nossa direção. *Oh-oh.*

– Ai, merda – diz Kyle, e eu não poderia concordar mais. Ele se vira para mim. – Como eles te encontraram? – Ele se volta para a mulher. – Por favor, você precisa ajudar a gente. Eu imploro.

A pobre mulher franze a testa, perplexa.

– Não fizemos nada de errado, juro – explica Kyle. – Só estamos procurando a mãe biológica dela.

Os policiais estão se aproximando.

– É verdade… eu também juro. Por favor, nos ajude. Se me encontrarem, vão me pegar e me mandar de volta para o Alabama. Mas não posso voltar, não até encontrar minha mãe. Por favor, *por favor*.

A mulher nos encara como se tentasse processar tudo o que dissemos. Então ela olha para os policiais que se aproximam e abre mais a porta.

– Entrem. Rápido. Há uma porta nos fundos.

Corremos para dentro e fechamos a porta ao entrar.

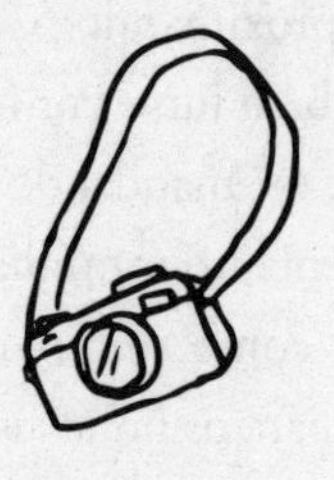

KYLE

Corremos de mãos dadas até chegar ao fim de um longo corredor ladeado de portas. Mia começa a ficar para trás. Eu me viro. Ela está pálida, quase azul, e não consegue respirar direito.

– Mia! – grito, transparecendo mais pânico do que eu gostaria.

Seus olhos são puro pavor. Coloco um braço embaixo de seus joelhos e o outro ao redor de sua cintura e a ergo em meus braços. Ela não demonstra resistência, só se agarra ao meu pescoço e me abraça apertado, como se quisesse me ajudar na fuga.

– Me desculpe – murmura, o rosto no meu ombro.

– Vou tirar você daqui, Mia – declaro, a raiva alimentando minha determinação –, eu prometo.

Assim que atravesso a porta em arco que leva ao pátio, a campainha toca, fazendo os cabelos da minha nuca se arrepiarem. Olhamos um para o outro com olhos suplicantes. O pátio tem um poço no centro, além de dezenas de vasos de flores e bugigangas espalhados. Não vejo a porta dos fundos em lugar nenhum.

– É uma armadilha – diz Mia em um gemido. – Kyle, essa mulher vai entregar a gente.

– Não, Mia. Ela só quer ajudar, tenho certeza.

Eu me pergunto pelo que Mia já passou em sua vida para pensar dessa maneira. Ouvimos a porta da frente abrir do outro lado do corredor e palavras trocadas em espanhol. Procuro freneticamente a porta dos fundos enquanto ouvimos a voz nervosa de María. Então ouvimos os passos que vêm pelo corredor, em nossa direção.

– Ali! – Mia grita. – Bem ali!

Ela está apontando para um canto do pátio onde há uma geladeira velha. Corro até lá. Bingo. Atrás da geladeira há uma porta coberta de poeira e teias de aranha. A chave está na fechadura. Em um movimento sincronizado, como se tivéssemos ensaiado, dobro um pouco os joelhos e Mia gira a chave e a tira da fechadura. Como é de esperar, as dobradiças travaram com o tempo e a porta não se abre.

– *¡Dentéganse!* – alguém grita atrás de nós.

Eu não me viro. Mia o faz, apavorada. Ainda que meus joelhos estejam me matando, dou um passo para trás e dou uma bica na porta. Ela abre.

– Corra, Kyle, corra! – Os braços esguios de Mia seguram meu pescoço com tanta força que mal consigo respirar.

Saio correndo e sinto a polícia ofegante atrás de nós. Fecho a porta e me apoio contra ela, o corpo de Mia colado ao meu. Eles tentam forçar a porta. Faço o possível para mantê-la fechada enquanto Mia, esticando o braço, enfia a chave e volta a trancar a porta. Quando ela se endireita, nossos olhos se encontram, numa troca de olhares tão urgente que me deixa tonto. Um poderoso chute do outro lado da porta faz as dobradiças sacudirem, e o corpo delicado de Mia treme de medo.

– Está tudo bem – asseguro, com a voz mais serena que consigo fazer –, vamos para a van e cair fora daqui.

Ela balança a cabeça, mas seu rosto me diz que não está tão certa disso.

Eu tento me orientar. A van está estacionada na rua, a alguns metros à nossa esquerda, mas, se a polícia voltar e sair pela porta da frente, vamos dar de cara com eles, então…

– Ali! – Mia grita, apontando para uma via paralela no final da rua.

Os neurônios dela estão claramente agindo muito mais rápido do que os meus. Praticamente sem olhar, atravesso a rua com Mia nos braços. Um idiota dirigindo um carro chamativo que ele não merecia ter buzina com agressividade para mim. Eu o ignoro e sigo direto para a rua paralela, curta e estreita. Ouvimos o estrondo da porta quando os policiais a arrombam, depois alguns gritos e barulho de passos rápidos. Mia não para de tremer.

– Esses caras andam assistindo a muitos filmes policiais.

– Kyle, olha!

Ao chegarmos ao final da rua paralela, um carro da polícia emerge da rua perpendicular. Eu congelo. As vozes e os passos atrás de nós estão cada vez mais próximos. Eu me viro e pondero nossas opções.

– Aqui, Kyle, aqui.

Mais uma vez, Mia é mais rápida do que eu. Ela aponta para uma cerca de ferro que leva ao pequeno pátio de um prédio religioso. Corro para o pátio e vejo de relance a placa que diz CONVENTO DE LAS CARMELITAS DESCALZAS. O corpo de Mia fica tenso ao ver uma estátua da Virgem Maria, escurecida por anos de umidade. Subo os três degraus que levam à entrada do prédio e empurro a porta com o ombro.

Entramos numa velha igreja. Pequenos feixes de luz filtram-se através dos longos vitrais. Tem cheiro de cera, poeira e madeira envelhecida. Fico arrepiado quando ouço a porta ranger atrás de nós. Coloco Mia em um banco e examino o lugar. Há bancos de madeira, um órgão de tubos, a imagem de Jesus Cristo em uma cruz e uma dúzia de outras estátuas olhando para nós em um silêncio sinistro. Vejo uma porta atrás do altar, mas não é isso que estou procurando, não agora.

– Kyle, não podemos perder tempo. Vamos. O que você está fazendo?

– Uma barreira – respondo. – Precisamos diminuir o ritmo deles.

Não precisamos falar mais nada. Ela assente, entendendo meu plano e o colocando em ação. Ao lado da entrada há uma velha mesa de madeira bem sólida, de pernas grossas entalhadas e superfície maciça, que denunciam quanto é pesada. Meu joelho está quase cedendo, mas mesmo assim empurro a mesa com todas as minhas forças. Parece que estou empurrando um bloco sólido de concreto. Ouvimos vozes gritando do lado de fora. Eu inclino meu peso contra a mesa, mas ela não se move um centímetro. Uma dor lancinante atravessa meu joelho.

– Kyle!

O pânico na voz de Mia desperta em mim um tipo de força sobre-humana. E, como se estivesse recebendo uma ajuda dos meus amigos da Marvel e da DC, dou um último empurrão, com ainda mais força do que meus músculos são capazes. *A porta está começando a se abrir!*

– Ahhh! – grito, empurrando com fúria.

A mesa começa a se mover.

– Kyle, depressa!

Faço a mesa deslizar uma fração de segundo antes de eles conseguirem entrar.

– *¡Policía!* – eles gritam, sem gentileza alguma. – Abram a porta!

Mia se levanta e olha para mim. Ainda sem fôlego, pergunto:

– Como cargas-d'água eles encontraram você?

Ela balança a cabeça, tentando pensar. Então arregala os olhos, como se de repente se desse conta de algo embaraçoso. A polícia está empurrando e batendo na porta, mas a mesa parece pregada no chão.

– Meu chip! – ela se dá conta. – Eles devem ter me rastreado quando troquei para o chip americano. – Ela dá um tapa na testa. – Como pude ser tão burra?

– Não se culpe – digo. – Sherlock também não sabia lidar com tecnologias mais modernas.

Com um sorriso nervoso, ela pega o celular como se fosse uma granada sem pino e retira o chip.

– Vamos. – Pego a mão dela e a arrasto até o altar. – Temos que encontrar um jeito de sair daqui.

Caminhamos pelo corredor, e Mia joga com raiva o chip em uma caixa onde se lê DONACIONES.

– Tentem me encontrar agora, se vocês são tão bons assim! – provoca.

As batidas frenéticas e os gritos do lado de fora da porta de entrada apagam o sorriso do meu rosto.

– *¡Abrán la puerta!* – gritam eles. – *Están detenidos.*

Quando chegamos à porta atrás do altar, eu me inclino para pegar Mia no colo de novo, mas ela gesticula para eu me afastar.

– Está tudo bem, sério – promete ela. – Eu consigo andar.

Seus olhos abatidos não me convencem, então a pego no colo mesmo assim.

– Você pode andar quanto quiser assim que essa confusão acabar. – Ela se esquiva. Eu olho para ela bem nos olhos. – Se você passar mal de novo, é o fim. Quer mesmo que mandem você de volta para a porra do Alabama?

A ameaça funciona. Além de parar de resistir, ela me ajuda a abrir a porta dos fundos. Os gritos da polícia ficam mais altos. Entramos no que parece ser uma sacristia – um corredor estreito com vestiários de ambos os lados e vestimentas sacerdotais. Corro em direção à saída no outro extremo, que leva a um longo corredor com muitas portas, todas iguais. Uma delas está aberta. Mia bate no meu braço. Olho para dentro: uma cama estreita, um baú e um único banco preto de madeira.

– Entra aí – diz ela em pânico. – Temos que nos esconder.

Não obedeço, acelero o passo e continuo andando.

– Se aqueles dois policiais foram capazes de colocar abaixo uma porta, pode ter certeza de que vão vasculhar cada canto deste lugar.

Ela olha para mim sem dizer uma palavra, mas seus olhos estão gritando *socorro*. Tentando evitar que meus olhos façam o mesmo, acrescento:

– Temos que chegar na van antes que esses RoboCops de araque alcancem *a gente.*

À direita no corredor há uma porta dupla de madeira. Mia respira fundo, mas o ar parece pesar em seus pulmões. A impotência e o medo de perdê-la me atingem com força. Eu a coloco no chão com todo o cuidado que posso, e damos as mãos.

Quando abro a porta, o cheiro de biscoitos recém-assados invade nossas narinas. É uma cozinha. Há freiras tirando bandejas de biscoitos do forno, outras colocando-os em pacotes, algumas trabalham na massa em um dos cantos, e mais um grupo lava os pratos em uma enorme pia de pedra. Todas congelam quando entramos, mas seus rostos são tão impassíveis que me dão calafrios. Mia aperta minha mão. Há mais duas portas na outra extremidade. Uma delas tem que levar para a rua.

– Oi – diz Mia naquela voz angelical que ela sabe fazer tão bem. – Estamos meio perdidos. Tem outro jeito de sair daqui?

Ouvimos as sirenes da polícia do outro lado da cozinha. Merda, eles já devem ter dado a volta. Com os olhos, Mia implora para que eu faça alguma coisa, para que eu não a abandone.

– Por favor, irmãs, eu imploro – digo com o ar inocente de quem não matou o melhor amigo –, vocês precisam nos ajudar. Não fizemos nada de errado. – *Ao menos ela não fez.* – E...

– Nós nos amamos. – Mia assume, injetando algum drama. – E fugimos porque nossos pais eram contra, e agora chamaram a polícia e...

Ao ver a expressão confusa das senhoras, Mia percebe que elas não entenderam uma única palavra, então se cala. Ouvimos uma porta se abrindo em outra sala. Homens falando espanhol. Mia começa a respirar com dificuldade, a mão ficando úmida na minha. Nós nos viramos, prontos para voltar.

– *No*. – É a voz firme e inflexível de uma velha. – *Se han equivocado de puerta, la tienda está al otro lado.*

Nós nos viramos. Uma freira idosa e de óculos de lentes grossas está falando conosco do outro lado da cozinha. As outras freiras a fitam como se ela tivesse acabado de desligar o programa favorito delas na televisão.

– *Vengan conmigo. Les acompañaré a la salida* – diz ela. E então, em inglês alto e claro, ela acrescenta: – Venham por aqui, rápido.

MIA

Esse raio de esperança é um alívio para o meu coração enfermo. Seguimos a freira por uma das portas no lado oposto da cozinha, e Kyle segura minha mão com força, como se estivesse com medo de me perder, como se eu pudesse desaparecer de repente no ar. Entramos em uma despensa cheia de caixas de biscoitos dispostas em prateleiras de madeira. Seria um verdadeiro paraíso para mim, não fosse a dor que sinto e que aumenta a cada passo, como um soco que tenta me derrubar deste mundo antes que meu tempo acabe. Estou com medo. Acho que nunca fiquei tão assustada em toda a minha vida. Não posso morrer aqui, não assim, não ainda.

Com os olhos brilhando de preocupação, Kyle se vira para mim, como se sentisse minha condição. Ele não diz nada; nem precisaria. Ele simplesmente me ergue em seus braços, e, mesmo contra a minha vontade, meus olhos se enchem de lágrimas. A freira se vira e nos olha através de seus grossos óculos marrons. Por um instante ela me observa, atenta, comovida, como se tentasse juntar informações que não se encaixam. As vozes e os passos bruscos da polícia estão mais próximos da porta por onde acabamos de passar.

– Vamos, vamos – sussurra a freira, indicando uma porta no final do corredor. – Por aqui.

Kyle a segue por uma porta, que ela fecha e tranca atrás de si; então descemos um corredor estreito e saímos para um pátio rodeado por arcos de pedra. Os passos de Kyle quebram o silêncio assustador do lugar. Cada pedra, cada coluna parece revelar segredos que não consigo discernir. O coração de Kyle bate contra o meu, agitado, acelerado, mas ao mesmo tempo melancólico, ou assim me parece. Apoio meu peso em seu ombro conforme ele avança, e estranhamente me sinto em casa, uma casa que desconhece paredes ou limites.

A freira passa por um dos arcos. Kyle a segue até uma pequena capela sem porta. Dentro há apenas oito bancos, um altar simples e um confessionário. A mistura de cheiro de umidade com incenso me dá calafrios. Enterro meu nariz no pescoço de Kyle. A mulher caminha até o altar.

– O que estamos fazendo aqui? – pergunta Kyle, meio desconfiado. – Eles vão nos encontrar.

A mulher responde sem se virar:

– Tenha fé nos passos que o guiam, meu filho.

Kyle olha para mim com a testa franzida, mas a segue até o outro lado do altar. No chão, sob um tapete vermelho gasto, há um alçapão. A partir daí, tudo acontece muito rápido. Kyle me coloca no chão, abre o alçapão e, seguindo a freira, me ajuda a descer os degraus íngremes que parecem não ter fim. Quando eles acabam, volto para os braços de Kyle, e abrimos caminho por uma rede de corredores subterrâneos. A freira anda ao nosso lado e ilumina o caminho com o celular. Parece um lugar antigo e secreto. Cheira a terra e umidade, testemunho de anos que parecem não ter se passado.

Kyle olha para mim de vez em quando, como se quisesse ter certeza de que estou bem, de que não estou indo embora. A freira faz o mesmo e, ao que tudo indica, está rezando baixinho. A dor em meu peito está diminuindo, e a freira parece exausta, está com a pele corada e brilhando de suor. Por fim, vemos uma porta no final da passagem. Ao nos aproximarmos, ouvimos a voz severa de um homem recitando palavras desprovidas de emoção. É parecido com os sermões do padre na igreja de St. Jerome. A freira para diante da porta.

– Como você está, minha querida? – pergunta, respirando com dificuldade.

Kyle me olha como se sua vida dependesse da minha resposta. Assinto, desejando com todas as minhas forças poder me tornar invisível.

– Você vai conseguir andar? – pergunta. – Se não, vão acabar chamando a atenção.

– Ah, claro – digo, gesticulando para Kyle me colocar no chão. Mas ele não parece querer. – Só estava recuperando o fôlego – insisto. – Estou bem agora.

Eles trocam um olhar de não-acredito-em-você. Então, Kyle me coloca no chão e agarra minha mão com tanta força que parece querer desafiar a própria morte.

– Vou sair primeiro – diz a freira. – Caso a polícia esteja por aí.

Concordo, e nós a observamos abrir a porta devagar. Ela respira fundo, faz o sinal da cruz e sai. Kyle dá um suspiro, parecendo exausto. Conto um, dois, três… até sete, então ela volta.

– O caminho está livre – diz ela. – Que o Senhor esteja convosco.

– Muito obrigado – diz Kyle.

– Temos uma dívida eterna com a senhora – acrescento.

– Não, querida, obrigada a *vocês* por me permitirem ajudar. – E, voltando seu olhar firme para Kyle, ela acrescenta: – Deus está em tudo que você faz, sejam quais forem os erros que você cometa ou tenha cometido no passado.

Kyle parece se esquecer de respirar. A mulher nos agracia com um sorriso final e desaparece pela porta. Estou prestes a sair, mas Kyle me impede.

– Tem certeza de que está tudo bem? – pergunta. – Se quiser, podemos descansar aqui até escurecer e…

– Não posso ficar aqui nem mais um segundo – respondo, puxando a mão dele para cruzar a porta que, escondida atrás de um confessionário, nos leva a uma igreja repleta de pessoas vestindo suas melhores roupas de domingo.

– *Podéis ir en paz* – conclui o padre em um tom ao mesmo tempo triste e solene.

A missa deve ter acabado. O público se levanta e se dirige para a saída. Nós nos misturamos à multidão até passarmos pela porta dupla de madeira e alcançarmos a rua. Voltamos para a praça, bem em frente à casa da mulher que pensei que seria minha mãe. Um carro de polícia está estacionado em frente à porta da igreja, com um policial com cara de poucos amigos encostado na porta do veículo falando em um rádio.

– Ai, meu Deus, você viu?

Kyle me arrasta até um grupo de adolescentes que conversam e riem enquanto caminham. Passamos pela polícia do outro lado do grupo, de mãos dadas.

Ao passar pelo oficial, recito todas as orações que conheço, todas as orações em que consigo pensar. Estamos tão perto que posso ouvir cada palavra dele. Apertamos ainda mais as mãos; nem respiramos. Um dos adolescentes ri alto. O policial olha em nossa direção. *Ele vai nos ver!* Mas, neste exato instante, um bando de pombos levanta voo, e ele momentaneamente se distrai. Continuamos andando, olhando sempre para a frente. Eu ouço as vozes de outros policiais pelo rádio. Aos poucos nos afastamos cada vez mais, e só quando chegamos à rua em que nossa van está estacionada é que me atrevo a olhar para trás.

– Nós os despistamos – sussurro.

Sem interromper a caminhada, Kyle concorda, atento a cada movimento. Quando chegamos à van, ele olha em todas as direções e abre a porta lateral. Entro e me sento a meio caminho entre os bancos dianteiros e traseiros, para poder observar tudo sem ser vista. Ele senta no banco do motorista, liga o motor e olha pelo espelho retrovisor, onde nossos olhares se encontram. Ele se assusta, mas não afasta o olhar. Sinto que está tentando avaliar o fundo do meu ser, buscando respostas para perguntas que não fez. Sinto medo de que *faça* essas perguntas, e rezo para que não. Não tenho mais mães na minha lista, e não há mais motivos para ficarmos juntos. Ou talvez haja *muitos* motivos, motivos *demais.* Eu nunca deveria ter pedido a ele que viesse comigo nesta viagem.

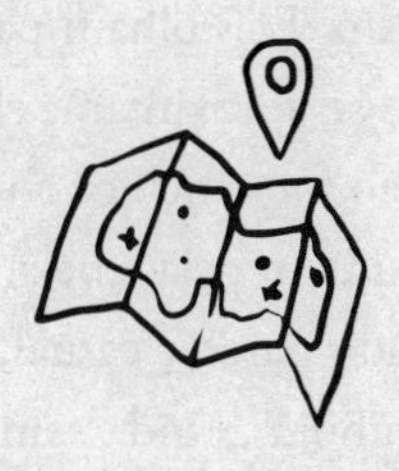

KYLE

Ligo o motor assim que entramos na van. Mia se esconde na parte de trás. Nem me preocupo com o caminho do GPS – tudo o que mais queremos é dar o fora deste lugar. Desço uma rua, depois outra e mais outra, até chegarmos à periferia da cidade. Eu freio em um sinal de pare. É uma estrada larga com campos dos dois lados.

– Ei – digo –, tudo bem aí atrás?

– Claro – responde ela, colocando a cabeça entre os assentos. – Está tudo bem.

Não sei por que ela insiste em mentir pra mim quando posso perceber a um quilômetro de distância que não está nada bem. Ela parece tão fraca que é assustador. As olheiras roxas sob seus olhos e o tom azulado de sua pele não mentem. Ela também está com dificuldades para respirar, mas acho que deve ter se acostumado a fingir que não.

Ela apoia a mão no meu encosto, pronta para sentar no banco do passageiro, quando vejo uma van azul vindo à minha esquerda. *É a polícia!*

– Mia, se abaixe!

Ela se joga no chão. Engulo em seco quando a van se aproxima, já prestes a virar à esquerda. Tudo desacelera como uma cena se movendo quadro a quadro. Eles olham para mim, e eu olho para trás, nervoso. Assim que se aproximam, eles param. Merda. Ficar com cara de assustado não foi a melhor coisa.

– Tudo certo? – perguntam pela janela.

Faço que sim, tentando parecer casual. Eles me dão um aceno mal-humorado e vão embora. Ainda sem ousar respirar, piso no acelerador e viro lentamente à direita. Eu dirijo em total silêncio por algumas centenas de metros.

– A barra tá limpa? – sussurra Mia, impaciente.

Depois de verificar cada espelho uma dúzia de vezes e ter mil por cento de certeza de que eles sumiram, eu respondo:

– A barra tá limpa.

Mia se senta, com os olhos grudados em mim. Por um instante, nos olhamos com uma gravidade que não é nem um pouco a nossa cara. Então Mia limpa a garganta e declara, solene:

– Bom, acho que agora vamos ter que acrescentar uma cláusula no seu contrato que inclua esse tipo de... circunstâncias, não acha?

A tensão em meu rosto de repente se dissolve, e eu começo a rir descontroladamente. Mia sorri com uma sobrancelha levantada, então começa a rir também. Logo estamos os dois gargalhando. É um riso nervoso, mas libertador, um riso cheio de lágrimas reprimidas. Não quero me separar dela, não quero que ela morra e não quero viver com esse medo constante e incógnito de que algo ruim está prestes a acontecer com ela. À medida que nosso riso se aquieta, a tristeza vai tomando seu lugar, uma tristeza opressora. Mais uma vez o ar entre nós parece pesado. Mia olha pela janela, escondendo o rosto.

– Dirige pra longe – pede –, bem longe daqui.

Fico em silêncio. O que poderia dizer? Quero parar, tomá-la em meus braços e dizer que vai ficar tudo bem. Essa tristeza é do tipo que esgota, que drena suas forças até que você caia abatido... e conheço muito bem essa sensação. Então, quando vejo uma placa que diz HOTEL RURAL LOS TEJOS com saída à esquerda, viro sem pensar duas vezes.

– Ei, o que você está fazendo? – pergunta, com um tom de apreensão na voz.

– Estou exausto, Mia – respondo, forçando uma bufada para soar mais convincente. – Não estou acostumado com esse tipo de coisa. – E me certifico de que a palavra *coisa* soe como algo horrível.

Mia balança a cabeça e, ainda olhando pela janela, responde, seca:

– Nunca participe de um concurso de mentiras. Você é péssimo nisso.

Ao menos ela não está protestando. Sigo a placa e entramos em uma estreita estrada de terra ladeada por árvores. Os campos estão cheios de papoulas, flores brancas e amarelas e alguns rebanhos de cabras. Eu poderia passar dias desenhando este lugar. Mais do que isso, eu poderia passar dias desenhando o rosto de Mia exatamente como está agora. É o rosto iluminado de uma garota cujos sonhos mais lindos estão virando realidade bem diante de seus olhos.

Ela se encolhe ainda mais em seu assento, como se este lugar, este momento, até mesmo esta vida, fossem demais para ela, como se de alguma forma não pudesse mais viver isso. Não sei por quê, mas tenho a estranha sensação de que ela está escondendo algo de mim, e isso me queima por dentro, me consome e, acima de tudo, me irrita.

Não demoramos muito para chegar ao hotel. O lugar é de tirar o fôlego, todo em pedra e madeira, parece ter saído da Idade Média. A recepção fica em um salão com lareira, tão espaçoso que abriga dois bancos para as pessoas se sentarem e se aquecerem. Meu pai ia pirar com isso. Mia parece fascinada, como se estivesse em um sonho que não vai acabar.

– *Buenas tardes* – diz a recepcionista, caminhando até o balcão.

– Oi – respondo. – Você tem um quarto livre para esta noite?

– Com certeza – diz ela, digitando algo no computador. – Prefere uma suíte ou um quarto duplo padrão?

Uma suíte, grito por dentro. Mas olho para Mia e espero que ela responda por nós dois. Ela não o faz. Está tão distraída que parece não ouvir.

– Na verdade... – digo, contrariado –, vamos querer dois quartos individuais, por favor.

Entrego o cartão de crédito do meu pai, e o vazio que sinto na boca do estômago começa a crescer, e o pior é que não sei o motivo. Já visitamos todas as mães da lista dela, e agora não temos alternativa a não ser voltar para casa no Alabama. Então por que ela não está falando disso? Por que não está falando da cirurgia, ou da viagem, ou do que vai acontecer amanhã? Se não estivesse escondendo algo de mim, estaria falando sem parar.

MIA

É o quarto mais lindo que já vi na vida, e é todo meu. Mas sinto uma pontada no estômago ao pensar que poderia estar com Kyle agora, em uma suíte, ainda por cima. Sinto um calor estranho, mas emocionante, percorrendo meu corpo. Eu devia ter uma conversa com aquelas freiras do convento; tenho certeza de que mereço virar santa por ter resistido à tentação. Não foi nada fácil fingir que não estava ouvindo a conversa dele no balcão do hotel, especialmente porque meu corpo todo queimava só de pensar em passar uma noite com ele. Certo, vou ter que procurar em minha mente algo mais saudável em que me concentrar. E, como pensar na minha mãe não é mais uma opção, vou me concentrar neste quarto.

A cama é enorme, e há uma varanda com vista para o rio. Dou uma olhada no banheiro. *Meu Deus,* ele tem uma daquelas banheiras com jatos d'água. Demoro um pouco para descobrir como fechar o ralo e, assim que o faço, deixo a água quente correr. Eu me sinto como Julia Roberts em *Uma linda mulher,* tirando a profissão. Meu corpo implora para que eu me deite, me sinto mal, como se estivesse flutuando, como se não estivesse completamente dentro

do meu corpo. Um calafrio de medo me domina – não quero morrer ainda. Fecho um pouco a torneira, para que a água corra mais devagar. Daqui a uma hora vamos jantar, e quero descansar um pouco antes do banho.

De volta ao quarto, tiro o frasco de comprimidos da mochila. *Só tenho mais dois!* Ok, preciso me acalmar. Tomo os comprimidos e me jogo na cama macia. Está quente aqui, mas todo o meu corpo está tremendo. Eu me cubro com a colcha de seda. Meu medo é tão grande, é tão opressivo, que sinto vontade de chorar como uma garotinha. Mas eu me recuso. Pego meu celular e percorro minha galeria, à procura de fotos de Kyle. Em uma delas, seus olhos cinzentos estão olhando na minha direção e ele sorri para mim, segurando meu sorvete colorido. Sim, é para *mim* que ele está sorrindo. *Sou eu* quem o faz sorrir. Mas uma voz perversa dentro mim se manifesta, dizendo: *sim, mas não por muito tempo,* e é como se uma bolha estourasse. Meu corpo está muito lento para se levantar da cama, minha alma, muito pesada para continuar lutando. Eu deveria desligar a água, mas meus olhos estão pesados, não consigo mantê-los abertos e não consigo me levantar. *Socorro.*

KYLE

O quarto não é ruim. O único ponto negativo é o fato de Mia *não* estar aqui comigo. Deixo minha mochila cair no chão e desmorono na cama. Combinamos de nos encontrar em uma hora. Como vou aguentar a espera? Ela não parecia nada bem. Se algo acontecer com ela... Não, nada pode acontecer com ela, seria muito *injusto*. O céu azul é filtrado pela janela que se abre para a varanda. As copas dos choupos balançam ao vento como se gesticulassem para mim, como se quisessem me dizer algo. Ainda estou com raiva de Deus, mas me pego pedindo a ele, implorando, *implorando* para que ele não a deixe morrer.

Pego meu celular e abro o fotoblog de Mia, percorro as fotos, me demorando nas poucas em que ela aparece. De repente, me deparo com uma selfie dela e de Noah. A culpa começa a derramar sua lava escaldante em meu coração. Noah parece tão feliz. Não via o rosto dele desde aquele dia miserável.

– Me desculpe, cara. – Minha voz está falhando.

Ele continua sorrindo, como se dissesse que sim, que me perdoa e me entende.

– Sinto tanta saudade sua, cara. Saudade... de conversar, de nos divertirmos como antes. – Os rios de lava quase bloqueiam minha visão da tela. – Cara, eu não sei o que fazer com a Mia. Eu não quero que ela morra. Eu a amo, saca? Nunca me senti assim antes. Eu daria minha vida para salvar a dela e trazer você de volta.

Um pássaro de asas azuis pousa no parapeito da minha varanda. Eu não me mexo. Ele olha para mim, emite algumas notas bonitas e sai voando. Eu sigo sua trajetória de voo e observo o céu. Parece mais brilhante por algum motivo. Não sou do tipo de pessoa que procura por sinais, mas agradeço a quem quer que esteja me ouvindo, depois olho para a foto de Noah.

– Não sei se você pode fazer alguma coisa aí de cima, mas cuide dela, tá?

MIA

Abro os olhos devagar, um de cada vez, minhas pálpebras parecem pesadas persianas emperradas. Assim que sinto a maciez da colcha, agradeço por ainda estar respirando. Eu me sinto melhor, mais presente, ainda que um pouco sonolenta. Olho pela janela aberta e, quando começo a admirar o céu escuro salpicado de estrelas, me dou conta… *Ai, caramba, dormi demais!* Pego meu celular e uso o wi-fi do hotel para ver que horas são. Vejo que tenho ligações não atendidas no Telegram e ao menos vinte mensagens, todas de Kyle. Abro a última. É uma selfie dele no restaurante, quando ainda era dia. A legenda diz: *Esperando por você aqui embaixo, no restaurante.* Ai, caramba.

Eu me levanto o mais rápido que posso e, quando saio pela porta, me lembro da banheira. Temendo o pior, corro para o banheiro. A banheira está cheia, mas a torneira está fechada. *Ufa*, deve ter algum tipo de sensor.

Pego minha mochila e corro para baixo.

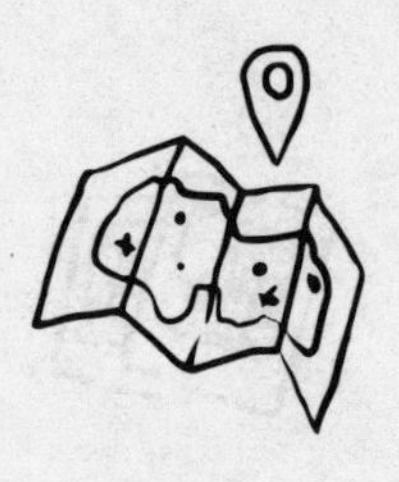

KYLE

Roí todas as unhas até o talo – das duas mãos –, coisa que nunca fiz antes. Depois de bater na porta dela, ligar via Telegram e deixar sei lá quantas mensagens, finalmente consegui entrar em seu quarto. Ela dormia pesado. Sua respiração era tão leve que tive que tocá-la para ter certeza de que estava bem. Não resisti a me sentar um pouco ao lado dela, mas não por muito tempo. Se ela acordasse e me pegasse olhando para ela assim, seria muito estranho, não sei dizer qual seria sua reação.

Mas isso foi duas horas atrás, duas horas que passei quebrando a cabeça, pensando em todos os "e se" possíveis. E se ela não estiver dormindo, mas inconsciente? E se ela morrer porque eu não a levei ao médico? E se ela nunca mais acordar? E se ela morrer durante a cirurgia? E se ela não sentir nada por mim? O jogo do "e se" é contagioso, disso eu tenho certeza.

Durante a última hora, fiz alguns desenhos. Quer dizer, desenhos *dela*, já que não consigo pensar em nenhuma outra coisa. Já faz algum tempo que o restaurante fechou, mas eles me disseram que posso ficar aqui pelo tempo que quiser. Ele fica em meio às árvores, às margens de um rio. Estou terminando o esboço quando ouço alguém se aproximar. É ela – tem que ser ela. Quando Mia surge entre as árvores, com seu vestido curto e jaqueta amarela, quase choro de alívio. Meu Deus, tenho chorado por tudo. E, por mais que não goste, agradeço a quem quer que esteja lá em cima por me ajudar. Sinto a presença de Noah, como se ele estivesse olhando para nós, nos agraciando com seu sorriso. Fico arrepiado.

– Desculpe – diz ela enquanto se aproxima –, de verdade. Eu dormi demais e...

– Eu sei.

Ela para por um instante e depois volta a andar, mas bem mais devagar, com um olhar questionador no rosto.

– Eu vi você – digo.

– Você andou fazendo uma viagem astral?

– Teria sido bem mais fácil, vou pensar nisso da próxima vez. Mas, falando sério, você não atendeu minhas ligações, fiquei preocupado, então pedi uma chave na recepção e basicamente salvei você de se afogar.

Ela arregala os olhos. Chega até a ficar vermelha.

– Bom... – diz, parecendo desapontada. – Eu esperava algo mais extravagante, vindo de um artista. Não sei, algo como escalar a varanda, enviar um drone ou qualquer coisa do tipo. Mas obrigada mesmo assim.

Ela consegue me fazer sorrir.

– Você está com fome? – pergunto, tirando a tampa do prato de peixe com fritas que guardei para ela.

– Não, mas obrigada.

Merda, ela não está se sentindo bem. Mesmo assim, senta e pega uma batata frita.

– Olha – digo por fim –, em relação à viagem de amanhã. Acho que, antes de irmos para o aeroporto, seria bom parar numa delegacia para explicar tudo.

– Aeroporto? – pergunta ela, colocando a batata de volta no prato. – Nem pensar. Eu ainda *não posso* ir embora. Preciso continuar procurando.

– Pelo quê? Já visitamos todas as mulheres da sua lista.

– Sim, mas talvez eu tenha cometido algum erro com as idades, ou...

A frustração domina cada um dos meus neurônios, fazendo com que minhas palavras soem mais duras do que eu gostaria.

– Você não pode estar falando sério!

– Só preciso de mais uns dias.

– Não, Mia, você tem que voltar. Você precisa fazer a porra da cirurgia. Isso não é brincadeira.

– Eu sei... mas não posso desistir agora. Estamos tão perto. Eu posso sentir.

Estou ficando desesperado.

– Você não pode continuar colocando sua vida em risco para procurar uma mulher que talvez nem queira ser encontrada. Você já fez tudo o que estava ao seu alcance, Mia.

Seu queixo começa a tremer. Minhas palavras a magoaram.

– Me desculpa, mas...

– Não, não... – diz ela, me interrompendo. – Você está certo, eu acho. Na verdade... – Ela balança a cabeça, olhando para baixo. Quando olha para cima, seus olhos estão iluminados com uma estranha mistura de raiva e desamparo. – Só quero que ela me olhe nos olhos e me diga por que não quis ficar comigo, como conseguiu me abandonar e esquecer que eu existia.

– Talvez ela tenha feito isso porque era o melhor pra você – digo, quase sem pensar. – Talvez ela tenha pensado que você ficaria melhor com outra pessoa. Quem liga?

– Eu ligo, Kyle! – Há muita dor em seu olhar. – Você não entende.

– Não, Mia, *você* não entende! Há muitas pessoas por aí que não foram feitas para serem pais, sabia? E não vale a pena morrer pela "necessidade de saber", não vale a pena destruir nossas vidas indo embora antes do tempo, porra.

Ela olha para mim, visivelmente perturbada, lutando para responder:

– Eu só preciso… de mais alguns dias.

Eu me levanto, me sentindo impotente, chateado e tão exasperado que deixo escapar:

– Talvez, se você parasse de ficar obcecada por encontrar uma mulher que não fez nada além de parir você, poderia dar atenção para as pessoas *ao seu redor* que de fato te amam. – Merda, eu não queria que saísse assim. Mas ao menos ela não vai poder continuar fingindo que não sabe. Ela fica quieta. – Preciso esfriar a cabeça – digo, e saio em direção ao rio.

MIA

Tento processar as palavras de Kyle. Enquanto isso, ele tira a camisa e mergulha na água. Foi o pedaço de realidade que eu não queria ouvir, nem enxergar, nem admitir que existe. Ele disse que me ama? Foi isso que ele quis dizer? *Vai sonhando, Mia*, diz aquela voz maliciosa na minha cabeça, vomitando seu veneno mais uma vez.

Eu o observo por um momento. Ele mergulha, sobe à superfície para respirar e então volta a mergulhar. A mochila dele está na cadeira, e o caderno de desenho, em cima da mesa. Eu me viro para o rio, depois volto a olhar para o caderno de desenho. Eu o pego e abro em uma página marcada com um lápis.

O desenho é de uma beleza tal que faz meus olhos marejarem. É um retrato exato daquele dia no teto da van. Ele está me segurando, as estrelas cadentes e o céu acima são as únicas testemunhas do nosso… nosso *o quê*? O que é isso que temos? Há uma legenda escrita a lápis. *Se você chorar porque o sol se pôs em sua vida, as lágrimas o impedirão de ver as estrelas. – Tagore.*

Leio mais três vezes. Cada palavra me atinge, fazendo minha mente queimar. Eu me viro para o rio, procurando a única estrela em todo o meu céu. Ele está na margem oposta, de costas para mim, imóvel. Tudo em mim, cada átomo, cada partícula, cada sentido, implora para me juntar a ele. Tiro os sapatos e decido ir até ele. Atravesso a ponte de madeira sem conseguir desviar os olhos nem por um instante. Ele se vira para olhar para a nossa mesa e, quando não me vê ali, começa a olhar em volta, nervoso. Assim que me vê, parece relaxar e espera por mim, seu olhar me seguindo com firmeza enquanto ando ao longo do rio. Meu corpo todo está tremendo quando o alcanço. Quero falar com ele, explicar como me sinto, dizer quanto seu desenho e suas palavras me comoveram, mas não posso. Eu me sento à beira do rio e mergulho os pés na água.

– Que fria. – É tudo que consigo dizer.

Kyle se levanta na minha frente. Seus olhos me enchem de perguntas, como um rio caudaloso.

– Posso estar errada – digo –, mas preciso ir até o fim, Kyle. Por favor, eu imploro, me dê mais três dias.

Ele me olha impassível. Eu finjo coçar um lugar entre meus ombros e, cruzando os dedos, opto por uma mentira desprezível.

– Se em três dias eu não encontrar minha mãe, volto para casa e faço a cirurgia. Eu prometo.

Mentir para ele me deixa enjoada.

– Três dias, Mia, e nem um dia a mais.

– Kyle… – Meus lábios parecem ter dito o nome dele sem me consultar.

Ele me olha com expectativa, suas enormes pupilas espelhando a lua inteira. Luto para me conter, para me impedir de fazer o que estou prestes a fazer, de dizer o que estou prestes a dizer. Mas sei que é uma batalha perdida.

– No seu céu… – digo – tem muitas estrelas?

Ele é pego desprevenido. As emoções embaralhadas brilham em seus olhos.

– Bem – diz ele, se aproximando de mim –, no meu céu, tem uma estrela que brilha muito mais do que todas as outras.

Olho para ele, que retribui meu olhar. Todo o firmamento nos envolve em seu manto noturno.

– Se alguma coisa der errado... – começo.

Ele coloca o dedo nos meus lábios, mas eu o afasto o mais gentilmente que posso. Preciso dizer. Quero que ele saiba.

– Se alguma coisa der errado, Kyle, espero você em Vênus.

Ele aperta os olhos, o queixo visivelmente lutando contra o tremor que o domina. Ele me abraça pela cintura. Eu enlaço minhas pernas em torno dele. Olhando no fundo dos meus olhos, ele se aproxima. Como um ímã, aproximo minha boca da dele. Ela parece ter sede da minha. Nossas bocas se encontram, e por um instante não nos movemos, apenas saboreamos o toque suave e ardente. Nosso desejo aumenta como um maremoto, surgindo e varrendo tudo à sua frente. Meu corpo está tremendo com um desejo que nunca senti antes. Ele abre os lábios e os desliza ao longo dos meus. Eu me derreto nas águas do rio. Ele me beija, eu o beijo de volta, e nós caímos em um longo beijo que dura para sempre.

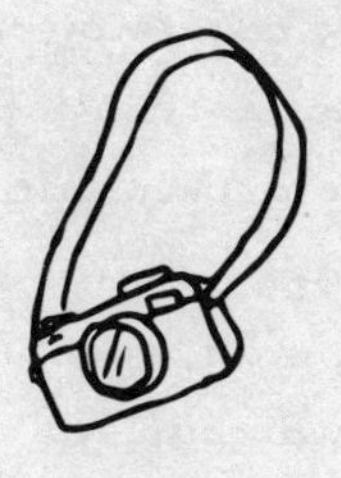

MIA

3 de abril

Muito, muito cedo, pela manhã

Não consigo dormir, mãe, então decidi escrever algumas linhas depressa, ainda que, para ser sincera, não tenha certeza de que quero fazer isso. Por um segundo, fiquei dividida entre escrever pra você e descer até a recepção e jogar todos os meus diários na lareira. Ainda não sei o que me impediu. Acho que é porque hoje é um daqueles dias em que preciso de uma mãe em quem confiar, a quem pedir conselhos, alguém que possa me ouvir, me compreender e dizer que está tudo bem. E, ainda que você provavelmente seja fruto da minha imaginação, me sinto melhor acreditando que você é mais do que isso.

Eu não devia ter beijado o Kyle. Mãe, no fim das contas, a personagem de *Uma linda mulher* era uma santa quando comparada comigo. Como pude fazer isso com a melhor pessoa a pisar neste mundo?

Depois de nos beijarmos por mais de uma hora, ele viu que eu estava ficando com frio e insistiu em me acompanhar até o quarto. Ele queria entrar, é claro. E eu queria que ele entrasse. Ah, mãe, queria demais. Nunca quis tanto alguma coisa na vida, mas estava fora de questão. Toda essa situação está se tornando perigosa demais. Ele me faz duvidar, me faz desejar coisas que não devia, que não foram feitas pra mim. Eu me peguei até sentindo medo – está vendo o que aconteceu? Estou começando a ter medo da morte. Não de morrer, na verdade, mas de ficar longe de Kyle, de ele ser tirado de mim. Mas agora já é tarde. Essa decisão foi tomada há muito tempo. Não quero continuar.

Eu sou uma idiota, uma verdadeira idiota, mas sabe do que mais? Nada disso estaria acontecendo se você não tivesse ido embora. Se você tivesse vindo me procurar, se eu significasse algo para você, poderia ter permitido que outra pessoa significasse algo pra mim também.

Fecho meu diário com tanta força que ele derrapa pelo chão. Então deixo meu corpo frágil cair na cama e ainda posso sentir a presença de Kyle em mim – sua pele, seu cheiro, seu toque, tudo. E passo o resto da noite com saudades dele, sem sono, derramando lágrimas que secaram anos atrás.

KYLE

Passei a primeira metade da noite me revirando na cama, e a segunda me esgueirando para a noite estrelada e desenhando Mia sem parar. Senti falta dela, muita falta. Antes do amanhecer, e depois de algumas voltas na piscina, mandei uma mensagem para meus pais, prestes a contar tudo sobre Mia, sobre sua doença e tudo mais, mas não contei. Às vezes sinto que, se não falar com alguém e descarregar a confusão dentro de mim, vou explodir.

Consegui uma mesa perto do rio assim que abriram o bufê do café da manhã. Mia desceu um pouco depois, embora eu não saiba dizer se esta é ela ou um clone que a substituiu. *Essa* Mia está me evitando e se comportando como se a noite passada nunca tivesse acontecido, como se não houvesse o menor vestígio de nossos beijos em sua memória. Enquanto isso, lá estava eu morrendo de vontade de beijá-la de novo. Quando ela desceu, se limitou a me cumprimentar com um aceno, como se eu fosse um colega; ela nem mesmo olhou para mim. Desde então está sentada lá, procurando novas candidatas a mãe no celular.

– Enfim – diz ela, alheia a tudo ao seu redor. – Ampliei um pouco a faixa etária, o que me dá mais cinco possíveis candidatas. – Se ela olhasse para mim agora, perceberia que não estou nem aí para sua busca desesperada. – Se nos apressarmos, isto é… – acrescenta, imersa no mundo mágico de Mia.

– Café? – pergunta uma garçonete, segurando um bule.

Mia olha para cima, e, ao fazê-lo, nossos olhos se encontram, obviamente por acidente, porque na mesma hora ela desvia o olhar e volta sua atenção para a garçonete. Eu continuo a olhar para ela com firmeza. Isso está me dando nos nervos.

– Sim, por favor – responde, e foca o olhar no crachá da garçonete. Acho que tudo isso faz parte da estratégia de ignorar-Kyle-a-todo-custo. Assim que a garçonete termina de servir o café, Mia diz, cheia de frescuras: – Muito obrigada, María.

– Victoria – corrige a mulher, enquanto se vira para me servir uma xícara.

Mia olha para ela, uma sobrancelha ligeiramente erguida, o lábio virado para baixo em um dos cantos, a expressão que ela sempre faz quando se irrita por não entender alguma coisa. Eu adoro.

– Meu nome é Victoria – diz a garçonete. – Na Espanha temos dois nomes, mas normalmente usamos só um.

– Oh, me desculpe. Nesse caso, muito obrigada, Victoria.

Victoria. Claro, como não pensei nisso antes? Enquanto a mulher se afasta, eu me entrego a uma linha de raciocínio e ouço as palavras de Mia muito longe.

– Como eu ia dizendo, acho que podemos visitar todas antes de quarta-feira.

Meu cérebro, alheio à sua Missão Mãe Impossível, finalmente termina de processar a nova informação.

– E se os "e se" tivessem um propósito, no fim das contas? – pergunto, falando meio para mim mesmo.

Mia finalmente olha para mim, mas parece chateada, como se eu tivesse falado alguma besteira. *Tá bom*. Tiro uma caneta da mochila e escrevo o nome da garçonete em um guardanapo de papel: *María Victoria Ruiz Suárez*. Mostro para ela. Mia olha para o guardanapo, mas, ao que tudo indica, seus neurônios perderam um pouco de vigor esta manhã.

– Que tal... – diz ela com certa impaciência – você falar a mesma língua que eu?

– Tudo bem, agora sabemos que algumas pessoas na Espanha costumam ter dois nomes, certo?

Mia concorda.

– E, pelo que li, os espanhóis têm dois sobrenomes... então como você acha que o nome dela estaria escrito em um documento oficial americano?

Mia dá de ombros, mas seus olhos arregalados me dizem que despertei seu interesse.

– Olha só – digo, e riscando *Victoria e Ruiz*, leio: – *María Suárez*. Mia, e se você estiver procurando a pessoa errada esse tempo todo?

Finalmente Mia está de volta, a *minha* Mia, aquela que olha para mim com os olhos cheios da mais pura esperança infantil. Ela pergunta:

– Você acha?

– Deixa eu dar uma olhada na sua certidão de nascimento.

Ela a tira apressadamente da bolsa, desdobra em cima da mesa e cruza os braços sobre a mochila, como se quisesse protegê-la do mundo exterior. O certificado diz *María A. Astilleros*.

– *A* – digo, minha cabeça balançando sozinha.

– Mas existem centenas de nomes que começam com *A*. Pode levar anos.

– E se? – digo, escrevendo *María Amelia______ Astilleros*.

Ela fica em silêncio, tomada por uma emoção que parece assustá-la, e encolhe-se na cadeira.

– Você acha mesmo...? – pergunta, a voz baixinha.

Faço que sim com a cabeça. Pode ser que, no fim das contas, a mãe a quisesse. Pode ser que tenha dado o nome dela, e o hospital a nomeou Mia depois. Vai saber? Ela morde o lábio, as lágrimas ameaçando vir à tona, e se volta para o celular. Não posso deixar de observá-la. Ela é de uma beleza estonteante. As olheiras se amenizam, e a pele recupera um pouco daquele brilho que me lembra poeira estelar. E mesmo agora, quando faz de tudo para não chorar, ela já parece estar bem melhor.

– Tudo bem – diz ela, as palavras saindo rápido. – Encontrei oito Amelias com Astilleros como segundo sobrenome na Espanha. Mas três dias vai ser pouco tempo. Tenho que planejar com perfeição, e rápido. Temos que ir. Anda, precisamos tomar café da manhã. Não, calma, *você* come, e eu vou procurar qual dessas oito mulheres está mais perto.

As palavras dela parecem entaladas na garganta, então eu me levanto e vou em direção ao bufê.

– Quer alguma coisa?

– Não – diz, com os olhos grudados no celular. – Tudo bem, pode escolher.

O bufê tem três mesas com toalhas brancas. Eu caminho diretamente para aquela com pãezinhos e muffins. Enquanto espero que um homem e uma mulher – um casal de verdade, ao que tudo indica – peguem algumas fatias de pão, noto um daqueles estandes com folhetos turísticos. Um deles me chama atenção. É um folheto anunciando uma excursão a uma caverna com uma estátua da Virgem Maria. *Não pode ser.* É a Virgem no pingente de Mia. Pego um folheto e três pãezinhos e corro de volta para a nossa mesa.

– Olha, é idêntico ao do seu colar.

Mia pega o folheto e o estuda com muito menos interesse do que eu esperava.

– Onde você conseguiu esse pingente? – pergunto, apontando para seu pescoço fino.

Minha pergunta parece chateá-la. Ela o pega entre os dedos e com ar melancólico diz:

– Eu estava usando quando cheguei no St. Jerome. Acho que minha mãe o colocou em mim. Passei anos tentando descobrir o que significava, tentando entender por que ela queria que eu o usasse, por que deixou isso pra mim. Inventei várias histórias, acreditei que era alguma pista, um sinal que ela deixou para que eu a encontrasse, mas... – Ela deixa o colar deslizar como quem deixa um sonho escapar por entre os dedos, depois dá de ombros. – Acho que cresci desde então, pelo menos um pouco.

– Nossa Senhora de Covadonga – digo, lendo o folheto.

– Sim, li tudo o que tinha para ler sobre isso na internet. Fica no norte da Espanha, uma região chamada Astúrias. Como você pode imaginar, foi o primeiro lugar que verifiquei, mas não tinha nenhuma mulher com o nome dela lá. – De repente o rosto dela se ilumina. – Se bem que... agora talvez... Oh, Kyle, você é o melhor!

Mia faz uma busca rápida no celular. Seu sorriso aquece meu coração.

– Ai, meu Deus, Kyle. Olha, aqui está uma, *María Amelia Nieto Astilleros*. Tem que ser ela. – Ela se levanta tão rápido que a mesa chacoalha. – Vamos.

Dou risada e faço um gesto para que ela volte a sentar.

– Ei, seu motorista precisa de alguns carboidratos. Só um segundo, pode ser?

Ela senta, mas não para de olhar para mim. De repente, a ideia de devorar um pãozinho na frente de Mia, que mal consegue piscar, não parece muito divertida.

– Você venceu – digo, abaixando o pão. – Vou comer isso na estrada.

Quem se importa em perder o café da manhã quando ganha um sorriso?

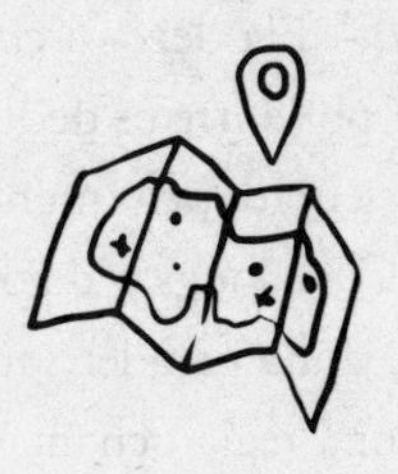

KYLE

No fim das contas, ela não comeu nada – o pão está intacto em seu colo. Assim que entramos na van, ela reclina o assento. Escreve em seu diário por um tempo, depois olha pela janela, olha muito além do que posso ver a olho nu. Mia não disse uma palavra, nem tirou fotos. Eu daria tudo para saber o que se passa em sua cabeça, para que ela compartilhasse comigo pelo menos uma fração de seu mundo angustiante.

Mia respira fundo e, espreguiçando-se em seu assento, estende a mão para pegar algo na parte de trás. É um cobertor vermelho. De acordo com o termômetro da van, faz vinte e sete graus, e ainda assim ela está se encolhendo toda. Não adianta perguntar como está se sentindo ou qual é o problema, porque sei que a resposta vai ser uma mentira.

– Ei… – começo, ainda sem saber o que devo dizer.

Quando ela se vira para mim e vejo seu olhar indisposto atrás de pálpebras que parecem pesar uma tonelada, as palavras saem sozinhas.

– Ainda faltam cinco horas para chegarmos a Astúrias. Por que você não dorme um pouco? – Sua única resposta é um leve movimento de cabeça para os lados. – Se eu vir algo muito interessante, acordo você. Prometo.

Ela me lança um olhar firme, sem uma palavra e sem o menor movimento, nem mesmo uma piscada. Não sei dizer se está pensando, se está me estudando ou está recolhida em seu próprio mundo.

– Tem certeza de que não quer deitar lá atrás?

Ela não diz nada, só olha para minha mão direita e coloca sua mão por cima, se inclina para trás e fecha os olhos. O mero toque de sua pele me deixa à vontade, como um bálsamo curando um milhão de feridas. Deslizo com cuidado meus dedos entre os dela. Ela permite, e até aperta um pouco minha mão, como se dissesse que sim, que ainda está aqui, que vai voltar, que talvez eu só tenha que esperar um pouco. Embora tenha ficado apavorado por dirigir com só uma mão no volante, não posso soltar a mão de Mia, mesmo se eu estivesse frente a frente com as forças do submundo. Então dirijo assim por horas, abrigando sua fragilidade em minha mão, sentindo que ela está confiando a mim uma parte de si que poderia quebrar ao menor toque. Quase posso ouvi-la dizer: *não me decepcione, não me deixe cair.* Nunca, Mia.

O que parece estar caindo é a temperatura. Acabamos de passar por um longo túnel, e, saindo dele, uma placa verde nos dá as boas-vindas à província de Astúrias. A paisagem não poderia ser mais arrebatadora – montanhas enormes cobertas de vegetação e neve no topo, lagos e um céu cheio de nuvens densas em todos os tons de cinza. Mia precisa ver isso; vai ficar boquiaberta. Além do mais, eu prometi. Tiro o pé do acelerador e me viro para ela. Ainda está dormindo, na mesma posição em que estava às nove horas da manhã, ou seja, cerca de quatro horas atrás.

– Mia... – sussurro.

Ela não parece ouvir.

– Ei – digo, apertando a mão dela de leve.

Nenhuma resposta. Merda. Dou um puxão nela. Nada. Um pouco mais forte. Zero.

– Mia – chamo, erguendo a voz. – Mia, o que foi?!

Eu piso no freio e paro o carro à beira da estrada. Então me lanço sobre ela.

– Mia – imploro, em pânico. – Mia, fale comigo!

Mas ela não fala. Seguro seu rosto entre as minhas mãos, aperto, falo com ela, mas não há sinal de reação. Ela está parada, muito quieta, quieta demais.

Deus, não. Rezando em voz alta, piso fundo no acelerador para levá-la a algum lugar onde possam cuidar dela.

KYLE

Eu devia ter obrigado Mia a consultar um médico. Devia ter contado tudo para meus pais. Eu devia... Nem sei que porra eu deveria ter feito, mas algo diferente, algo melhor, algo de *bom.* Merda, merda, merda – este tem sido meu maldito mantra nas três horas em que permaneci nesta sala de espera sem paredes. Peguei meu celular algumas duas dúzias de vezes, pronto para ligar para meus pais, mas não consegui. Prometi a ela que não faria isso. Tudo o que me dizem é "ainda não temos notícias", "não falo inglês" ou "o médico vai vir falar com você assim que tiver notícias".

A tensão está me corroendo, me consumindo, me fazendo arrancar os cabelos. Ninguém percebe meu estado? Ninguém vai me ajudar a acabar com esta merda? Parece que não, então escolho a postura ofensiva e vou até o posto de enfermagem.

– Que caralho vocês estão fazendo com ela? – sibilo.

– *Por favor, señor, siéntese* – diz uma das enfermeiras pela enésima vez.

Deus, alguém deve ser capaz de me dizer alguma coisa. Eu me viro para um homem na casa dos cinquenta, vestindo um jaleco branco e com ar presunçoso caminhando pelo corredor.

– Com licença. Você fala inglês?

Ele balança a cabeça sem parar, até parece acelerar um pouco as passadas. Por que cargas-d'água está de jaleco branco se não se importa em ajudar as pessoas? Idiota. Volto para o meu lugar, e a mochila de Mia fica presa no encosto e cai no chão. Quase desato a chorar, como se, ao deixar a mochila cair, eu tivesse deixado Mia cair, como se a decepcionasse. Este jogo de espera é mais do que posso suportar. Pego a mochila e, pelo zíper entreaberto, vejo um envelope de tamanho médio. Por pura inquietação pego o envelope e abro, apenas para fazer alguma coisa, para focar minha atenção em algo além do meu medo de que ela esteja sofrendo, solitária, e que eu possa perdê-la. Encontro as passagens de avião e o passaporte dela. Olho para o documento só para ler o nome dela, mesmo não sendo o verdadeiro. Mas então noto algo que me fere mais do que uma faca afiada. A minha passagem é de ida e volta. A dela, não. Ela só tem a passagem de ida. Mas que porra isso quer dizer?

– Kyle?

Eu olho para cima, assustado. É uma médica de jaleco branco e um estetoscópio pendurado no pescoço.

– Sua amiga, Miriam, me pediu para falar com você.

Eu me levanto num pulo, meu coração em frenesi.

– Ela está bem? – gaguejo.

– Está estável por enquanto. Foi retirada da UTI. – A expressão da médica não é um bom presságio. – No entanto... – sinto medo do que virá a seguir –, o coração dela está muito fraco. Sei que, de acordo com a religião, não poderia ser submetida a uma cirurgia cardíaca. Ela já explicou que os Amish veem o coração como a "alma do corpo", mas é uma questão de vida ou morte. E, se não operar... ela vai morrer.

– Eu sei... – *Sei muito bem.* – Quanto tempo você acha que ela aguenta?

Ela balança a cabeça e me olha séria por um logo momento, como se soubesse que posso desmoronar, dependendo do que ela me disser.

– Um mês, uma semana, algumas horas… – O desespero é gritante dentro de mim. – Não sabemos dizer.

– Posso visitá-la? Por favor, eu preciso vê-la. Preciso tentar convencê-la.

– Sim, claro. – Ela verifica o relógio. – O horário de visitas começa em dois minutos. Vou levar você até o quarto dela.

Ela me conduz por uma série de longos corredores que parecem não ter fim, e minha mente vai sucumbindo à fúria. Tudo está fora do lugar, torto, brutalizado, como uma pintura cubista feita por um lunático.

MIA

Sei que não me resta muito tempo. Meu coração me avisa a cada batida, a cada vez que tento respirar e me sinto sufocada, fatigada. Esta manhã, sem minhas pílulas, não consegui nem conversar com Kyle. Eu me sentia à deriva, como se estivesse me desintegrando, sem conseguir entender o que saía da minha boca. Achei que, depois de dormir um pouco, conseguiria chegar à casa da minha mãe, mas me enganei. Sentir a mão dele na minha me deu forças para continuar, mas não o suficiente para me impedir de ser colocada em outra cama fria de hospital, tendo como única companhia as máquinas cujo bipe constante passei a odiar com todas as minhas forças.

Eu me sinto estranha, como se caminhasse entre duas paredes que se fecham e, por mais que me esforce, não encontro a saída. Pensar em morrer e nunca mais ver Kyle é insuportável, mas pensar em seguir em frente também é. Cada parte de mim é tomada pela angústia. Uma coisa é certa: tenho que sair deste quarto a todo custo. *Cadê o Kyle?* Perguntei para a médica, algum tempo atrás, se ela poderia falar com ele. Talvez ela não o tenha encontrado; talvez ele tenha se cansado de esperar ou esteja cansado dos meus problemas. E justamente quando o lado mais maligno da minha mente está prestes a me mandar para a terra do desespero, a porta se abre devagar. É o Kyle. Seu sorriso, embora um pouco forçado, ilumina toda a sala.

– Ei... – diz e, depois de fechar a porta, se joga ao meu lado como quem carrega um peso insuportável. – Como está se sentindo?

– Você precisa me ajudar, Kyle – imploro em um sussurro. – Você tem que me tirar daqui.

– Calma, calma – responde, pegando minha mão. – Está tudo bem.

– Não, não está. – *Ele não consegue ver?* – Se eu ficar aqui, eles vão me encontrar, vão descobrir quem eu sou, e...

Ele me interrompe como se não tivesse entendido ou se recusasse a entender o que estou dizendo.

– Está tudo bem, Mia. Eles sabem o que estão fazendo. Eu sei que as coisas não estão indo de acordo com o plano, mas você não pode continuar adiando. Eles disseram que podem fazer a cirurgia amanhã de manhã. E quanto à sua mãe...

– Não! – grito sem querer. – Por favor, Kyle, você não pode fazer isso comigo. Você prometeu. – O desespero está falando pelos meus lábios. – Prometo que volto e faço a cirurgia amanhã. Juro.

– Pare de mentir, Mia! – protesta, levantando-se de repente, o maxilar tremendo com tanta raiva que me pega de surpresa. Ele recua alguns passos, como se me achasse repulsiva. Isso é mais do que posso suportar. Ele balança a cabeça. – Quantas vezes você já mentiu pra mim?

Tudo está nadando diante dos meus olhos. Ele tira algo do bolso, dá dois passos em minha direção e joga na minha cama. É a minha passagem de avião. Eu me encolho, desejando que os lençóis pudessem me engolir.

– Você não tinha a *menor* intenção de fazer a cirurgia, né? O seu plano era encontrar sua mãe biológica e depois definhar como um...

Ele reprime o que ia dizer, então balança a cabeça e desvia o olhar. Deus, ele precisa olhar pra mim, por favor, ele precisa olhar pra mim. E olha, mas só para dizer:

– Eu te admirava por não ter medo da morte, mas a verdade é que você não passa de uma covarde.

– Não, Kyle.

– Não? Então me diga que não é verdade. Diga que você ia fazer a cirurgia.

Eu fico em silêncio.

– Droga, Mia. Você prefere morrer a correr o risco de continuar viva? Prefere mesmo deixar as pessoas que te amam na mão do que arriscar… Arriscar o quê? Permitir que alguém ame você? Ou *se permitir* amar alguém?

– Por favor, Kyle.

– Você não dá a mínima, pra mim ou qualquer outra pessoa. Só se importa consigo mesma.

– Pare!

– Você nem se importa com essa mãe por quem faz tudo o que pode e não pode. Só está procurando por ela porque… – Ele me lança um olhar desafiador. – Por que você *está* procurando por ela, Mia?

– Você não entende! – Eu grito.

– Então me explique. – Ele grita de volta, sua voz se sobrepondo à minha por puro desespero.

Mil respostas incoerentes surgem em minha mente. Não consigo pensar direito.

– Eu… eu não quero que abram meu coração.

– Por que *não*, Mia? – Ele me encara com um desprezo esmagador. – Tem medo de não ter nada lá *dentro?*

Suas palavras atingem as profundezas do meu ser. Ele vai em direção à porta. *Não, ele não pode ir embora agora.* Ele para e olha por cima do ombro. Seus olhos vidrados demonstram uma dor dilacerante. Minha alma dói. Estou além de toda a compreensão. Ele parece prestes a dizer alguma coisa, e rezo para que o faça, para que apague este momento e escreva um novo, mas não o faz. Ele inclina a cabeça para o lado, sai e fecha a porta.

Não, não, não, não. Não consigo parar de olhar para a porta, como se pudesse fazê-lo reaparecer num passe de mágica.

– Kyle… – digo, sabendo que ele não vai me ouvir. – Kyle, não é assim. Eu me importo com você, muito. Você abalou todo o meu mundo. É que eu preciso de tempo. Eu preciso ter certeza de que você não vai me deixar. Kyle, volte. Kyle, Kyle…

KYLE

Saio correndo do quarto com um único pensamento em mente: ir embora deste maldito hospital o mais rápido possível. Mas acabo apenas dando algumas voltas ao redor do prédio. Embora a raiva esteja me consumindo, Mia é minha estrela-guia, e, enquanto ela estiver viva, não poderei sair do lado dela. Merda. Chuto uma lata de refrigerante, e o líquido laranja pegajoso respinga em meus tênis. Ótimo.

Olho em volta e vejo um parquinho infantil, com balanços e brinquedos, e me aproximo para sentar em um banco vazio. Encaro o céu nublado com uma fúria que poderia desencadear uma tempestade. Por quê, Deus? Por quê? Por quê? Por quê? Estranhamente, percebo que minha raiva diminui a cada súplica, dando lugar à tristeza e, depois, a um sentimento nauseante de culpa. Acabei de gritar com a garota que amo, a garota que acabou de sair da UTI e pode partir a qualquer momento? Que *babaca*.

O toque do meu celular me puxa de volta da beira do precipício. Ele toca três vezes até que eu o alcance dentro da mochila. É Josh. Sua foto, de antes do acidente, aparece na tela. Um raio, seguido por seu temível amigo trovão, divide o céu em dois e me sacode como se estivessem passando por todas as células do meu corpo. Sem saber bem como nem por que, sinto como se estivesse caindo. Fisicamente ainda estou sentado no banco, mas o resto de mim é arremessado de volta para aquela noite, para aquele carro, para aquela provação.

Estou dirigindo. Josh está ao meu lado. Faz frio, e a estrada está molhada. Estamos nos aproximando daquela maldita curva. Estou tentando forçar o Kyle daquele dia a frear, mas não consigo controlar o corpo dele; tudo o que posso fazer é observar as coisas se desenrolarem do ponto de vista dele.

Josh, bêbado pra caramba, coloca o celular na frente do meu rosto. Ele ri.

– Não faz isso, cara – digo. – Eu tô dirigindo.

Tento afastar sua mão, mas ele insiste. A curva está a alguns metros de distância.

– Não, você tem que ver isso – diz Josh, e empurra o celular para mais perto, para me obrigar a ver o que ele quer me mostrar. *Mas não consigo ver a estrada.*

– Tira isso! – grito, afastando-o com todas as minhas forças. Ele ri de novo. Por fim consigo tirá-lo de cima de mim, mas vejo um velho atravessando a rua. *Vamos atropelar ele.* Viro o volante para a esquerda. Minha visão muda, e me pego olhando nos olhos de Noah. O carro dele está fazendo a curva, vindo da direção oposta.

– Nããão! – grito, pisando no freio. Mas a estrada está muito molhada, e os freios não funcionam. *Vamos bater, caralho!* Noah olha para mim, seu rosto contorcido em confusão e medo. Estico meu braço direito para proteger Josh, mas não posso evitar a colisão frontal com Noah, e não posso evitar que seus olhos, agora sangrando de terror, se fechem para sempre quando o metal retorcido se aloja em sua carne. Não posso impedir que a vida se esvaia de seu corpo. *Essa porra está fora de controle.* Eu grito, mas nem consigo me ouvir. Então tudo fica preto. Há barulhos, sirenes, gritos, choro, gente chamando, dor, vazio; um vazio enorme que me sufoca até o momento em que ressurjo naquela cama de hospital, a cama à qual literalmente me amarraram "para o meu próprio bem".

Como se estivesse caindo de uma grande altura, volto ao meu corpo e me vejo sentado no banco. Minhas bochechas estão molhadas, e não é só por causa da chuva que começou a cair. Olho para o celular e, como se outra pessoa estivesse movendo meus dedos, disco o número de Josh. Enquanto espero que ele atenda, sinto o cheiro de terra úmida, de ar fresco. Olho para o céu, e tudo parece um pouco mais claro, mais limpo, menos cruel, apesar de não ser.

– Ei, cara. – É o Josh.

Não consigo pronunciar uma única palavra.

– Kyle? Você tá aí?

Lentamente, consigo voltar a falar:

– Sim, estou aqui, Josh... – De novo, o silêncio procura me dominar, mas não permito e continuo falando: – Estou me lembrando...

Agora o silêncio vence, e minha mente se aquieta, pela primeira vez em muito tempo. Do outro lado, ouço uma voz desesperada.

– Me desculpe. – Josh choraminga. – Desculpe. Eu não tive coragem de te contar, cara. – Seus soluços me destroem. – Fui eu. A porra da culpa é minha. Eu tava bêbado pra caralho. Fui mostrar aquela maldita mensagem... Uma mensagem tão idiota, Kyle. Uma merda de uma piada que meu irmão contou. Dá pra acreditar? Noah morreu por causa de uma merda de uma piada. – Lágrimas amargas turvam minha visão. – Nunca vou me perdoar – diz Josh, com um ódio que lembra o meu. – Só quero sumir e acabar com essa porra de pesadelo. Eu mereço tudo o que aconteceu comigo. Eu sou um pedaço de merda, Kyle.

Respiro fundo, tentando recuperar a fala.

– Sabe de uma coisa? – Minha voz está falhando. – Noah não ia querer ver você assim, e – as palavras de Mia saem da minha boca; Mia, sempre a Mia – Deus não gostaria que você se punisse dessa maneira. Eu sei disso agora. Tenho certeza.

– Kyle – Josh sussurra. – Minha mãe está vindo. Eu tenho que desligar.

– Me liga, tá?

– Vou ligar.

Ele desliga. Guardo o celular e, quando inspiro o ar fresco, vejo uma garotinha olhando para mim. Ela tem um tubo em seu minúsculo nariz e está careca. Não deve ter mais do que três anos. Seus olhos brilhantes parecem estar rindo. Ela se ajoelha, colhe uma flor e me dá. Sorrio em meio às lágrimas e vejo Mia em seus olhinhos. A menina acena e sai correndo para brincar com as outras crianças. De outro banco, uma jovem olha para mim, deve ser a mãe dela. Trocamos sorrisos melancólicos. A imagem de Mia aparece diante de mim, em sua cama de hospital, implorando para que eu a tire de lá, e percebo que ela não é menos vulnerável do que essa garotinha.

No último mês, aprendi o significado do sofrimento, do desespero, da dor, mas ainda não consigo imaginar tudo o que Mia passou. E se ela for muito frágil, muito delicada, muito *boa* para este mundo? E se todo aquele papo sobre Vênus for verdade e, uma vez lá, ela finalmente seja feliz, quem sou eu para ficar em seu caminho? Por mais que isso acabe comigo, quem sou eu para exigir que fique? Merda, se eu tivesse herdado um gene mais egoísta...

Agora quero vê-la, quero aliviar sua dor, quero que ela saiba que não está sozinha. E, se for o que ela quiser de verdade, vou apoiá-la e tornar seus últimos dias tão inesquecíveis que nem a morte poderá apagá-los de sua memória. Eu me levanto, e, embora minha decisão pareça certa, todo o meu corpo treme quando ando, meu rosto ainda banhado pelos rios silenciosos dos meus olhos.

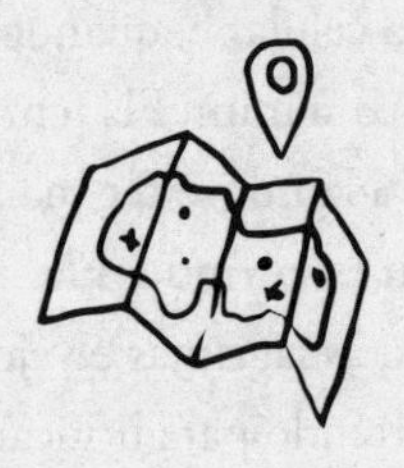

MIA

Por que ele ainda não voltou? Por que ele não liga para o meu quarto? Existe algo mais cruel do que ter que esperar desse jeito? Deitada na cama, esperando que ele volte, sem meu celular e sem poder falar com ele... é como se vivesse o pior dos pesadelos. Então decido: vou sair daqui e procurar por ele. Quando as enfermeiras terminam sua rotina habitual de tirar-sangue-dar-comprimidos-higienizar-e--repetir e eu finalmente fico sozinha, começo a remover o curativo que mantém o tubo intravenoso no meu braço. Antes que eu possa tirá-lo, há três batidas fortes na porta. *Kyle!* Tem que ser ele.

– Pode entrar! – grito, de olho na porta que se abre.

O cabelo ruivo e cacheado da médica que cuidou de mim na UTI é a primeira coisa que vejo; a segunda é o gráfico em sua mão. Eu me esforço para esconder minha decepção.

– Há algum problema com o soro? – Ela aponta para minha tentativa de fuga fracassada. – Se estiver incomodando, posso chamar uma enfermeira e...

– Não, obrigada – digo, um pouco mais seca do que pretendia. – Estava coçando, só isso.

– Meu turno termina em alguns minutos e… bem, só queria ter certeza de que você está bem.

– Estou bem, obrigada – respondo sem olhar para ela, meu tom claramente dizendo *queria que você fosse embora agora.*

Mas ela não parece me entender.

– Onde estão seus pais, Miriam? Aqui em Oviedo?

– Não. – *Você se importa mesmo?* – Eles voltaram para casa, na… Virgínia.

– Me desculpe, mas preciso da sua ajuda para compreender a situação – ela diz com indignação estampada no rosto. – Seus pais não querem que você faça uma cirurgia por motivos religiosos, mas permitem que você viaje nessas condições?

– Eu implorei pra eles – digo, tentando pensar em algo verossímil. – Não queria morrer antes de realizar meu sonho.

– Que é…?

– Ver o mundo.

– Entendo. – Mas é claro que não entende, nem um pouco. Ela olha para o meu prontuário e diz: – Tem algumas informações faltando no seu arquivo, como o número do seu passaporte, seu endereço…

– Sim, hã, na verdade minhas coisas não estão comigo. Mas posso trazer amanhã.

– Não, Miriam – diz, franzindo a testa, frustrada. – Você parece não entender a gravidade do seu estado. Precisa ficar aqui esta noite.

– Você não pode me forçar.

Ela está conseguindo me irritar.

– Não, por favor, fique calma. Ficar irritada não é nada bom pra você. Claro que ninguém está te obrigando a fazer nada, e entendo perfeitamente que sua religião não permite que você faça a operação. Mas… – Ela balança a cabeça, as linhas em sua testa se destacando. – Você ainda é muito nova, Miriam. Tem toda a sua vida pela frente. Que tipo de Deus ia querer que você morresse sem pelo menos tentar se curar?

Ela está se metendo onde não é chamada. Sinto cada vez mais raiva, tanta que fico com tontura, a boca franzida em irritação.

– E que tipo de Deus ia querer que eu ficasse num mundo onde todos, sem exceção, acabam sofrendo?

Por um momento, ela me olha com visível compaixão. Seus grandes olhos verdes irradiam algo bom, algo que não consigo definir, algo que, apesar da minha raiva, me atrai.

– Uau... – diz por fim. – São palavras muito duras para uma garota da sua idade. Mas entendo o que você quer dizer. Costumava pensar do mesmo jeito, anos atrás. – *Jura? Eu não acredito.* – Isto é, até que conheci um paciente em particular, um homem idoso, que mudou toda a minha visão da vida, e... – Ela aponta para a beirada da cama. – Posso?

Minha mente está gritando "não", mas minha cabeça concorda. Algo em mim precisa continuar ouvindo sua voz suave. Ela senta ao meu lado. Seu cheiro me encanta, é uma doce mistura de jasmim e violeta, como as flores que minha ex-mãe adotiva cultivava em seu jardim.

– Ele deu entrada em nosso hospital após sofrer um infarto – continua. – Foi o terceiro em um ano, e a gente não podia fazer mais nada para mantê-lo vivo. Ao menos era isso que pensávamos. Depois de alguns minutos, seu coração voltou a bater. Assim que se recuperou, ele me disse que tinha visto toda a sua vida passar diante de seus olhos, como um filme, e percebeu que todo o sofrimento que causou e suportou foi sem sentido e desnecessário. Tinha percebido que a *falta de amor* é a causa de todo sofrimento. "Aquele que ama nunca sofre", disse ele, "só sofre quem espera que os outros lhe deem o amor que não consegue sentir."

Suas palavras ressoam em mim, me fazendo lembrar de coisas que já sabia, mas que há muito tinha esquecido, verdades que definharam em um canto da minha alma e que, por algum motivo, são um bálsamo para mim agora. A gentil médica ajusta o curativo de volta em meu braço e, ao fazê-lo, ela percebe as palavras da cigana ainda rabiscadas.

– É isso – diz ela. – Tantos anos estudando medicina para entender que nenhuma cirurgia pode consertar um coração partido. Só o amor pode fazer isso, só o amor que damos, não aquele que esperamos receber.

Eu a observo em silêncio. Até um minuto atrás, eu daria tudo para ter essa conversa com minha mãe, para chorar em seus braços, pedir seus conselhos, para que ela me confortasse, me dissesse o que devo fazer; mas isso não vai acontecer, e estou começando a me importar cada vez menos. Essa médica, que eu nem conheço, está me oferecendo seu carinho porque quer, e isso me dá vontade de chorar, mas não de tristeza. Segurando as lágrimas, pergunto:

– Você tem filhos?

Minha pergunta a deixa desconfortável, mas ela tenta esconder e balança a cabeça.

– Bem, digamos que tivesse – continuo – e que sua filha precisasse ser operada. O que você diria a ela? Você a encorajaria a fazer a cirurgia?

– Claro. Eu diria para continuar lutando, sempre.

– Mesmo que abrir o coração seja em vão e a recuperação seja longa e dolorosa?

– Esta vida tem tanta beleza para oferecer, se a gente aprender a enxergar... Alguns dias de dor não são nada comparados à chance de ser feliz.

Sua voz ressoa dentro de mim como um doce eco ondulante. Ainda tenho dificuldade em acreditar nela, mas quem se importa? Parece a Terra Prometida para mim. Isso me faz pensar em Kyle e nos últimos dias que passei ao lado dele.

– Se eu decidir fazer... – Ouço minhas palavras como se outra pessoa as estivesse falando. – Promete que vai ser você a me operar?

Uma satisfação tranquila passa por seus lábios finos.

– Claro.

Ela ajeita uma mecha dos meus cabelos atrás da orelha, e seu toque quente me dá um leve arrepio, acompanhado de uma cócega prazerosa, algo novo para mim. Se eu a tivesse conhecido em qualquer outro dia, teria pedido para ela ficar, para conversar comigo, mas não posso, hoje não.

– Tente descansar um pouco, Miriam – diz ela, levantando-se. – Venho ver como você está às oito, quando meu turno começar, e vamos preparar tudo.

Enquanto ela caminha até a porta, me dou conta: eu acabei de concordar? Eu concordei mesmo em fazer a cirurgia? Ai, ai, ai. Nunca senti tanto medo em toda a minha vida. Começo a tremer, e aquela maldita máquina começa a apitar sem parar. Já chega. Eu me recuso a ceder ao pânico. A médica se vira e me lança um olhar questionador. Respiro fundo, e o bipe diminui. Ela balança a cabeça e anota algo no prontuário. Enquanto isso, olho para o céu lá fora. Está caindo a noite do que poderia ser meu último dia, e tudo que eu quero fazer é passá-la com Kyle. A busca pela minha "mãe" desmorona como um castelo de cartas, algo que foi fruto da minha imaginação e nunca existiu de fato. Agora entendo como tudo isso foi absurdo – tudo, toda a minha vida, foi totalmente sem sentido. Frustrada com um sol que nunca quis brilhar para mim, negligenciei todas as belas estrelas bem debaixo do meu nariz.

A médica está saindo de novo, mas se vira mais uma vez com ar melancólico.

– Boa noite, querida. Durma um pouco.

Ela sai, sem saber que me libertou de toda a miséria, confusão e loucuras de uma vida inteira, e, de repente, tudo em que consigo pensar é na estrela mais brilhante de todas: Kyle. Cadê ele?

Tiro o curativo, o soro e os eletrodos que me conectam à máquina e tento me levantar bem devagar. A menos que eu esteja enganada, minhas roupas ainda estão no armário.

KYLE

Após preparar uma pequena surpresa para Mia, entro no hospital e avisto quatro policiais na entrada, falando com um homem de jaleco branco. Ouço o nome de Mia. Sem fazer a menor ideia de como vou tirá-la deste lugar, entro no elevador e aperto o botão do sexto andar. A única coisa que sei é que preciso chegar até ela antes. Assim que a porta se fecha, vislumbro o homem de jaleco branco apontando para o elevador. Merda.

Tento bolar um plano enquanto subo. O quarto da Mia fica no final do corredor, longe dos elevadores, o que significa que não teremos tempo de chegar até eles sem sermos vistos. Vou ter que escondê-la, mas como? Onde? Droga, devia ter assistido a mais filmes de tentativas de resgate e outras porcarias do tipo. Quando o elevador para, eu deslizo porta afora. O que vejo me faz perder o equilíbrio. Mia está ali, sozinha e exausta, mancando pelo longo corredor. Ela sorri para mim, seus lábios estão trêmulos.

– Ei, ei, ei – digo, indo depressa para perto dela –, o que você está fazendo aqui?

– Estava procurando você. – Sua voz está tão fraca que mal consigo ouvi-la, e isso acaba comigo. – Kyle, eu...

– Xiiiu. – Passo um braço pela cintura dela para ajudá-la a se equilibrar e aponto para os elevadores. – Eles estão vindo pra cá.

Ela se vira, assustada; o barulho do motor do elevador nos avisa que ele está chegando ao andar. Olhamos em todas as direções, à procura de um lugar para nos escondermos, mas o corredor está repleto de quartos, e deve haver pacientes em todos eles. O elevador para. Mia me olha suplicante. Tudo bem, então não temos outra opção: abro a primeira porta à nossa direita, entro e a fecho, olhando em volta. Há uma senhora idosa em uma cama, ligada a várias máquinas. Ela parece estar dormindo. A outra cama está vazia. De um dos lados há uma janela que não abre e a porta do banheiro; do outro há uma cadeira de rodas. Mia olha para mim como se implorasse para que eu compartilhe meu plano com ela.

– Vi quatro policiais lá embaixo – sussurro –, e estavam falando de você. Não temos muito tempo, tá? Assim que chegarem no seu quarto, vamos correndo até o elevador.

Mia concorda com um sorriso malicioso.

– Sim, porque, como você bem sabe, correr é meu forte.

Certo, não sei onde eu estava com a cabeça. Passos e vozes se aproximam no corredor. Nós nos encaramos em silêncio, os olhos de Mia implorando por descanso, os meus implorando pela chance de vê-la pelo resto dos meus dias. A senhora idosa na cama murmura algumas palavras em seu sono. Os passos passam por nós e se afastam pelo corredor. Quando estão bem distantes, abro a porta e olho para fora. Não tem ninguém. Pego Mia no colo e corro em direção ao elevador. Até onde consigo perceber, ninguém nos viu entrar. Mia aperta o botão do térreo. Respiro fundo e expiro rápido. Mia parece cansada, mas ainda está sorrindo, a cabeça apoiada em meu ombro. Ela parece diferente de alguma forma, mais à vontade.

– Obrigada por não me deixar na mão.

– Eu nunca faria isso. Está me entendendo?

Não sei dizer se ela entendeu, porque fecha os olhos em vez de me responder. A única coisa que ouço enquanto descemos é sua respiração frágil e irregular.

Quando o elevador chega ao térreo, olho em volta para ter certeza de que não há policiais e, sem saber direito o que fazer, caminho até a saída. As pessoas estão nos observando, mas há mais simpatia do que suspeita em seus olhos. Eu não desacelero e não olho para trás, nem por um segundo. Atravesso a soleira e, assim que saímos, ando pela calçada em direção à nossa van. Meu coração parece querer fugir do peito. Estou levando minha garota para a morte certa, um suicídio consensual, e me odeio por isso. Mas é isso que ela quer, e eu a amo demais para recusar. Uma sensação de impotência toma conta de mim. Coloco Mia no banco do carona, sento ao volante e acelero para longe do hospital, deixando para trás meu último lampejo de esperança.

KYLE

O céu escuro repleto de estrelas é a única testemunha de nossa fuga, ou pelo menos espero que seja. Saímos do hospital meia hora atrás, e, até agora, parece que ninguém está nos seguindo. Mia passou o tempo todo deitada de lado, seus brilhantes olhos cor de mel fixos em mim, um sorriso sereno nos lábios. Nunca a vi assim antes, tão em paz, tão… feliz? Ao contrário do vórtice que causa estragos dentro de mim, ela parece *feliz* com sua decisão.

– Kyle – diz, a voz ainda debilitada –, eu…

– Xiiiu – digo. – Tente descansar um pouco; ainda temos mais de uma hora pela frente.

– Para onde você está me levando?

Ela não pode estar falando sério. Olho para ela para ter certeza de que não está delirando, mas a dúvida em seu rosto parece genuína.

– Para a casa da sua mãe, é claro.

– Não, por favor, não.

Qual é o problema dela? Desacelero um pouco e a encaro.

Pegando minha mão, ela diz:

– Perdi muito tempo esperando pra ver o sol. – Ela descansa os lábios nos nós dos meus dedos antes de continuar: – Eu só quero passar esta noite com a estrela mais brilhante do meu céu. – E, antes que meu cérebro termine de processar suas palavras maravilhosas, ela acrescenta: – Tenho que estar no hospital amanhã às oito. Eu vou fazer a cirurgia. Mas agora me leve para algum lugar legal, pode ser?

Suas palavras iluminam toda a minha noite, preenchem meu vazio, me dão vida nova, iluminam a própria escuridão, até os cantos mais obscuros do espaço. Levo sua mão à boca e a beijo com todo o carinho presente neste universo, e talvez mais.

MIA

Eu me sinto melhor a cada minuto que passa, de certa forma mais calma, mais tranquila. Nem sei para onde ele está me levando, mas não importa – estou com ele, e isso é suficiente para mim. Acho que é a primeira vez em toda a minha vida que me sinto assim. Até agora, sempre tive a sensação latente de que havia algo que não estava fazendo certo, que estava errando, a ponto de me sentir culpada. E agora... Não sei se é a cirurgia, ou estar com Kyle, ou ter conhecido aquela médica, mas a sensação de pavor desapareceu por completo. Nada, ela se foi, e eu não poderia estar mais emocionada.

Estamos em uma estrada sinuosa há alguns minutos, e, desafiando a tontura e a náusea, continuo deitada de lado, olhando apenas para ele. Parece feliz, embora seu rosto pálido e as mãos trêmulas não escondam o fato de que também está morrendo de medo. Eu estou, com toda a certeza, mas só naqueles momentos fugazes em que minha mente se desvia para os dois únicos assuntos que determinei como proibidos: me separar de Kyle amanhã e a cirurgia. Olho pela janela. Vênus está empoleirado ao lado de uma lua minguante, brilhando em um céu já repleto de estrelas. As árvores exuberantes formam paredes inexpugnáveis na floresta tão verde que nem a noite pode esconder seu brilho. Às vezes não sei dizer se estou sonhando ou se estou acordada, ou se o sonho está me sonhando.

Kyle se vira para mim e, quando nossos olhos se encontram, ele sorri. *Aquele* sorriso, o motivo para que eu queira continuar neste planeta abandonado à deriva na escuridão.

– Ei, você viu aquilo? – pergunta, apontando para a minha direita.

Eu me viro e noto uma daquelas placas marrons que exibem atrações turísticas. Ela revela uma surpresa inesperada: SANTUARIO DE LA VIRGEN DE COVADONGA. Por instinto, levo a mão ao meu pingente e me viro para Kyle, meus olhos cheios de gratidão.

– Caso as coisas com a sua mãe não corressem do jeito que você queria – diz, o rosto levemente corado –, o meu plano B era trazer você aqui.

– Ah, Kyle – exclamo –, obrigada! Sempre quis conhecer este lugar.

– *Eu* que agradeço, Mia. Se não tivesse conhecido você, também não teria visto isso. E, brincadeiras à parte, este lugar é de outro mundo. – Suas palavras aquecem meu coração. – Dá uma olhada – diz ele, apontando para o topo da montanha.

Lá no alto, pairando como uma nuvem, a majestosa basílica da Virgem nos espera, suas torres idênticas se erguendo como se quisessem fazer cócegas na barriga do céu. Já era linda nas fotos, mas vista de perto é surreal, como se tivesse atravessado dimensões e emergido de um mundo melhor. Abro a janela e sinto o ar fresco da noite, o cheiro da floresta, da água, de todas as coisas cheias de vida. Kyle estaciona a van ao lado da entrada da caverna que visitei inúmeras vezes em meus sonhos.

– Chegamos – diz, puxando o freio de mão. – Mas você precisa esperar um pouco aqui. Pode ser?

– Com quem você pensa que está falando? – respondo com uma piscadela.

– Ótimo – diz ele num tom que é quase uma ordem, e sai apressado.

Aprecio o silêncio vibrante da noite. As árvores, o espaço aberto e até o asfalto parecem mais vivos sem a agitação diurna. Ouço Kyle atrás de mim. Parece que ele está movendo coisas para dentro ou para fora da porta lateral.

– Não vale espiar! – grita de algum lugar.

Eu rio baixinho, porque ele previu direitinho. Em qualquer outro momento a curiosidade teria vencido, mas hoje, não; esta noite, só preciso da beleza ao redor. Gostaria que todos pudessem ver tamanho esplendor. *Minha câmera*. Quase esqueci. Tiro-a da mochila e começo a tirar fotos de tudo que me chama atenção. Quando vou pedir a Kyle que as publique amanhã no *Data de validade,* eu o vejo parado na porta, com o sorriso maroto de quem andou aprontando alguma coisa. Ele abre a porta do passageiro como um perfeito cavalheiro.

– Toma, segure isso. – Ele me entrega duas moedas de um euro. – Vamos precisar delas mais tarde.

É claro que ele leu tudo sobre este lugar. Enlaço meus braços em seu pescoço e ele me ergue mais uma vez nos dele, dois pilares da única casa em que eu gosto de morar.

– Aproveite – brinca ele. – Esta é a última noite em que vou permitir que você seja tão preguiçosa, entendeu? Da próxima vez, vai ter que andar do meu lado. Ou, melhor ainda... – Ele franze a testa de um modo cômico, fingindo pensar. – Talvez da próxima vez *você* tenha que me carregar nos braços.

Eu daria qualquer coisa para que isso se tornasse realidade, pelo menos a parte da caminhada. Olho para ele, e, ainda que nossos lábios estejam sorrindo, nossos olhos compartilham o mesmo medo que não ousamos mencionar. Apoio a cabeça em seu ombro e observo sem dizer uma palavra. Ele também fica quieto. O silêncio deste lugar é imponente demais para ser quebrado. Descemos por um caminho de pedra que leva ao coração da montanha. As paredes de pedra que nos cercam falam de batalhas, de amor, de tristeza, mas, sobretudo, da loucura humana. O caminho leva a uma caverna. De um lado, contra a rocha, está a estátua da Virgem que, aninhada no meu pescoço, me fez companhia durante toda a minha vida. Do outro lado, uma fenda na rocha, delimitada por uma grade, parece abrir-se para o próprio céu. Kyle me carrega ao longo da amurada e, com uma elegância que me faz sentir como uma princesa, me coloca sentada em um banco de madeira. Então ele recua e inspeciona a cena com o fascínio de um artista.

– Não sei qual a ligação deste lugar com seu nascimento e tal – comenta –, mas tem algo nele que é tão você, tão... sabe, élfico.

Não sei o que ele quer dizer com isso, mas, se me fizer mais um elogio arrebatador, acho que vou morrer de bajulação aguda. A vontade de ver cada pedacinho deste lugar é tanta que reprime a exaustão que tenta me esmagar, então agarro o corrimão com as duas mãos e me levanto.

– Ei, ei, o que você está fazendo? – protesta Kyle, passando o braço em volta de mim. – Tem certeza de que está tudo bem?

Eu não respondo. Nem sequer olho para ele, só o aperto e o puxo para perto de mim. Ele me dá um beijo que faz cada célula do meu corpo reviver, e juntos nos inclinamos sobre a grade de ferro. Sob nossos pés, um jato de água brota da rocha, formando uma cascata esbelta na lagoa natural lá embaixo.

– A fonte dos desejos – sussurro. – Sempre sonhei com este lugar.

– Não me surpreenderia se este lugar tivesse sonhado com *você*.

Eu olho para ele, surpresa por alguém conseguir dizer palavras tão maravilhosas. Não respondo; não conseguiria fazê-lo. Entrego uma das moedas para ele e reparo que, em um dos lados, há o rosto de um rei.

– Pronta? – pergunta ele, esticando o braço por cima do corrimão.

Como poderia não estar? Só há um desejo para quem, como eu, já tem tudo: *que essa felicidade dure para sempre.*

Nossos olhares se cruzam. Então, Kyle olha para o céu com a grandeza de quem fala com as estrelas; ele se vira para mim com olhos banhados de esperança, e juntos soltamos nossas moedas, observando-as cair na água que agora será sua cama.

Kyle me abraça forte e, com um daqueles sorrisos que fazem meus joelhos falharem, diz:

– Não vá achando que meu plano B termina aqui.

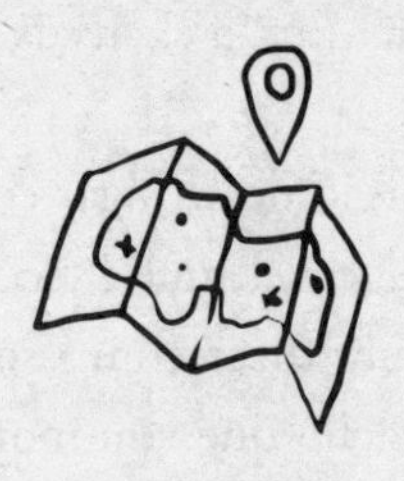

KYLE

Espero que ela tenha feito o mesmo desejo que eu: sair viva da cirurgia. Enquanto a carrego de volta para a van, não consigo pensar em outra coisa; o pensamento é como um tambor em minha cabeça, anunciando uma guerra iminente. Peço a ela que feche os olhos. Não quero que veja o que preparei, mas, acima de tudo, quero observá-la um pouco sem que ela saiba. A luz da lua ressalta o brilho etéreo e sobrenatural que sempre exala da pele dela. Meu Deus, se pudesse, eu faria um desenho dela agora mesmo. Há muitas coisas que eu faria com ela agora, se não estivesse se sentindo tão fraca.

Não foi fácil preparar tudo sem que ela descobrisse, principalmente os doces. Tive que ir a três lojas para encontrar dezessete cupcakes, cada um de uma cor diferente. Uma garota especial merece uma surpresa especial. Mal posso esperar para ver a reação dela.

– Cuidado – digo ao chegarmos à van. – Vou te sentar numa cadeira, tá? Mas lembre: não vale espiar.

Ela aperta bem os olhos, como se tivesse medo de que eles se abrissem sozinhos. Eu a faço sentar na cadeira que coloquei ali antes, a alguns metros da mesa com os cupcakes.

– O que você está fazendo? – pergunta.

– Xiiiu...

Coloco uma vela em cada cupcake.

– Já posso abrir?

– Psiu – digo, enquanto começo a acender cada uma das velas. – Coisas boas acontecem para aqueles que esperam.

Mia fareja o ar e franze a testa.

– Tem alguma coisa queimando.

– Quieta...

Uma última vela. Então eu pego sua mão, ajudo-a a se levantar e a levo até a mesa.

– Ok, pode abrir.

Ela obedece, e, no mesmo instante, sua expressão fica séria. Olha para os cupcakes, uma mistura de assombro e confusão.

– O que... o *que é* tudo isso?

Seguro as mãos dela, olhando-a com a intenção de deixá-la à vontade.

– Mia, isso sou eu pedindo pra você apagar uma velinha para cada aniversário que você já teve, na companhia de alguém que está feliz por você ter nascido, que está grato por você existir.

Minhas palavras são flechas de amor que atingem o centro de sua dor. Lágrimas silenciosas brotam em seus olhos. É dolorido vê-la chorar. As lágrimas de Mia atraem as minhas, mas não permito que caiam.

– Obrigada – diz ela. – É a coisa mais linda que alguém já fez por qualquer pessoa.

– Não, Mia, a coisa mais linda que alguém já fez foi trazer você a este mundo, me dando a chance de passar esses dias com a pessoa mais incrível que já existiu na face da Terra. E, a menos que você queira comer cupcake com cobertura de cera, é melhor soprar as velas.

Ela ri e concorda entre lágrimas, com a cabeça baixa. Quando volta a erguer o olhar, algo em sua expressão parece um pedido de *socorro*.

– Kyle... isso é... você é... eu... – As palavras não conseguem encontrar espaço em meio às lágrimas.

Passo meus braços em volta de seus ombros e, com o queixo apoiado em seu pescoço, sussurro:

– Anda, Mia, você consegue. Juntos podemos fazer tudo o que quisermos.

Isso inclui desafiar a morte, espero. Ela respira fundo, seus pulmões lutam para inspirar ar e, exalando debilmente, ela consegue apagar todas as velas.

– Boa. – Paro diante dela, minhas pupilas ansiando por penetrar nas dela, e, num tom que brota da parte mais luminosa do que há de mais digno em mim, digo: – Feliz aniversário, Mia. Obrigado por existir.

– Seu bobo – responde ela, dando um soco brincalhão no meu peito –, você está me fazendo chorar.

– Dizem que é ótimo pra limpar as glândulas lacrimais – brinco. – Pelo menos foi o que aprendi na aula de biologia.

As lágrimas não a impedem de rir. Deus, se alguém tivesse me dito desde o começo que eu poderia amar tanto alguém, eu teria mandado essa pessoa consultar um psiquiatra.

Tudo bem, acho que a fase dois do meu plano *Uma noite inesquecível para Mia* foi um sucesso. E, para iniciar oficialmente a terceira fase, pego meu celular e coloco a música com a qual ela me torturou nos primeiros dias de nossa viagem, aquela a que se referiu como "minha música favorita no mundo".

– Minhas habilidades de dança nunca foram colocadas à prova – digo, oferecendo minha mão –, mas se você se atrever a me conceder esta dança, terei o maior prazer em pisar em seus pés.

Ela ri e aceita minha mão. Eu coloco o braço dela no meu ombro e passo meus braços em sua cintura, tentando fazê-la se sentir amada, segurá-la do jeito que todos desejam ser abraçados, de uma forma que faça a vida valer a pena. Enquanto suas mãos deslizam pelas minhas costas, nos movemos ao ritmo da música que ficará gravada em minha memória para sempre. Estamos tão próximos, tão unidos que não sei dizer onde termina o corpo dela ou começa o meu. Somos dois seres compartilhando um único corpo; dois corpos compartilhando um único olhar. Eu me inclino um pouco para trás; preciso olhar para o rosto dela. Seus olhos procuram os meus; meus lábios buscam os dela. Nós nos beijamos, e de repente eu a sinto tremer, todo o seu corpo sacudido por um tremor, fruto de sua própria fragilidade.

– Você está tremendo… está com frio?

Ela balança a cabeça com uma expressão que parece muito com raiva. Tá, devo ter deixado alguma coisa passar batido. Ela me dá um soco no peito de novo, dessa vez com mais força.

– Não estou com frio, Kyle. Estou assustada. E é culpa sua! Você virou minha vida de cabeça pra baixo. – Seu grito abafado beira o desespero. – Pela primeira vez na vida não quero morrer, Kyle. Eu não quero perder *isto*.

Seus olhos, agora arregalados, imploram para que eu os acalme. Por dentro, sou um rio de lágrimas agridoces; por fora, tomo seu rosto em minhas mãos e digo algo que nunca disse antes:

– Eu te amo, Mia.

Agora ela deixa as lágrimas rolarem, lágrimas que sufocou por anos a fio, e então profere as palavras que só um sonho poderia prever:

– Ah, Kyle, eu também te amo.

Nós nos beijamos de novo e de novo, aquecidos em um lago de êxtase e calor.

MIA

Se houvesse um concurso de noites inesquecíveis, a de hoje com certeza ganharia. Depois de proferir as palavras mais deliciosas, Kyle me levou para uma cama improvisada sob o céu estrelado. Tinha tudo preparado: o colchão, os cobertores, e até alguns travesseiros. Agora estamos deitados aqui, ele de barriga para cima, eu de lado, aninhada na dobra quente de seu braço. Ele me abraça, os olhos fixos nas estrelas acima, como se estivesse conversando profundamente com elas. Oh, Deus, ele é tão, tão… que não resisto a passar a mão em seu peito.

– Ei – diz, um sorriso doce surgindo em seus lábios –, ainda acordada? Você precisa descansar.

Tá. Eu me forço a fechar os olhos e peço à minha mente que me deixe dormir, mas é ela que está em horário de rush. Daqui a algumas horas, quando me levarem para a sala de cirurgia, terei que me separar dele, talvez para sempre, e pensar em desperdiçar esse tempo dormindo é mais do que posso suportar. Preciso beijá-lo de novo, sentir o calor e a suavidade de sua boca, *tudo* que ele é olhando para *tudo* que eu sou. E se essa for nossa última chance? E se eu nunca mais o vir? Se eu morresse, acho que morreria mais mil mortes só para cruzar com ele em outro mundo mais gentil. Minha mente começa a me atormentar, mas desta vez não vou permitir, não hoje. Eu me apoio em seu peito, me endireito um pouco e...

– Ai! – Meus lábios se contorcem pela intensidade da dor.

– Mia! – responde ele, de repente tomado pelo pânico. – O que aconteceu? Fala comigo.

Nunca senti nada assim; a dor está dividindo minha carne, me paralisando. Tudo ao meu redor está girando. Tento respirar, mas o ar se recusa a entrar. *Socorro!*

– Mia!

Seu grito desbloqueia meus pulmões doloridos, e, quando consigo inspirar um fio de ar, grito:

– Kyle...

Seus lábios estão se movendo, mas nenhum som chega até mim. Eu tento manter meus olhos abertos, mas eles estão se forçando a fechar. Não, isso não pode estar acontecendo. *Kyle. Kyle. Kyle.*

Quando percebo, estamos na van e Kyle está pisando fundo no acelerador. Ele olha para mim, seus olhos transparecem um medo ainda mais intenso do que a minha dor. Devo ter desmaiado. Ele está segurando minha mão. Tento falar, mas minha boca se recusa a abrir. Em vez disso, aperto sua mão.

– Mia... – implora. – Por favor, por favor, espere.

Permito que meu corpo se apoie no ombro dele. Meu olhar não vacila, mas todo o céu parece desmoronar diante dele. Vênus, brilhando mais do que nunca, me atrai como um ímã. *Não!* Não quero olhar para ele, mas não consigo desviar o olhar. Ele parece maior, mais próximo, como se estivesse esperando por mim. Oh, Deus, rezei tantas vezes para ir até ele, para me desfazer deste invólucro mortal; agora pode ser tarde demais.

Minhas pálpebras pesam como pedaços de aço. Elas querem fechar, e sinto que para sempre. *Não!* Eu não quero ir. Agarro a mão de Kyle e faço um esforço titânico para me manter acordada.

– Mia, não me deixe, por favor – implora. – Eu te amo.

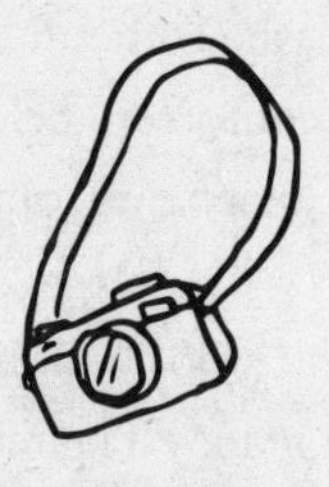

KYLE

Duas enfermeiras a levam rapidamente por um corredor. Eu corro atrás delas. Quero dizer adeus, dizer que vai ficar tudo bem, que vou esperar por ela aconteça o que acontecer, mas elas não permitem que eu me aproxime. Mia olha para mim da maca, seus olhos assustados implorando para que eu não vá embora. Grito com todas as minhas forças, porém mal consigo ouvir minha própria voz. Estou cercado por uma massa de vozes, bipes e um silêncio que entorpece meus sentidos.

Estão prestes a empurrá-la pelas portas vaivém. Não, ainda não. Acelero o passo, mas um dos enfermeiros entra na minha frente.

– Por favor, senhor. – Sua voz está distorcida, como se falasse do submundo. – Eu já disse que você não pode entrar aqui.

Maldito! Cego pela angústia, ergo minha mão, pronta para acertá-lo, quando uma voz suave me interrompe no meio do golpe.

– Kyle?

É a médica que eu vi ontem, mas está com roupas do dia a dia. Ela corre e puxa meu braço para baixo. Sua expressão parece desamparada.

– Está tudo bem, querido. Acalme-se – diz ela, caminhando em direção à mesma porta pela qual Mia acabou de ser levada. – Venho ao seu encontro assim que acabarmos.

Fico ali parado, perplexo, impotente, inútil, durante muito, muito tempo. Tudo desliga; o mundo fica em silêncio. *Isso não pode estar acontecendo.*

MIA

Está doendo... Está doendo demais. Meu corpo inteiro treme com tanta intensidade que sinto medo de os meus dentes quebrarem. O que está acontecendo? Cadê o Kyle? Por que não o deixaram passar? As enfermeiras estavam falando de mim. Disseram meu nome, meu verdadeiro nome, e mencionaram o aviso de pessoas desaparecidas. Eu ouço passos. Os dois homens se viram para a porta e trocam algumas palavras com alguém. É aquela mulher, a médica de ontem. Cadê o Kyle? Ela vem até mim, pega minha mão e acaricia minha testa, e seus olhos enevoados se enchem de uma afeição que toma conta de mim.

– Amelia – murmura –, vamos passar por isso juntas. Você vai continuar resistindo, está me ouvindo? Não vou sair do seu lado até que seus olhos se abram.

Ela parece tão boazinha. Então seu rosto desaparece, tudo desaparece, e não vejo nada além de um vazio negro.

– Depressa, nós vamos perdê-la! – É a última coisa que consigo escutar.

Paro de tremer, e de repente tudo está em paz. Não ouço o

barulho das máquinas, nem vozes, nem nada. Tudo fica quieto e imóvel. Nada dói. Eu nem sinto mais meu corpo. Começo a subir, não sei como, e alço voo.

KYLE

Minhas pernas estão prestes a desistir quando chego à van no estacionamento e, com as costas apoiadas na porta, deslizo até o chão. As estrelas ainda estão brilhando lá fora, como se quisessem me irritar. E ali está Vênus.

– Você não pode ficar com ela! – rosno. – Eu não vou permitir!

Meus pulmões e todas as outras malditas partes do meu corpo inflam com uma raiva ardente, e grito meu desespero para os céus que querem levá-la. À medida que a exaustão se instala, fico me perguntando o que fazer. E eu tenho que fazer *alguma coisa*. A operação pode durar horas, e esperar é impensável, então pego meu telefone e ligo.

– Mãe – meu desespero faz as lágrimas caírem –, pai...

Conto tudo para eles, cada detalhe, e os dois me escutam e me apoiam, e pouco a pouco recobro meus sentidos. Então ligo para Josh e conversamos um pouco, como os amigos que costumávamos ser. E, quando a bateria do meu celular enfim acaba, o sol já nasceu. Eu olho para ele e cumprimento Noah em silêncio, pedindo, implorando que, se alguma coisa acontecer com Mia, ele cuide dela e a acompanhe até onde quer que seja que todos nós acabemos.

Tem pessoas que mudam sua vida para sempre.
Tem pessoas que fazem você querer ser alguém melhor.
Tem pessoas que não são invisíveis.

– Kyle Freeman

KYLE

Faz noventa e sete dias desde que Mia entrou naquela sala de operação, e a cada dia, cada maldito dia, sinto mais e mais saudades. O verão chegou, e, apesar de o calor lá fora ser convidativo, passo a maior parte do meu tempo em casa, relendo os diários dela. O terceiro e último diário não foi acabado, então tomei a liberdade de preencher suas páginas em nome dela. Mas enquanto ela escrevia para uma mãe que não conhecia, eu escrevo para ela.

25 de abril

Já se passaram vinte e um dias, e sinto tanto a sua falta que não consigo pregar o olho. Hoje bem cedo fui ao cemitério. Meus pais ainda estavam dormindo quando saí de casa. Sim, não é meu lugar favorito, mas ainda não tinha ido visitar Noah desde o acidente. Eu sei, você diria que Noah não está mais por perto e que é bobagem minha falar com um túmulo, e você está certa, mas eu devia isso a ele e aos pais dele. Contei tudo a ele, sobre você, sobre nossa viagem, tudo. E eu sei que ele está ouvindo, que ele me entende.

Esta noite, enquanto olhava para as estrelas, me perguntei onde você poderia estar, como estaria passando seus dias. Você gosta da sua nova casa?

5 de maio

Passei a noite toda acordado, não só porque estava com muitas saudades de você, mas porque hoje é o dia que venho adiando há tanto tempo. Você vai pensar que sou um idiota ou, pior, um babaca, por não ter visitado os pais de Noah desde o acidente. Mas não consegui. Ao meio-dia, fui buscar o Josh. Fomos no carro dele – o meu não está equipado para cadeiras de rodas. Quando estávamos para sair, ele ficou assustado e não quis mais ir, mas consegui acalmá-lo. Não foi fácil. Os pais de Noah ainda estavam arrasados, mas no fim das contas disseram que não podiam nos acusar de nada. Vai demorar algum tempo, mas acho que eles vão conseguir nos perdoar. A gente se dava bem antes. E estou começando a pensar que seremos capazes de nos perdoar também.

Senti um peso enorme sendo tirado de meus ombros. E sabe do que mais? Você estava certa. Eles disseram exatamente o que você disse naquele dia no restaurante, que Noah nos amava muito e não gostaria que a gente ficasse mal.

Não sei se te contei, mas... o que sinto por você é como uma bola de neve que cresce a cada dia.

28 de maio

Hoje fui buscar a Becca, como faço todos os domingos desde que voltei da Espanha. Às vezes passamos os dias com meus pais; outras vezes eu a levo para passear um pouco. Ela quase nunca sai da nossa cidade. Meus pais a adoram, e eu também. Ela me contou tantas histórias suas que me fazem sorrir. Deus, se alguém tivesse me dito que eu poderia amar alguém como você...

Esta tarde, quando fui deixar a Becca em casa, encontrei sua ex-mãe adotiva, a sra. Rothwell. Ela me perguntou de você e, por algum motivo, contei tudo: o que aconteceu, por que você fez o que fez. E, ainda que as emoções não pareçam ser o forte dela, ela pareceu entender. Até ficou com os olhos um pouco marejados. A propósito, Becca diz que a saudade que sente de você é do tamanho do universo. A saudade que sinto de você é maior que todas as galáxias, vai até Titã (uma lua de Saturno e lar dos Eternos, que está a anos-luz de distância) e volta.

10 de junho

Acordei com tanta vontade de estar com você que achei que meu peito ia explodir, então te procurei, mas é claro que não encontrei. Fui te procurar na cachoeira, onde nos conhecemos. Peguei o mesmo ônibus daquele dia, e quer saber? Era o mesmo motorista. Ele não me reconheceu, é claro. Não me surpreende; às vezes nem eu me reconheço.

Eu me sentei no mesmo lugar, naquela pedra onde quase te perdi antes mesmo de te conhecer, e pensei naquele Kyle, aquele tão cego para a magnitude da vida que estava pronto para jogar tudo fora. Ele é quase um estranho para mim agora, como alguém de outra vida. Aquele Kyle não sabia que existem estrelas capazes de eclipsar qualquer sol, estrelas cuja luz não se apaga, estrelas que continuam brilhando para sempre, onde quer que estejam. Fiquei lá até o sol se esconder e as estrelas aparecerem para iluminar a escuridão. E lá estava ele, brilhante, encantador, esperando por nós: Vênus.

25 de junho

Você não vai acreditar. Hoje, Josh voltou a sentir as pernas, só um pouco, mas o médico disse que é um bom sinal. Acham que ele pode voltar a andar! Adoraria que você estivesse aqui comigo. Mia. Mia. Mia.

1º de julho

Tenho feito o que você pediu. Todo dia posto algo no seu fotoblog. Com todas as fotos que você tirou de nossa viagem, tenho o suficiente para atualizar por uns bons anos. E sabe do que mais? Data de validade tem muitas visualizações. Só ontem tinha mais de cem comentários.

Você nunca foi invisível, Mia, e nunca será, nem para mim, nem para ninguém.

3 de julho

Meus pais finalmente resolveram tirar uns dias de férias, só os dois. Estou tentando convencê-los disso há semanas. Amanhã vou acompanhar os dois até o aeroporto. É, eles insistiram. Becca nunca esteve em um aeroporto, então vou levá-la para passear também.

4 de julho

Já coloquei o endereço no meu GPS umas vinte vezes. Quero ter certeza de que chegaremos a tempo. Só precisamos chegar daqui a quatro horas, mas não tem problema; preciso organizar algumas coisinhas no aeroporto.

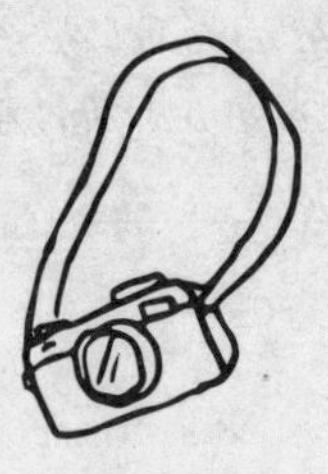

MIA

Estou voando e voando em um céu sem limites. As nuvens são macias e fofas, e Vênus está ali, como sempre, ao meu lado.

– A senhorita vai querer a carne ou o peixe?

– Nenhum dos dois, obrigada. Sou vegetariana.

– Sinto muito, senhorita, mas refeições especiais devem ser solicitadas com...

– ... ao menos vinte e quatro horas de antecedência. Eu sei. Nesse caso quero o peixe. Ao menos sei que *ele* viveu uma vida boa, nadando por aí e tal, antes de...

Ana, minha médica espanhola (que salvou minha vida), está sentada ao meu lado, e cai na gargalhada.

– Boa.

No final, a aeromoça não me serviu nada, mas tudo bem, a Ana trouxe muita comida saudável com ela. Ela nunca esteve nos Estados Unidos, então resolveu me acompanhar e passar alguns dias no Alabama.

Acabei conhecendo minha mãe biológica. Ela veio me visitar nos últimos dias da minha recuperação na casa da Ana e... não sei.

Acho que percebi que o afeto nem sempre corre no sangue, não houve conexão. Mas Ana e eu nos demos bem na mesma hora, foi como amor à primeira vista. Desde que passei pela operação, ela não saiu do meu lado.

Ter um adulto cuidando tanto de mim não é bem como eu imaginava. Tem seu lado bom, muitos lados bons, mas também há alguns ruins... Ela é um pouco mandona, verdade seja dita. Não me deixou voar ou receber visitas por quase três meses. Três intermináveis meses sem ver Kyle. Na verdade, ela nem me deixou falar com Kyle ao telefone, com a desculpa boba de que eu ficaria muito emocionada e meu coração precisava se curar primeiro. Mas eu a amo mesmo assim. E acho que não poder ver Kyle me ajudou a amadurecer ainda mais. A cada dia sem ele eu me lembro de algo, um detalhe, alguma coisa que ele fez ou disse, o jeito como fala, dorme, o jeito como faz tudo, e isso me faz amá-lo ainda mais. Sei que somos jovens e talvez seja cedo para falar de um "felizes para sempre", mas acredito que já vivemos coisas suficientes juntos para que nossos *eu te amo* sejam do tipo que dura para sempre.

– Olha – diz Ana, apontando para fora da janela. – Estamos prestes a pousar.

Ai, ai, ai, meu coração já está aos pulos de tanta felicidade.

KYLE

Ao que tudo indica, todos decidiram me acompanhar, e estou falando sério quando digo *todos*: meus pais, Josh, Judith, Becca, os pais de Noah, até meus avós, que vieram do Arizona para passar alguns dias conosco. Acho que é culpa minha: falei da Mia para todo mundo, e estão doidos de vontade de conhecê-la. Eles até organizaram uma grande festa para recebê-la em casa esta noite, com serpentinas e tudo. Hoje faz noventa e um dias desde a última vez que a vi (noventa e um dias, três horas e vinte e cinco minutos, para ser exato). Pelo menos consegui convencê-los a me esperar na cafeteria. Já é alguma coisa.

MIA

Quando chego ao aeroporto, meu coração dispara, e desta vez não é por defeito nenhum; mas por causa de Kyle, e só por causa dele. Ana está esperando nossa bagagem, mas eu não aguento mais. Estou seguindo pelo corredor que leva ao terminal. Acho que nunca andei tão rápido. Ultrapasso a todos. Antes de sair, olho pela porta giratória para ver se consigo avistá-lo. Nada. Atravesso a porta e, quando saio, paro no meio do caminho. Está cheio de gente, todos esperando por alguém, mas não há ninguém esperando por mim.

Talvez ele ainda não tenha chegado, ou esteja no portão errado, ou esteja no banheiro. Ou pode ser que tenha esquecido. Seja qual for o motivo, não consigo não ficar chateada. Deixo a multidão que sai do aeroporto me levar e, quando estou prestes a me virar para procurar Ana, uma placa na parede à minha frente me faz sorrir de novo. É um desenho, e diz SIGA VÊNUS. Olho em todas as direções e vejo outros desenhos pendurados em lugares diferentes: em um vaso de flores, em uma cadeira, em uma porta. São todos desenhos de estrelas, com flechas que indicam o caminho. Foram feitos pelo Kyle; eu reconheceria os desenhos dele em qualquer lugar. Começo a segui-los, um a um, o último levando a uma grande janela que dá para o estacionamento. Eu espio através dela e vejo uma van estacionada, parecida com a Mundo da Lua, só que ainda mais colorida e extravagante.

– Eu queria saber se você me acompanharia neste verão em uma viagem pelo Alabama.

Eu me viro. É o Kyle, ainda mais lindo do que nunca.

– O que me diz? – pergunta, como se tivéssemos nos visto há cinco minutos. – Poderíamos viver do dinheiro que eu fizer com meus desenhos.

Não consigo resistir – grito de alegria e pulo em seus braços. Ele me beija, e eu retribuo o beijo, e de repente tudo no meu mundo é absolutamente perfeito.

MIA

15 de agosto

Não sei por que continuo escrevendo neste diário, agora que sei que ninguém vai ler. Acho que faz com que eu me sinta segura, protegida de alguma forma. E por mais absurdo que possa parecer, e deve ser mesmo, sinto que as próprias estrelas descem à noite para lê-lo, depois irradiam o que escrevi para o mundo inteiro, projetando a esperança de que há alguém, em algum lugar, feliz por termos nascido.

Vou continuar escrevendo no diário mais tarde porque Kyle está vindo na minha direção, e, pelo jeito que me olha, todo divertido, acho que não tem a menor intenção de ficar em silêncio enquanto escrevo. E quer saber? Não quero que ele fique. Ontem voltamos de nossa viagem pelo Alabama e agora estamos na floresta fazendo um piquenique com os pais dele,

Ana e Becca. Acabamos de comer. A viagem foi incrível demais, nem tenho palavras para descrever. Enfim, tô indo. Kyle chegou.

Ei, eu tive que roubar a caneta da Mia por um segundo porque ela esqueceu de mencionar que a melhor parte da viagem era a companhia. Ah, e ela me fazia desenhar todos os dias para que pudéssemos nos sustentar.

Ah, Kyle, isso de mentir na caradura não combina com você. Seus pais acabaram pagando a viagem toda.

Certo, tudo bem, então vamos falar do que importa de verdade. Vi que você não escreveu tudo o que aconteceu desde o seu último relato.

E como você sabe disso?

Esqueceu quem é seu leitor mais fiel?

Pois bem, resumindo (não contei, mas ele me faz ficar corada até hoje), como ia dizendo, eles fizeram um piquenique de boas-vindas pra gente, e a Ana, que ia ficar só por alguns dias, anunciou que vai comprar uma casa e se mudar de vez para o Alabama. Além disso, ela está gostando muito de Becca, a ponto de pensar em adotá-la. Eu estou feliz da vida. De repente tenho algo que se assemelha a uma família.

E um namorado, não se esqueça.

Sim, um namorado que acabei de beijar.

Tá bom, continue me beijando e eu termino de contar a história. Mais ou menos uma semana atrás, Ana recebeu uma oferta para trabalhar no Jack Hughston Memorial.

Ela amou!

Enfim... Me desculpe de todo o coração, mas temo que vou ter que levar essa senhorita para um lugar mais isolado, onde possa beijá-la sem ter três pares de olhos paternais nos observando.

KYLE

Os últimos meses foram os mais difíceis e os mais incríveis de toda a minha vida. Tem horas em que acho que o universo armou tudo só para que Mia e eu pudéssemos nos conhecer. Na verdade, não acho, tenho certeza. Noah – meu irmão, meu melhor amigo – está em um lugar melhor. Mia me disse. No momento em que entrou naquela sala de cirurgia, tudo deu errado e pensaram que ela estava morta. Um minuto depois, seu coração voltou a bater. Acho que *realmente* há coisas que ultrapassam nossa compreensão, mas pelo menos agora sei que há coisas, seres, como quisermos chamá-los, que nunca saem do nosso lado, mesmo quando nossa própria miséria nos cega tanto que rejeitamos sua ajuda.

Mia me contou que, quando morreu, foi para um lugar lindo, uma montanha cheia de árvores reluzentes, e que encontrou Noah lá. Havia outras pessoas também, mas ela não conhecia mais ninguém. Noah disse que estava bem, que a morte não existe, que é apenas uma continuação da nossa jornada. A princípio minha mente se recusou a acreditar, mas depois meu coração soube que era verdade. Noah disse que ficaria lá por um tempo e depois decidiria para onde iria a seguir. Fico todo arrepiado só de pensar nisso. Por mais estranho que pareça, agora sei que uma mão de fora deste mundo organizou todas as peças para que as coisas acontecessem como aconteceram, para que Mia e eu pudéssemos nos conhecer.

– O que está se passando nessa cabecinha? – pergunta Mia.

Por um momento olhamos para o nada, eu encostado no tronco de um majestoso carvalho, Mia deitada com a cabeça no meu colo.

– Bem, se tudo correr como o planejado – digo, olhando para o relógio –, você vai saber em breve.

– Do que você está falando?

São exatamente três horas da tarde, a hora combinada, e já ouvimos latidos ao fundo. Tive que ensaiar essa cena com Becca cerca de vinte vezes para que ela conseguisse fazer. A fox terrier que adotei vem correndo e pula em cima da gente, nos lambendo sem parar. Mia ri, muito feliz.

– Meu Deus, ela é tão fofinha! – exclama Mia, fazendo carinho atrás da orelha do bichinho.

– Tudo bem, então vamos fazer as apresentações oficiais – digo, me virando para a cachorrinha. – Vênus, essa é a Mia. Mia, Vênus.

– Vênus? – pergunta, com aquele tom inocente que poderia iluminar os céus.

– Se a Mia não vai até Vênus – digo, dando de ombros –, Vênus teve que vir até Mia.

Enquanto Vênus brinca ao nosso redor, Mia senta no meu colo, de frente para mim, com os braços em volta do meu pescoço.

– Já disse que te amo?

Eu finjo refletir.

– Certo, escute bem, Kyle Freeman. Preste muita atenção no que vou dizer e nunca se esqueça – ela fala baixinho, suave: – eu te amo para Vênus e além.

– E agora escute bem *você,* Mia Faith, e nunca se esqueça. – Dou um beijo nela. – Eu *amo* você. – Outro beijo. – E amo *você.* – Mais beijos. – E vou amar até que as eras se tornem eternidades.

O brilho nos olhos dela se mistura com o dos meus, e nos beijamos como se não houvesse amanhã, nem passado, como se este instante fosse a única coisa que tivemos e que vamos ter, o *agora*, com meus lábios colados aos dela. E, neste agora, sei que nunca, jamais vou deixar de amá-la.

Lembre-se: há sempre alguém, em algum lugar,
que está feliz por você ter nascido.

AGRADECIMENTOS

No dia em que comecei a escrever meu primeiro livro, eu tinha quatro anos. A frustração que senti por não saber como terminar foi tanta que deixei meu sonho na prateleira por muito, muito tempo. Acho que ainda precisava crescer um pouco.

Muitos anos se passaram desde aquela primeira tentativa, anos em que conheci pessoas maravilhosas cujas palavras, gestos, inspiração, carinho e amizade me permitiram colocar os termos "autora" e "roteirista" ao lado do meu nome em cartões de visita e, acima de tudo, me ajudaram a tornar este livro uma realidade.

Por onde devo começar? Por minha filha, que ficaria enciumada se fosse de outra forma? Por minha maravilhosa agente literária? Por meus amigos queridos? Pensando bem, a gratidão não deve ter uma ordem ou um grau particular, então dedico minhas primeiras palavras a todos aqueles que posso ter esquecido, dizendo que, no fim das contas, jamais poderia me esquecer de vocês.

Agradeço à minha agente, Mandy Hubbard, e à sua equipe na Emerald City, por confiarem em meu manuscrito desde o início, por mais que os temas não estivessem exatamente na moda. Mandy, obrigada por sua generosidade, sua sensibilidade e sua fé implícita de que *Nos vemos em Vênus* acabaria encontrando uma editora.

À minha editora na Delacorte Press, Kelsey Horton, cujo olho perspicaz, paixão e visão surpreendente fortaleceram este romance.

Ao Christian Villano, meu tradutor, editor e companheiro nesta jornada criativa. Por sua paciência e compreensão eternas ao receber as centenas de comentários, perguntas e notas que enviei. Por seu amor pela linguagem e pela maneira como formula suas frases, tornando-as muito mais do que a soma de suas partes.

À minha filha, Sarah, minha maior fã (e crítica), cujas travessuras me lembram a montanha-russa que é a adolescência, que alguns de nós nunca superamos. Obrigada por esse jeito tão seu de me contar as coisas – direto, sem filtro.

Ao meu filho, Jason, por me ensinar que no amor não existem regras ou condições, que o perdão supera tudo e que às vezes, algumas vezes, a única coisa que podemos fazer é esperar pacientemente, com o coração cheio e aberto.

Aos meus pais, cujos erros foram fonte de muita dor, mas também de crescimento e inspiração. Eles me permitiram sentir a dor dos outros e dar forma a histórias profundas, maduras e cheias de esperança. Obrigada.

Às minhas irmãs de alma, Ana María e Marie Pierre, por seu apoio incondicional, sempre e para sempre.

Ao Brian Pitt, por seu desejo de trazer a ternura de Mia e Kyle para as telonas e por ter lutado com unhas e dentes para fazer com que a versão cinematográfica desta história fosse uma realidade.

Serei para sempre grata a todos aqueles que compartilharam anonimamente comigo o sofrimento indescritível de saber que foram responsáveis pela morte de outra pessoa e pelos caminhos muitas vezes árduos a serem percorridos em busca do perdão. Como alguém me ensinou há muito tempo: a culpa é o oposto do amor.

Agradeço também a todos os livros maravilhosos e inspiradores cujos personagens nos mostram que o amor existe e que a vida é bela para quem escolhe vê-la. Eu não teria chegado aqui se não fosse por vocês.

À Mia e ao Kyle, pelas dificuldades, anseios, medos e alegrias que sussurraram em meu ouvido.

À Anne, a estrela mais brilhante do meu universo. Obrigada por me mostrar que os sorvetes mais coloridos costumam ser os mais interessantes. Sem o seu amor e o seu apoio inabalável, nem esta nem qualquer outra história teria existido. Obrigada por me ajudar a fazer a minha luz e a dos meus personagens brilharem no mundo.

Obrigada por existir.

Esta obra foi composta em Adobe Garamond Pro
e impressa em papel Pólen Natural 70g/m²
pela Gráfcia Eskenazi